우정의 길,
예지의 창

| 우한용 박인기 정병헌 최병우 |

푸른사상

우정의 길, 예지의 창

인쇄 2008년 9월 10일 발행 2008년 9월 15일
지은이 • 우한용 박인기 정병헌 최병우
펴낸이 • 한봉숙
펴낸곳 • 푸른사상사

등록 제2-2876호
서울시 중구 을지로3가 296-10 장양B/D 701호
대표전화 02) 2268-8706(7) 팩시밀리 02) 2268-8708
이메일 prun21c@yahoo.co.kr / prun21c@hanmail.net
홈페이지 //www.prun21c.com
ISBN 978-89-5640-641-1-03810
ⓒ 2008, 우한용 박인기 정병헌 최병우
저자들의 홈페이지 http://www.languageculture.net

값 16,000원

더 넓은 소통의 바다를 향하여

> 끝없는 세계의 바닷가에 아이들이 모여든다.
> 무한한 하늘은 머리위에서 꼼짝도 않고, 쉴 줄 모르는 물결은 요란하다.
> 끝없는 세계의 바닷가에 아이들이 소리치고 춤추며 모여든다.
> ― 라빈드라나트 타고르, 바닷가에서

　타고르 시의 아이들처럼 우리는 각자 도모하던 일터를 떠나 지혜의 바다로 모여 들었습니다. 그곳에서 사색하고 훤소喧騷하며 방황하였습니다. 그리고 먼 길을 돌아 일을 통하여 다시 만나게 되었습니다. 이런 만남을 우리는 결코 우연이라고 치부하지 않았습니다. 같이 보듬고, 이끌어 주는 인내를 보이면서 우리의 여정이 이어져 왔던 것입니다. 그러고 보면 우리의 삶은, 여행과 참 많이 닮았습니다. 준비하고 출발하고 그리고 미지의 대상과 만난 후, 출발지로 돌아와 지난 일을 반추反芻한다는 점에서 그러합니다. 그런 구체적인 행동으로 우리는 참 많은 곳을 돌아 다녔습니다. 그래서 우리가 갔던 그 곳에 우리들의 발자취가 있고, 우리들의 마음속에 그 공간의 기억이 남아 있습니다. 우리의 만남은 이처럼 일과 여행을 통하여 더욱 돈독해질 수 있었습니다.

　우리의 여정은 국내는 물론이고, 중국과 노르웨이, 프랑스, 이탈리아, 그리스, 그리고 타일랜드로까지 확대되었습니다. 그곳은 객관적 대상으로서 그곳으로만 존재하는 것이 아니라, 항상 우리와의 관계 속에서 생명력을 획득하는 존재로 되살아나고 있습니다. 그런 우리의 정회情懷를 한 곳에 모아, 그곳을 재생시키는 우리의 인연을 소중하게 기리기 위하여 이 책을 만들었습니다. 이 일에는 우리 넷 중 하나인 우공이 환갑을 맞이하는 것이 계기가 되었습니다. 그냥 지나가면 다른 '보통'의 날들과 다름없을 날을, 우리는 '특별'한 날로 만들고자 하였습니다. 우리의 이런 마음이 글 곳곳에 배어 있음을 아실 수 있을 것입니다.

본래 글을 쓰는 사람들이라 죽 읽어나가기에는 큰 지장이 없을 것입니다. 그러나 글을 쓰는 방식은 모두 조금씩 다릅니다. 촘촘히 여행을 재구하여 선연하게 그곳을 떠오르게 하는 글을 쓰기도 하고, 또 어느 한 곳에 빠져들어 그곳과 부딪히는 마음의 실마리를 풀어내기도 합니다. 그러나 분명한 것은 우리가 이 글에서 목표로 한 것이 그곳을 위한 안내서를 작성하는 것이 아니라, 우리의 마음 머문 것을 풀어 헤치고자 했다는 점일 것입니다. 이 책을 읽으면서 미지의 대상에 다가가는 우리의 겸손하고 여린 마음과 만났으면 하는 기대를 우리는 가지고 있습니다.

김시습은 〈금오신화〉를 엮으면서 '-기記', '-전傳', '-지志', '-록錄'과 같은 다양한 글쓰기 방식을 선보였습니다. 우리의 글쓰기도 수필이라는 자유로운 방식을 표방하면서 다양한 모습으로 드러나고 있습니다. 서사 속에 시를 넣어 옛글의 전아함과 함축을 도모하고, 사실 속에 상상을 넣어 우리의 삶이 결코 눈에 보이는 것만으로 이루어지지 않는다는 것을 보이기도 하였습니다. 마음 전하기에 가장 합당하다고 생각되어 편지글의 형식도 이 책에서 많이 모아 보았고, 우리의 실명이 들어간 허구적인 소설도 이 책의 맨 끝에는 첨부해 두었습니다. 우리들의 만남뿐만 아니라, 우리들의 살아온 모습과 대상을 바라보는 시각의 다양함이 이러한 양상으로 드러났을 것이라 생각하고 있습니다.

우리는 독자들과 만나기 위한 준비를 모두 마쳤습니다. 단장하고 화장한 것은 우리를 위함이 아니라 이 글을 읽는 분들과 만나기 위함입니다. 우리가 만난 신전이나 건축물이나 예술품들은 다만 우리의 상상력과 조우遭遇한 하나의 대상일 뿐이라는 우리의 속내가 전달되었으면 좋겠습니다. 그래야 대상이 아니라 '우리'와 만날 수 있기 때문입니다. 우리를 넘어 더 먼 곳과 만나는 것은, 우리가 아니라 여러분들의 몫입니다. 그렇게 된다면 우리는 기대 외의 기쁨을 맛보게 될 것입니다. "먼 곳에 마음이 통하는 벗이 있어 찾아오니, 이 또한 즐겁지 아니하냐. 有朋 自遠方來 不亦樂乎"고 했듯이 우리는 벗을 기다리기 위하여 조촐한 주안상을 차리고자 합니다.

아실 분들은 아시겠습니다만, 우리 네 사람은 각자 자신의 호를 가지고 있습니다. 서울대학교에 근무하는 우한용禹漢鎔 교수는 호가 우공于空입니다. 경인교육대학교의 박인기朴寅基 교수는 호를 옛그리매라 하는데 한자로는 석영昔影이라 씁니다. 숙명여자대학교의 정병헌鄭炳憲 교수의 호는 남계南溪이고, 강릉대학교의 최병우崔炳宇 교수는 석우石宇라 부릅니다. 이 책에서는 각 글의 집필자를 글의 말미에 집필자의 호로 표시해 두었습니다.

2008년 8월 무더운 어느 날
필자 일동

차
례

우정의 길,
예지의 창

차례

우정의 길,
예지의 창

1

함께 살아온 날들

피렌체—미켈란젤로 광장에서 미의 역사를 이야기하며

우리의 여로旅路, 그 출발과 귀착歸着의 회로

우리는 여러 번 함께 떠났다. 그리고 여러 번 함께 서울로 돌아왔다. 그것은 반복이기도 했지만 동시에 초유初有의 것이기도 했다. 반복되는 경험인데도 마치 처음인 것처럼 여겨지는 경험을 하는 것이다. 스칸디나비아를 향해서 갈 때도 그러했고, 시칠리아를 갔다가 돌아올 때도 그러했고, 소흥紹興을 갔다가 돌아올 때도 그러했다. 그리고 아테네를 다녀올 때도 그러했다. 그 밖의 다른 곳을 갔다올 때도 대개는 그러했다. '반복'과 '초유'는 대척의 것임에도 불구하고 우리에게는 그것이 같은 것으로 느껴지거나 받아들여졌다.

반복인데도 초유의 것처럼 느끼게 되는 숨은 기제는 무엇일까. 대체로 청춘 남녀가 연애의 달뜬 감정 속에 있는 동안 반복을 초유처럼 느끼고 산다. 그러나 연애란 것도 매양 이렇게 고조된 감정의 수준에서 죽 지속되지는 않는다. 글쎄, 우리의 사귐이 더러 우정으로 깊이 친화되기는 해도, 무슨 연애 정서에 유추될 것은 천만 아니, 단순히 정감만으로 반복적 동행의 경험을 늘 참신하게만 느껴왔다고 말하기는 어려울 것 같다. 다만 여로에 나서는 동기마다 일종의 탐구적 요소가 있었다는 것은 사실이다. 그리고 그 탐구를 서로가 상호주관성(inter-subjectivity) 속에 대화하는 방식으로 풀어나갔던 것, 그것이 주는 동행의 매력을 우리는 어지간히 즐겼던 것 아닌지 모르겠다.

함께 모여서 일하며 대화하는 동안 우리는 요란한 만장일치도 없었거니와, 그렇다고 누구 한 사람 기를 쓰고 반대하는 경우는 더더구나 없었다. 약간은 싱거운 관계라고도 할 수 있겠는데, 우리들의 상호주관성이 절묘하고도 적절하게 원융圓融의 거리를 만들어 주면서, 우리는 이 거리가 빚어내는 아름다움에 스스로를 복종시켜 온지도 모르겠다. 그것을 다성적多聲的 울림으로 유추한다면, 비유컨대 4중주 같은 화음의 경지가 아닐까 하는 생각을 해 보게 된다. 반복을 빚어낼 때마다 우리는 마음 깊숙한 곳 어디쯤서 그 반복 속에 묻어 있는 4중주 화음을 느끼고 있었다고나 해야 할지. 그래서 우리는 이 4중주 화음으로 빚어지는 관계의 매력을 은근히 즐기고 있는 것인지도 모를 일이었다.

그런데 이런 4중주의 화음은 공연히 생기는 것이 아니라, 우리들 탐구의 열정이 순수할 때 곧잘 음률을 피워 올렸다. 구태여 억지로 연습해 두거나 각본을 짜 두지 않았음에도 일의 소용돌이 속에서 어지간히 어울려 드는 조율을 빚어내는 것이었다. 우리는 무슨 일이든 그 일을 끝내고는 맥주 몇 잔을 기울이며 자연스럽게 복기復棋하듯 일의 과정을 되살피곤 했었는데, 그 장면이야말로 변함없이 반복되는 장면이었음에도 조금도 지겹지 않고 그야말로 초유의 일인 양, 흥이 돋고, 새 의욕을 심어내는 자리가 되곤 했다. 이런 요소들이 모두 오롯이 포함되는 과정의 전형이 우리들의 여행길이었다. 아무튼 반복인데도 초유의 것처럼 느낀다는 것은 지겹지 않다는 것인데, 따지고 보면 꼭 여행이라서 그런 것만은 아니다. 일상의 만남도 반복과 초유가 늘 함께 묻어 다녔다.

분명한 것은 우리들 관계가 여전히 권태롭지 않다는 것이다. 또 다녀온 여로마다 그림자처럼 달라붙었던 우리들 학술 발표 과업이 제법 그 나름의 긴장을 요청하고 있었기 때문에 우리는 늘 출발을 함께 반복하면서도 그 경로는 항상 초유의 것으로 지각하였는지도 모른다. 중요한 것은 우리가 같이 여로 위에 있는 동안, 우리는 서로를 향해서 내어주거나 서로를 향하여 기댈 수 있는 마음의 틈새들을 더 많이 만들어 가는 관계로 진화하고 있었다는 것이다. 그러니까 그 진화의 촉매가 바로 함께 출발하고 함께 되돌아오는 여행의 회로라는 이야기이다.

여로를 준비하는 동안 우리의 현존現存은 서로 분리되어 있으면서도, 나아갈 의식의 행로를 같은 시선으로 가늠한다. '몸은 멀어도 마음만은'의 경지를 공유하는 것이다. 여로를 준비하면서 우리는 기대의 지평을 나란히 걸어가는 동반자의 영역에 이미 드는 것인데, 우리는 이 점이 자못 유별했던 것 같다.

막상 여로에 들면 각기 실존의 자아를 가지고서 서로의 현존을 동반하면서도 내면의 의식은 서로 다른 암벽을 기어오르 듯 각기 다르게 치열할 수 있었다. 여로에 함께 있는 동안 우리는 오로지 하나로 동화되기도 하고, 전혀 다르게 이화異化되기도 했다. 그런데 이 극단을 오가는 정신의 그네는 얼마나 한가롭고 자유롭게 출렁거리는 것인지. 그 자유로운 출렁거림을 서로가 서로에게 한껏 넉넉하게 구속하기도 하고 허용하기도 하였다. 우리들 특유의 상호주관성은 이럴 때 매우 창의적으로 발동되었다. 그것이 본래부터 우리가 지니고 있는 본성 때문인 것인지, 여로가 만들어주는 독특한 정신의 분위기 때문인지는 잘 모르겠다. 오묘한 작용일수록 설명이 명쾌하지 못하다더니, 지금 내가 그런 느낌이다.

우리들 관계가 여전히 권태롭지 않다는 것은 생각해볼수록 감사한 일이다. 우리는 사실 딱히 재미를 추구하기 위해서 만난 사람들은 아니다. 그렇다고 이익사회의 절박한 목표 달성을 위하여 만나는 것은 더더구나 아니다. 그 어중간한 상태에서 이십년을 넘게 사귐과 과업을 해 오면서 권태를 물리치고 오늘도 이렇듯 재미있고도 꿋꿋하게 나아가는 것은, 자기 재미는 자기가 알아서 심고 가꾸는 이치를 터득한 데서 오는 것이 아닐까 한다. 그 이치를 굳이 지혜의 일종으로 말한다면 '소통의 지혜' 쯤 되는 것이 아닐까 한다. 앞에서 언급한 바, 함께 모여서 일하며 대화하는 동안 우리는 요란한 만장일치도 없었고, 그렇다고 누구 한 사람 기를 쓰고 반대하는 경우는 더더구나 없었거니와, 이 장면이 바로 우리들 '소통의 기술'을 보여 주는 것이라 할 수 있다. 이렇게 소통한다고 해서, 될 일이 안 된 적도 없고, 안 되어야 할 일이 되는 쪽으로 기우는 일도 없었던 것이다.

권태란 상대를 향하여 닫힘의 신호를 발하는 것, 아니 어떤 발신조차도 하지 못하는 것, 그리하여 권태란 자신이 자신에게 소통하는 것조차도 포기하는 것, 권태란 더 이상의 새로운 경험도 더 이상의 관계도 가지지 못하는 것, 그래서 마침내 존재로서의 희망을 품지 못하는 것, 등등의 모습으로 등장한다. '관계'만을 두고 말한다면 '권태'의 반대어는 '소통'일지도 모른다. 우리는 여전히 권태롭지 않은 관계를 생성해 내었는데, 그것은 다분히 출발과 귀착으로 순환되는 여로의 경험을 반복한 때문인지도 모른다.

생각하면 우리는 늘 넘치는 소통의 축복을 감당하지 못했다. 노상 만나고 노상 담소하고 노상 토론하는데도, 헤어지고 들어오면 다시 소통하고 싶은 욕구로 관계들을 맺었다. 사당동과 낙성대 입구 주변의 숱한 주점들, 서울대입구역 주변의 온갖 식당들, 강남역 부근의 하우스 맥주 코너, 광화문과 종각 일대의 철거되지 않은 옛날 술집들 등등에 우리들 소통의 깃발은 찬란했다. 그 소통 욕구의 조화로운 정점에 우리들 여로가 펼쳐져 있는지도 모를 일이다. 재미있고도 꿋꿋하게 나아가게 하는 견인의 고삐를 우리들의 여행의 신神이 이미 오래 전부터 거머쥐고 있었던 것은 아닌지 모르겠다.

우리의 여행은 여러 번째 함께 나가서 다니었으므로 분명 반복이다. 그런데 이 반복은 같은 경험을 단순히 덧씌우는 것을 뜻하는 것은 아니다. 이 반복을 무어라 이름을 붙이면 좋을지 마땅한 생각이 떠오르지 않는다. 그것은 아마도 모든 생소함이 해소되는 아주 기분 좋은 익숙함의 일종이라 할 수 있는데, 여행 이전의 독자적 개체 넷이 '여로 공동체' 속으로 해체되어 재편되는 듯한 편안함이라고나 할까. 우리는 출발을 위해 공항으로 모이면 마치 같은 항공사의 승무원이라도 되는 양 우리가 수행해야 할 여로에 대해서 서로 익숙하고 미더웠다. 여행이란 것이 어차피 '생소함'을 찾아 떠나는 것이라면, 우리들의 반복감은 그 생소함과 기막힌 대칭을 이루는, 익숙하고 미더운 그 무엇이라 할 수 있을 것인데, 이 익숙하고 미더운 것으로 마침내 미지의 여로에서 만날 생소함들을 거뜬히 소화해 낼 수 있을 것 같은 기분에 빠져들었다.

반복을 늘 초유初有인 양 기꺼이 허용하는, 이 걷잡을 수 없는 '친화'의 메커니즘은 정말 중독성이 강하다. 그러니 우리가 중독된 것이 여행에 중독된 것인지, 아니면 우리들 관계에 중독된 것인지 분간하기가 종종 어려웠다. 활주로를 비상하는 항공기 속에서, 동행 출발을 확인하는 우리는 마치 포로수용소를 함께 탈주한 사람들처럼 일순간 아득하게 친숙한 사람들로 변해 갔다. 그것은 때로 일상에 대한 레지스탕스 같은 기분으로 전이되기도 했다. 그럴 때면 우공은 어딘가 글귀에다 '동지들' 하는 호칭을 남기기도 했고, 우리는 너무도 당연한 듯이 그 호칭을 수용했다.

서로에게 가장 미더운 동반은 여행의 길에 함께 서 있는 것이다. 현존하는 시간과 공간을 확실하게 공유하는 것이 여로이기 때문이다. 그러나 이역의 사람과 문명과 자연이 주는 낯선 풍광과 의미는 그것을 깊이 응시하는 동안에는 오로지 나의 것으로만 감각되고 수용된다. 우리들 각자의 여로는 이런 대목에서 단독자로서 개방되고, 단독자로서 고독 같은 것을 경험한다. 그럴듯하게 말하면 우리는 반복을 통해서 서로의 미더움을 확인하고, 초유를 통해서 각자의 실존을 강화한다. 그리고 그 초유라고 느끼는 것, 즉 처음인 것 같은 느낌이 너무도 소중하고 매력적이어서 어느덧 다음 여행을 마음 속에 길어 올린다. 그러니까 초유라는 느낌 없이 반복을 쌓아나가기는 어려웠을 것이다.

그래서 출발하는 날 공항에 나타나는 모습은 서로 비슷하기도 하고 각기 이채롭기도 하다. 아무튼 이제는 각기 그 나름의 전형성을 띠며, 출발의 기표로서 우리들에게 각인되어 있는 출발 이미지가 있다.

우공은 어딘가 발병이 난 듯한 걸음걸이로 공항에 나타나는 모습이 가장 우공다운 이미지로 떠오른다. 유독 중요한 여행을 앞두고 그의 발은 꼭 고장 신고를 해 오는 것이었다. 그러나 어찌 생각하면 지구촌을 넘나드는 우공의 왕성한 견문 의욕을 발이 미리 알고 조심 경보를 먼저 발동하는 것인지도 몰랐다. 걸어야 할 행로가 무슨 소명처럼 놓인 순례자의 운명을 우공에게서 떠올리는 것은, 조금도 이상할 것이 없다. 그를 한번이라도 따라 다녀 본 사람이면 그가 고행적 순례자의 족보에 들기에 조금도 손색이 없는 사람이라는 것을 금방 알 수 있다. 우공은 길 자체에 자신의 신실함을 베푸는 사람이다. 모르고는 따라갈지언정 알고서 따라가기는 쉽지 않다. 그만큼 독보적이라는 이야기이다. 나는 더러 그를 만류하는 데 꾀를 내야했다. 생각하면 한심했다. 나는 기껏 길을 막는 존재를 면치 못하기 때문이다.

공항 모서리로 부지런히 일찍 나타나는 남계는 차림이 늘 단출하고 조촐하다. 그러나 머리 속으로 구축해 두는 그의 여로는 늘 절제된 요령이 잘 터득되어 있다. 그는 특유의 담담한 듯한 표정으로 타박타박 걸어간다. 각별히 설레는 것 같지도 않고, 무슨 풍파에도 쉽사리 휘둘리지 않는 단아한 표정 같은 것이 있다. 달리 욕심도 없고 달리 나태도 없는 그런 이미지로 그는 여로를 나선다.

석우는 두툼한 복장과 각종 여행 장비를 걸머지듯 하고서 나타난다. 그는 가장 실천적이고도 행동적인 모드로 우리들 여행의 전 스케줄에 대한 집행 책임을 자처한다. 우공과 더불어 여행의 구체적 행로와 경유 장소들을 미리 챙기고, 인터넷을 꼼꼼히 뒤져서 일용할 양식과 거처할 잠자리를 요모조모 규모 있게 교섭해 놓는다. 석우가 이렇듯 실용적 감각과 막강한 책무의식으로 수고를 베푸는 덕으로 그 수많은 길들이 우리에게로 다가왔다. 그는 뛰어난 기억력과 순발력 있는 위기대응력으로 쉴 새 없는 의사결정 순간들을 시원시원 처리한다. 우리는 그를 거역할 수 없다.

그에 비하면 나는 좀 무지렁이 편에 속한다. 여권을 잃어버린다든지 하는 식으로, 문제나 발생시키지 않으면 그저 기본 역할을 하는 셈이다. 나 같은 무지렁이가 이 공동체에 어떤 조화를 기하는지는 현재로서는 설명이 되지 않는다. 나는 그저 그들의 자비심에 기대어 동행의 길에 나선 것인지도 모른다. 그런데 동행이 오래다 보니, 이제는 마치 무지렁이 역할을 누군가 해야 되는 것처럼 되어버렸는지도 모르겠다. 아무튼 고마운 일이다.

대개 우리는 출발하는 날 아침, 공항에 나타나기가 무섭게 원고 노역의 무거운 짐을 겨우 막 벗어버린 해방감을 확인한다. 여행길에 나서기 전에 반드시 처리해서 넘겨주어야 할 원고들이 언제나 상당 부분 있기 마련이다. 밤새 시달리던 원고의 감옥으로부터 간신히 탈출해 온 모습을 연출한다. 이것이 운명의 굴레임을 여실히 보여주는 말을 우공이 습관처럼 중얼거린다.

"정말 이렇게 살아서는 안 되는데……."

사정이 대동소이한 우리들은 공감인 듯 반성인 듯 희끄무레 대꾸한다.

"글쎄 누가 아니랍니까, 허허 참."

이 또한 무수히 반복되는 장면임에도 오늘 아침 처음 겪는 듯한 인상을 가지게 되는 것은 무슨 착각의 조화인지 모르겠다. 🌺

내가 본 우리들의 도정

　　1973년 봄학기가 시작되면서 우공을 본격적으로 만나기 시작했다. 일학년 때 상계동 교양학부에 다니면서 시를 쓰는 김진경, 윤재철 군과 함께 사대문학회 합평회에 참석하기 위하여 한두 주에 한 번 정도씩 용두동 캠퍼스에 드나들던 나는 이학년으로 진입하면서 본격적으로 사대문학회 활동을 시작했다. 이 때 군에서 복학해 한 학기를 다닌 우공이 사대문학회 회장직을 맡게 되었고, 우공이 나를 부회장으로 지명하면서 문학회 일 때문에 거의 한 주 내내 붙어다니다시피 해야 하는 사이가 되어 버렸다.

　　매주 이루어지는 회원 작품 합평회를 준비하기 위해 합평 대상 작품인 소설을 회원들이 돌려가며 읽도록 해주고, 시의 경우 프린트를 하고, 안내 벽보를 만들어 학교 승인을 받아 붙이고 하는 일들로 거의 매일 학생회 사무실이나 구인환 선생님 연구실에서 만날 수밖에 없게 된 것이었다. 그 때부터 일 좋아하던 우공은 봄에 청량대에서 시화전을 열었고, 수리산으로 사대문학회 야유회를 갔고, 가을이 되자 〈창작시대〉 3호를 내고 몇 년간 중단되었던 사대문학회 동인지 〈창작시대〉를 재출간하자는 계획을 세웠다. 이런 일들이 사대문학회 선후배간의 우의를 다지고 문학에의 뜻을 굳히는 계기를 만들었지만, 〈창작시대〉 발간은 경제적으로 만만치 않은 일이어서 우공은 필요한 경비를 마련하기 위해 선배들에게 가서 돈을 갹출하는 일에 후배들을 야멸차게 내몰기도 했다.

〈창작시대〉 4호의 발간 경비를 줄이기 위해 우공은 조판과 인쇄를 안양교도소에 맡겼다. 안양교도소 재소자들에게 재활을 위한 방법으로 문선이나 식자 등을 교육시킨 모양인데 그들에게 일을 맡기면 엄청나게 싼 가격으로 책을 만들 수 있다는 것이다. 우공의 뜻에 따라 그 곳에 맡긴 것은 좋았는데, 교도소 교정국에서 하는 일이다 보니 교정지를 학교로 전달해 주지를 않아서 우리가 안양교도소로 찾아가 교정국 사무실에서 교정지와 씨름을 해야 했다. 그해 겨울 문학회 일을 맡은 우공과 나는 수도 없이 안양교도소를 들락날락거렸다. 마지막으로 교정지에 오케이를 하고 나오는 날, 우공과 나는 정문을 나와 터덜터덜 걷다가 안양교도소 앞 식당에 들어가 두부를 안주로 막걸리를 마셨다. 다시 이곳에 들어가는 일이 없기를 기원하면서.

생각해 보면 우공과 그렇게 만난 지 이제 36년이 되었다. 그 때 세는 나이로 스물여섯 청년이었던 우공이 올해 회갑을 맞았고, 스물 하나였던 나도 이제는 오십대 중반이 되어 버렸으니 참으로 긴 시간을 우공과 함께 했다. 내가 군대를 간 동안 우공은 결혼을 했고, 외출을 나와 결혼식에 참석한 나는 동대문 고속버스 터미널에서 설악산으로 신혼여행을 가는 신랑신부를 마중해 주었다. 제대한 다음에도 오류중학교와 북공고에 근무하는 우공과 이런저런 일들을 만들어 개미식당으로 광화문 성일다방으로 광화문 대구포집으로 빈대떡집으로 다니면서 무언가 일들을 꾸몄다. 만나서 술 마시고 떠들다 헤어지기 보다는 함께 대학원에 다니고 있었던 우리는 무언가 일을 꾸며 함께 공부하는 기회들을 만들고 또 공부한 결과를 논의하곤 했던 것이다.

1982년 우공이 전북대학교로 내려가면서 우리들은 좀더 구체직으로 민남을 일로 바꾸기 시작했다. 가장 먼저 시작한 일이 석영과 함께 〈문학교육론〉을 만드는 일이었다. 85년 겨울에 일을 추진하기 시작한 우리는 3년 정도의 긴 작업 기간을 거쳐 1988년 겨울에 〈문학교육론〉을 상재했다. 이 일은 우공과 석영 그리고 내가 함께 한 첫 본격적인 작업이었고, 남계를 포함한 우리 네 사람 즉 로고포가 모이고 또 일을 시작하는 모태가 된 사건이기도 하다.

나보다 사년 선배이면서 학군단 생활을 한 석영은 대학을 다니면서는 만난 적이 없다. 석영이 군대에 간 후에 나는 입학을 하였고 석영이 제대를 하였을 때 나는 군대에 가 있었다. 단지 선후배라는 사실만 알고 있었던 내가 석영을 제대로 알게 된 것은 1983년인가 석영이 교육개발원에 근무하면서 방송통신고등학교 교과서를 개발할 때, 구인환 선생님께서 그 일을 맡으시고 나를 집필위원으로 포함시키면서이다. 개발원에서의 집필 관련 회의와 원고 검토 등을 거치면서 석영을 알게 되었지만, 그 후 몇 년간은 같은 과 선후배로서 일을 한 번 같이 해 보아 조금은 안면이 있는 사이로만 지냈다.

〈문학교육론〉 작업을 시작하면서 석영은 우공과 함께 참 자주 만났다. 그때까지 학문으로서의 정체성마저도 애매하던 문학교육학의 전체 방향을 정하는 데서부터 책의 세부 목차를 정하는 일까지 만만한 일이 없었다. 긴 논의 끝에 목차가 정해진 다음 각자 집필 부분을 분담하고, 정해진 날 써온 원고를 밤늦게까지 검토하고 수정 방향을 정하고 자정이 넘어서야 고픈 배를 달래려고 포장마차에서 우동을 말아놓고 소주를 마시며 아침 해를 보는 일이 적지 않았다. 전후로 60회 가까운 모임 끝에 책을 출간할 수 있었으니 참으로 건강하기도 하고 열정에 찬 시절이었다.

남계는 나보다 삼년 선배인데 재학 중에 군대를 다녀왔고, 남계가 복학할 때 쯤에는 내가 군에 가 있고 해서 재학 중에는 서로 만난 적이 없었다. 대학을 나보다 2년 먼저 졸업한 남계는 대학원을 다니고 있었고, 후에 대학원에 들어간 나와는 박사와 석사로 과정이 달랐고, 또 고전문학과 현대문학으로 전공도 달라서 같이 대학원에 다니는 선후배로 가끔 강의실이나 학과 사무실에서 만나면 반갑게 인사하는 정도로 지냈다. 1982년인가 학과 조교를 하면서 남계가 전남대학교로 발령받아 갔다는 소식을 들었을 때, 선배가 대학으로 갔다는 반가움과 함께 나는 언제 저렇게 전임교수로 발령받아 나가나 하는 안타까운 마음이 들었던 기억만 새롭다.

남계와 함께 일을 하게 된 것은 1988년 여름이었다. 5차 교육과정에 의한 검인정 교과서 작업이 한창 진행되던 그 해 여름, 우공과 석영과 함께 〈문학교육론〉 마지막 작업을 하고 있었던 우리들에게 동아출판사 황명규 부장과 연결이 되었다. 〈문학〉 교과서의 방향과 관련한 논의를 하는 자리에서 석영의 의견을 들은 황부장이 〈문학〉 교과서의 집필을 의뢰해 온 것이다. 동아 측에서는 이미 한 팀이 〈문학〉 교과서를 만들고 있었으니 보험의 개념으로 우리한테 부탁한 것이겠지만, 우공만 전북대학에서 신임교수로 근무하던 우리들에게 교과서 집필 의뢰가 들어오리라는 기대를 하기 어려웠던 상황에서 그 제안은 한 번 욕심내어 볼 만한 일이었고, 또 〈문학교육론〉 작업을 통해 정리된 논리를 실천해보고 싶은 욕심 또한 없지 않았다.

일을 시작하고 보니 현대문학 쪽으로만 전공한 우리 셋으로는 〈문학〉 교과서를 만들 수는 없었다. 어떻게 일을 추진할 것인가를 논의하던 우리는 전남대학교에 근무하고 있던 남계를 떠올렸다. 남계에게 저간의 사정을 이야기하여 동참 약속을 받은 우리는 어느 더운 날 〈문학교육론〉 작업을 하던 강남역 2번 출구 근처의 실로암 여관 근처에 있었던 태극당 예식장 커피숍에서 자리를 함께 하였다. 5차 교육과정 〈문학〉 교과서를 집필하기 위한 첫 모임이었고, 이 자리는 현재까지 이어지는 로고포의 첫 모임이기도 하다.

그때 〈문학〉 교과서를 집필하기 위한 우리들은 그 해 9월에 강릉대학교로 발령받아 간 나, 전북대학교의 우공, 전남대학교의 남계 이렇게 셋이 지방에 근무해시 교육개발원에 근무하던 석영을 제외하면 모두 회의 차 서울로 올라와야 하는 어려운 상황이었다. 서울에 올라와도 회의 공간이 적절하지 않아서 여관에 모여 작업을 하여야 했던 우리는 강남 고속버스 터미널 옆 꽃상가의 코벤트 가든 찻집에서 많은 논의를 하였고, 〈문학교육론〉 작업 때부터 자주 사용하던 실로암 여관에서 늦은 시간까지 회의를 하곤 하였다. 저녁을 먹으면서 간단히 소주 한 잔을 걸쳤어도, 원고 검토가 끝나면 또 밖으로 나가 우동을 안주 삼아 밤늦도록 이야기가 이어졌다. 무엇이 그리도 진지하였을까.

그때 늘 만나던 코벤트 가든은 폐업을 하고, 수없이 많은 밤들을 보낸 실로암 여관은 재개발로 사라져 버렸다. 이런 변화들이 20년이 넘는 시간 우리들의 만남과 우정은 계속되는데 우리 주위는 너무나 변해버렸음을 실감하게 해준다.

그 해 처음으로 작업한 〈문학〉 교과서가 좋은 결과를 가져왔고, 그것이 우리의 모임이 지속되는 기회가 된 듯하다. 이후 6차와 7차에서 〈문학〉 교과서가 지속적으로 검인정 교과서로 채택되었고, 7차에서는 우리가 작업한 〈독서〉 교과서 역시 채택되기도 하였다. 교과서 작업을 한 번 해본 후 다시는 같이 하지 않는 팀도 없지 않다는데 20년이 넘는 기간 동안, 교과서 작업뿐만 아니라 40권이 넘는 책들을 기획하고 출간하면서도 우의를 지속해 온 것은 우리 모두의 원만한 성격과 꾸준한 노력의 결과이겠지만, 우리의 만남을 생각할 때마다 언제나 이러한 우의를 지속해 온 우리들 모두에게 감사할 따름이다.

우리들은 그 동안 교과서 작업 이외에도 우리들의 전공을 살려 중고등학생들이 읽어야 할 책들의 기획 출간, 외국인의 한국문학 교육을 위한 자료집 개발, 전자 매체에 필요한 교과서 개발, 초등학생을 위한 동화 자료집 개발, 법령 언어의 순화 연구, 문학 영재 교육을 위한 기초 연구 등 다양한 일들을 추진하였다. 이렇게 다양한

〈창작시대〉와 문학의 교육을 이끌어가는 책들

일들을 할 수 있은 것은 우리들 누군가 어떤 일을 하자고 제안했을 때, 로고포 모두가 그 일을 제안한 사람이 어련히 많은 고민을 하지 않았겠는가 하는 생각에 이의를 달지 않고 동의하기 때문이다. 대부분의 경우 우공이 일들을 가져오고 내부적인 논의 뒤에 결정이 되면 필요한 연구 인력을 모으고 일을 추진하는 것은 각자 적절히 알아서 처리하기 때문에 큰 무리 없이 일이 추진된다.

이것은 우리 넷 중 누군가가 외국에 나가 있을 때도 마찬가지이다. 우리가 함께한 이십 년의 기간 동안 우공이 프랑스에 일 년 나가 있었고, 남계가 미국에 일 년 나가 있었다. 우공 부부가 프랑스에 있는 동안에도 우리는 무언가 작업을 진행 중이어서 전화를 이용하여 안부를 전하면서 우공에게 원고를 부탁하기도 하고 작업의 방향에 대해 논의하기도 한 것이다. 더욱이 남계는 교과서 작업이 한창일 때 미국에

나가 있게 되었는데, 약간의 미안한 마음을 표현하자 이메일이 있으니 아무린 문제가 없다는 쪽으로 결론이 났고, 남계는 자신이 맡은 부분의 원고 전부를 미국에서 집필하기도 하였다. 서로가 남에게 불편함을 끼치지 않겠다는 이러한 마음이, 또 남을 먼저 배려하는 마음이 그 동안 그 많은 일들을 무리 없이 처리해 오고 또 꾸준히 우의를 지속할 수 있는 힘이 아니었는가 하는 생각이 든다.

2000년도에 들어오면서 우공은 외국에서의 학술대회에 관심을 갖기 시작하였다. 2000년도에 연변대학에서 우리 네 사람이 대학원생들을 상대로 강연회를 가진 이후에 2004년 여름의 연변대학 주최의 국제학술대회, 2005년 중국해양대학 주최의 국제학술대회 등을 참석하도록 주도하였다. 또 2002년 오슬로대학에서의 국제학술대회와 2005년부터 2007년까지 세 차례 이탈리아에서의 국제학술대회를 참가하도록 주도하기도 하였다. 이러한 여러 학술대회를 참여하면서 발표 준비에 힘들기도 하고 특히 유럽 쪽에서의 발표는 언어 문제로 많은 부담이 되었지만 로고포 넷 중 어느 누구도 반대하지 않았다. 이러한 국제학술대회의 참가는 우리들에게 국제적인 감각을 키워준 것은 물론이고 학술대회 여정을 이용하여 여러 곳을 여행할 수 있었던 것은 더욱 좋은 기억으로 남아 있다. 그리고 이러한 여정을 통하여 우리들의 친교가 더욱 깊어졌음은 더 말할 나위가 없다.

늘 우공은 무언가 일을 기획하고 놀라운 힘으로 추진해 나간다. 석영과 남계와 내가 가끔씩은 우공이 기획하고 추진하는 일에 대해 브레이크를 걸기는 하지만, 거의 언제나 우공이 기획한 일들은 로고포의 논의를 통하여 보다 상세화되고, 각자 자신이 할 수 있는 일을 나누어 맡아 일이 완성되기에 이른다. 문학교육을 전공한 석영은 교과서 개발이 시작되면 주도적으로 일을 처리한다. 이 경우 석영이 추진하는 일에 우공이 협조하고 남계와 나는 대충 따라가는 분위기로 나간다. 맡겨주는 일들만 처리하면 일은 마무리 되어 있기 마련이다. 또 고전문학과 관련된 일은 거의 남계의 몫이다. 자신의 전공이라는 이유도 있지만 그 쪽 일에 대해서는 늘 남계가 주도적으로 추진하여 일을 마무리 단계에 이르게 한다.

　현대문학을 전공하는 나로서는 우공과 석영이 모두 전공이 비슷하므로 크게 나서지 않아도 된다. 일에 대한 전체적인 의견만 간단히 제시하고 논의를 통하여 맡겨진 일을 처리한 것이 나의 주된 임무이다. 그런데 이런 작업들과는 달리 로고포에서 내가 맡고 있는 일이 있다. 로고포가 일을 처음 시작하던 시기에 출판사에서 주는 작업비의 관리를 내가 맡았는데 20년이 지난 지금까지 못 벗어나고 있다. 결국 이 일은 총무의 일이 될 터인데, 선배들과 일을 하다 보니 귀찮은 돈 관리를 맡겠다는 선배도 없고 새로 들어오는 멤버도 없다 보니 아마 앞으로도 쭈욱 이 일을 해야 할 것 같다. 현재 천만 원이 넘는 돈을 관리하고 있는데 돈 문제 역시 '어련히 알아서 하겠지'라는 로고포의 심리가 발동하여 나에게 돈 사용에 관한 전권을 거의 주고 있다. 일정 기간마다 돈의 사용 결과를 알려주면 귓등으로 듣는 로고포의 모습에 오히려 돈 관리가 더욱 철저해질 수밖에 없는 현실이다. 내가 2009년도에 일 년간 중국에 파견 나가 있으면 이 일을 누가 어찌 해야 하는지 걱정이 되기도 한다.

　우공과 만난 지 삼십육 년, 로고포가 함께 모인 지 이십일 년이 지났다. 처음 넷이서 자주 만나 일도 하고 우의도 다지던 우리는 십여 년 전에 가족 모임을 제안하게 되었고, 두어 달에 한 번씩 우리들의 일 때문에 밤늦게까지 노심초사하는 아내들을 위한 자리를 마련할 수 있게 되었다. 잦은 만남이 이루어지면서 부부 외국 여행도 기획하게 되어, 부부 모임으로 여행을 떠난 것이 국내 두어 차례 외국 서너 차례에 이르렀다. 부인들이 부부 모임인 로고에이트(logo8)의 만남을 기다리게 된 것은 우리들의 우의가 좀더 오래 지속될 수 있는 좋은 계기라 생각된다. 앞으로 우리가 조금 더 한가해지면 더욱 자주 만나고, 관람을 하고, 여행할 수 있는 기회가 만들어지기를 기대한다. 硏

우리들의 음주와 실수에 대하여

　술 마시는 사람 중에 악한 사람이 없다는 말이 있다. 그 말은 어느 의미에서는 옳고, 또 어느 의미에서는 참 가당하지 않다. 술 마시고 행패부리는 사람들이 얼마나 많은가? 또 술 때문에 자신을 망가뜨리다 못해 가족과 주변 사람들에게까지 피해를 끼치는 사람들이 얼마나 많은가. 그래서 술과 관련된 문인들의 기행奇行도 사실은 썩 바람직한 것으로 보이지는 않는다. 달과 관련되어 으레 등장하는 주선酒仙 이태백의 음주 행태도 정상적인 안목으로 본다면, 그게 어디 사람으로서 할 일이겠는가. 양반의 유흥 자리에 빠짐없이 등장하는 술과 여인들의 모습이 어찌 바람직한 것이겠는가.

　그러나 여기서는 음주로 인한 실수와 일상에서 일어나는 실수를 반성의 소재로 삼아 겸손해지는 이야기를 하고자 한다. 술을 마시되 적당히 마시면 약이 된다는 등의 교훈적 이야기야 일상적으로 듣는 것이니 말이다. 어느새 인생길의 벗이 된 우리 넷의 여행길은 상당한 정도의 음주가 뒤따른다. 참 잘 어울렸다 싶게, 넷 중 어느 하나도 술에서 자유롭지 않다. 그래서 누구 하나 술 생각 나면 우리 만나야지 하는 연락을 하고, 그러면 우리 이야기해 보아야지 하면서 음주의 자리를 만들곤 한다. 그 바쁘다는 사람들인데, 넷이 만나자 하면 왜 그리도 시간이 한가한지, 주루룩 모이고, 그러노라면 우리의 자리에 술이 빠지지 않는다. 우리가 해낸 일의 결과물에서는 그래서 술 냄새가 나고, 또 술처럼 짙은 인생살이가 배어 있다.

세월이 지나면서 우리가 마시는 술의 종류나 마시는 방식도 많은 변화를 거쳐 왔다. 처음 마실 때야 당연히 소주였지만, 나이가 들면서 우공은 포도주와 막걸리로 바뀌었고, 석영과 석우, 그리고 나는 가끔 이리저리 기웃거리긴 하지만 주력 품목은 맥주다. 우리가 마시는 술은 우리 넷의 출신이 부유한 것이 아니어서 감히 폭탄주니, 양주니 하는 것과는 처음부터 거리를 두었다. 같은 대학의 선후배로 만났으니, 청량대의 술 마시는 추억까지도 고스란히 공유하고 있어 서로의 술 마시는 기반이 같을 수밖에 없다. 그 뿌연 막걸리를 앞에 두고 비분과 강개를 쏟아내던 열기를 우리는 공유하고 있는 것이다. 추운 겨울의 바보주점과 성동역 옆 천변에 판자로 얼기설기 세워져 있던 막걸리집에서 우리는 연탄불에 막걸리를 데워 마시며, 술과 인생을 익혀갔다. 다 마시고 나면 카바이트 가루가 주전자와 막걸리 잔 아래에 가득 쌓였고, 그와 함께 우리의 슬픔과 주정도 하나 가득 쌓여 갔다. 통행금지 시간에 맞추지 못해 항상 허둥대는 술자리였지만, 그래도 여유가 있었던 것은 생활을 책임지는 사회인이 아니었기 때문이었을 것이다. 우공이 요즘도 가끔 막걸리를 찾는 것은 질이 좋아진 이유도 있겠지만, 그런 우리의 과거가 문득문득 생각나기 때문일 것이다. 우리의 위腸는 그렇게 힘들고 어려운 시절을 지나면서 단련이 되었는지도 모른다.

청량대에서 관악산으로 오고 보니 맨 먼저 바뀐 술 풍속이 바로 주종의 변화였다. 서울 시내 곳곳에 흩어져 있던 대학들이 한 곳에 모이고 보니, 그들이 가지고 있던 풍속들이 융합하고 또 밀어내기를 하면서 관악산의 새 풍속을 만들어갔기 때문이다. 대학에 들어와서야 여학생과 같은 교실에서 수업을 들었던 나는 그런 환경의 적응에 참 서툴렀다. 시골에서 올라왔으니 열심히 공부하겠노라 강의실 맨 앞에 자리를 잡고 있었는데, 옆자리에 앉은 여학생이 영 부담스러워 다시 맨 뒷자리로 옮겼던 것도 한두 번이 아니었다. 그래서 잘 해보겠노라는 결의는 없어지고, 그래서 기다리고 있었던 것이 군대 가는 일이었다. 그런데 복학하고 돌아온 관악산은 팔을 끼고 돌아다니는 짝들도 심심찮게 목격될 수 있을 만큼 변하였다. 그렇게 우리는 관악산의 모습에 감염되어 봉천동의 튀김집과 신림동의 순대집에서, 막걸리를 버리고 소주를 벗하는 모습으로 바뀌었다.

지금의 우리가 마시는 주력 품목은 맥주다. 우공은 와인을 즐겨 찾기도 하지만, 그것은 프랑스에서 일 년간 연구년을 보낸 뒤의 후유증일 뿐이라고 생각한다. 이렇게 된 이유는 우리의 생활 씀씀이가 넉넉해진 까닭도 있지만, 단연 우리를 지탱해주는 몸을 배려한 결과이다. 우리의 몸은 소주를 감당할 수 없을 만큼 나약해진 것이다. 소주를 마시고 난 다음날을 버티기도 힘들었고, 무엇보다도 그 독한 잔을 목은 받아들이지 않았다. 당연히 정신을 자꾸 잃게 되고, 그것이 얼마나 가슴 쓰리게 하는 반성의 자료가 되는 것인지는 모두가 잘 알고 있다. 반성할 일은 하지 말아야지, 명색이 가르치는 선생이면서 후회를 반복하는 것은 옳지 않아. 그래서 우리는 마음을 다잡고 다잡으면서도 음주와의 인연을 끊기보다는 우리의 몸과 조화를 할 수 있는 주종酒種의 선택에 신경을 쓰게 된 것이다. 그마저도 '통풍'이니, '혈압'이니 하여 술자리에서 사이다를 마시는 경우도 생겨났다. 그래서 술 마시는 자리에서 공유하고 있는 우리의 불문율은 결코 다른 사람의 술 마시는 방식에 대하여 용훼하지 않는 일이다. 와인과 소주와 맥주와 막걸리가 한 자리에 올라와도, 그것은 각각의 이유 있는 선택일 것이라는 합의가 전제되어 있다. 사이다를 선택하면 그 또한 그 몸의 요구인가보다 넘어간다.

석우는 일정 정도 마시게 되면 앉은 채로 깊은 잠에 빠지는 것이 예전의 술 마시는 방식이었다. 그러면 잠자고 있는 석우가 깰까 봐 말소리를 줄여가면서 다시 술자리에 돌아오는 시간을 기다리는 것이었다. 그런데 언제부턴가 석우의 그런 술 마시는 방식이 사라졌다. 이유가 무엇일까? 아마도 우리 넷의 막내로 살아오면서 선배 모시느라 강건해진 까닭도 있을 것이다. 그렇다면 그것은 대단히 긍정적인 일이지만, 그의 온 몸은 종합병원 신세를 져야 할 만큼 상해 있어, 중국에서 예정된 일정을 소화하지 못한 채 아픈 몸을 끌고 돌아와 우리를 놀라게 한 일도 있었다. 그래서 그가 술을 마시다 잠에 빠지지 않게 된 원인은 아마도 우리의 술 마시는 시간이 퍽 줄어들었다는 점에서 찾는 것이 옳을 것이다.

밤을 새워 일하는 것도 우리는 퍽 절제하고 있다. 더구나 나는 노인성 새벽형이어서 잠자는 시간을 확보하기 위해서는 일찍 잠들 수밖에 없다. 밤 새워서 일을 진행할 수밖에 없는 상황에서 내가 가장 신경을 쓰는 부분도 바로 잠자는 시간의 확보 문제이다. 그래서 그런 자리의 책임자가 되는 경우는 다른 사람을 배려하는 척 결코 자정을 넘기지 않는 규칙을 만든다. 되도록 밤을 새워 일하는 자리에 가지 않으니, 일의 양이 적어진 행복도 같이 누리고 있다. 어쩌다 당하게 되는 경우에도 만사 제치고 자는데, 이 나이에 누구 눈치 보느라 이런 내 몸의 요구 하나 못 들어줄 것인가. 우리는 거의 비슷한 몸의 사이클을 가지고 있어 약간은 뻔뻔스러워졌고, 그래서 그런 뻔뻔스러움이 통할 수 있는 일을 하게 된 것에 늘 감사하고 있다.

"술에 장사가 없다." 하는데, 어찌 실수가 없을 것인가. 나는 모든 일에 스스로의 절제가 심한 편인데, 술에 대하여만은 그것이 통하지 않는다. 나는 이렇게 된 이유를 어렸을 때의 환경 때문이라고 둘러 붙이곤 한다. 어머니께서는 큰 집안 꾸리느라고 고생이 많으셨는데, 특히 봉제사 접빈객의 가장 중요한 요체인 좋은 술 빚는 문제가 가장 힘든 일이셨다. 술 잘못 되면 숨을 제대로 쉬지 못할 성노로 온 집안의 기운이 내려가곤 했다. 할아버지와 아버지는 전혀 술을 들지 못하시니, 제사에 오신 친척 어른이나 손님들로부터 술 제대로 되었다는 말 나오지 않는 것이 술 제대로 빚지 못했다는 기준이 되었다. 그래서 어머니는 술밥 찔 때마다 머리에 또아리를 얹고 조왕신에게 술 잘 되게 해 주시라 비는 것이었다. 별로 일 저지르지 않아 두루 신뢰를 얻고 있던 나는 그래서 술만 되면 맨 먼저 어머니로부터 품평을 요구받는 것이었다. 잘 알지는 못하였지만, 야 잘 되었네요 하면 어머니는 아버지에게 얘가 잘 되었다고 하네요 하였고, 아버지는 오신 손님에게 이번 술은 잘 되었다고 하네요 미리 말씀하시곤 하였다. 잘 되었다는데 부득부득 못 되었다 우기는 손님이 어디 있을 것인가, 그래서 나는 술 마시는 것으로 어머니의 수고를 덜어드리는 일을 할 수 있었다. 지금도 여전히 술을 빚고 계시는 어머니는 이제 나의 품평과 관계없이 전문가가 되시어, 누구나 그 술에 쏙 빠지게 되었다. 그런 과거의 전력이 있으니 나의 술 실수에 대하여는 대단히 관대하시어 건강을 생각해 조금만 줄이도록 해라 하는 정도로 넘어가는 것이 상례이다. 그럴 필요도 없어졌지만, 어머니는 지금도 술을 빚으면 잘 되었는지 품평하기를 요구하고 어떤 대답이 나올지 나의 말을 기다리신다. 그럼 당연히 너무 맛이 좋은데요 하고, 그러면 내가 술을 참 잘 만들지 하며 흐뭇해하신다.

이러니 어떻게 나에게서 술이 떨어질 수 있겠는가. 욕심을 딴 데다 부리지 술 마시는 데만 부린다고 핀잔하던 아내도 드디어 내가 술 절제하는 것을 포기하고, 어머니께서 빚은 술을 보면 좋은 술인데 좀 마시지 할 정도가 되었다. 아내를 대신하여 이제는 큰딸이 나의 감시자가 되었다. 충분히 그럴 만하다 하여 나는 대를 이어가면서 눈치 보는 술을 마시고 있는데, 그 이유는 술을 마시면서 반복하는 나의 실수 때문이다. 열 가지 잘 하다가 술 한 번 흠뻑 취하는 것으로 다 까먹는 것이다. 그래서 술 마시고 난 다음날은 아, 지난밤에 무슨 실수를 했을까 걱정하면서 전전긍긍하는 일이 반복되곤 했다. 지금이야 음주의 시간도 줄었고, 양도 적어져 그런 일들이 많이 줄었지만, 술 마신 뒤의 실수에 대한 두려움은 항상 내 마음 저변에 남아 있다. 이런 나이기에 나는 다른 사람의 실수에 대하여 대단히 너그러운 편이다. 흠 많은 내가 누구를 그렇게 사생결단을 하면서 막아설 수 있는가, 당연히 고집해야 할 일에 대하여도 나는 어느 순간 뒤로 물러서는 것이다. 강한 것처럼 시작하였다가 자세히 알면 알수록 그럴 만하겠다 하면서 제풀에 쓰러지는 것이다. '어련히 알아서 그랬을까' 하는 것이 내가 요즘 자주 하는 말이다. 술은 그래서 나를 갉아먹는 적이면서 동시에 나를 가르치는 교사라고 할 수 있다.

우공은 몸이 워낙 강건하여 술에 지는 일은 없는 것처럼 보인다. 항상 술에 지고 마는 나로서는 그렇게 완벽하면 겸손할 수 있는 바탕도 없는 것이 아닌가 걱정할 정도이다. 그러나 그는 남들 이곳저곳 챙기고, 일에 푹 빠지는 성격 때문에 곧잘 실수를 하여 자신을 돌아보는 교사를 마련하고 있다. 한 번 실수하면 그 실수가 못 견디게 자신을 채찍질하는 것을 우리는 잘 경험하고 있다. 네 쌍의 부부가 중국 여행에서 돌아오는 길에 우공은 다음날 제자들이 집에 오기로 되어 있다면서 노신의 고향인 소흥에서 커다란 술 한 단지를 샀다. 도수가 낮긴 하지만 소흥주는 중국의 명주로 알려져 있어 며칠간 우리의 입을 붙들어 두었다. 우공은 그 맛을 제자들에게도 맛보게 하고 싶었던 것 같다. 그런 마음은 누구나 가질 수 있지만, 그 큰 항아리를 들고 오는 것은 아무나 할 수 있는 일은 아니다. 한 사람이 가지고 올 수 있는 술이 고작 한 두 병인데, 값으로는 양주 한 병 값에 턱없이 모자라지만 크기로는 상대가 될 수 없을 정도로 큰 항아리 하나를 들고 왔으니 공항의 담당 직원은 무척 고민했을 것이다. 우리는 이미 세관을 통과하여 그를 지켜보고 있는데, 우공은 열심히 사정을 설명한 후에야 무사히 밖으로 나올 수 있었다. 아마도 여행에서 돌아오면서 큰 술 항아리를 가지고 들어오는 일은 그것이 처음일 것이요, 또 다시는 일어나지 않을 것이다. 그런 제자 생각하는 마음이 있어 가져온 항아리를 풀어놓고 질펀해졌을 제자들과의 술자리는 퍽 따뜻했을 것이다.

한 일에 몰두하여 다른 일을 곧잘 잊고 마는 그의 성격이 실수를 불러오는 경우도 있었다. 마치 어린 아이가 길 건너서 손짓하는 엄마를 바라보면서 차가 지나가는 것은 신경 쓰지 않아 사고를 내는 경우와 같아 우리를 조마조마하게 만드는 것이었다. 이탈리아를 여행하고 돌아오는 길에 우리는 프랑크푸르트에서 다른 비행기를 갈아타기 위하여 잠깐의 시간을 보내고 있었다. 항상 그렇듯이 맥주를 마시고, 우공은 지인에게 엽서를 썼다. 서울 가서 부친다면 무슨 현장감이 있겠는가. 우공은 편지 부친다고 어딘가로 갔고, 결국 그는 항공권도 없이 경유 허용 지역을 이탈하였다. 항공권은 분실을 우려하여 총기 있는 석우가 항상 모아서 간직하였기 때문에, 그는 다시 들어올 수 없게 된 것이다. 우리는 모든 입구를 돌아다니며 그를 찾았지만 허사였다. 비행기의 탑승 시간은 점점 다가오고, 우리는 그 짧은 시간에 얼마나 많은 고민을 해야 했겠는가. 우공이야 더 말할 필요가 없었을 것이다. 그런데 헐레벌떡 그는 출발 몇 분 전에 돌아왔다. 항공사에 이름을 대고 임시 항공권을 발급 받아 들어올 수 있었다는 것이다. 그 실수가 있어 우공은 본래 가지고 있던 겸손의 의미를 더 핍진하게 성찰하였을 것이다.

그러나 우공의 편력은 여기에서 끝나지 않았다. 이번의 일은 모처럼 네 분의 아내들이 하나도 빠지지 않고 같이 가게 된 방콕의 왕궁에서 일어났다. 한 겨울에 맞이하는 더위 속에서 우리는 퍽 지쳐 있었고, 그리고 황금으로 장식한 건물 속에서 우리의 눈은 너무 현란하였다. 인간의 일이란 어디까지 헤아릴 수 있는 것인가, 그늘 아래서 잠시 쉬고 있는데 우공과 부인께서 헐레벌떡 뛰어왔다. 사진 찍는 데 정신이 팔려 모든(?) 것이 들어 있는 가방을 분실하였다는 것이다. 그 속에는 여권도 들어 있는데! 각 곳으로 흩어져 찾았지만, 정신이 쏙 빠져버렸을 것은 물론이다. 그 북새

통인 관광 명소에서 어떻게 찾을 수 있겠는가. 그런데 우공 부부는 배시시 웃으며 돌아왔다. 그의 어깨에는 잃었던 가방이 메어 있었다. 다행히 왕궁의 관리인이 가방을 수습하여 관리소로 가고 있었고, 그곳에서 그 안에 들어있는 것을 열심히 설명하여 찾을 수 있었다는 것이다. 아, 우리 모두는 가슴을 쓸어내며 한숨을 쉬었는데 우공의 가슴은 어찌나 졸아들었는지 그 이마에는 땀방울도 맺히지 않았다. 무사히 귀환한 가방을 위하여 우리는 그날 저녁 축배를 들었지만, 우리는 또 그 짧았던 순간에 참으로 길고 길었던 마음의 여행을 하였다. 초등학교 다니던 시절에 물에 빠져 허우적거리면서 나는 순간적으로 길지 않았지만 지난 전 생이 파노라마처럼 지나가고 있음을 알 수 있었다. 긴 생애를 기억하는 것은 그래서 많은 시간이 필요하지 않다는 것도 그때 깨달았던 것이다.

로고포의 네 명 중에 석영은 유일하게 장교 출신이다. 우공과 나는 또 공병학교 동문이기도 한 인연을 가지고 있지만, 석우와 함께 자랑스러운 사병 출신인 것은 동일하다. 꼿꼿한 자세와 빈틈없는 일의 처리는 소대장을 거친 지휘관의 학습에서 결과한 것으로 생각한다. 조직적인 사고와 이를 실천에 옮기는 과정이 마치 도상 훈련과 같이 계획적이기 때문이다. 자애로운 마음으로 아우들을 건사하는 모습을 보면서 나는 전통시대의 대가족을 이끌었던 집안 어른을 연상하곤 한다. 존경을 받기 위하여 의도적으로 하는 일은 결코 아니지만, 석영은 자신을 희생하는 것이 습관이 되어 있었다. 아버지의 장례식을 마치고 장지로 향하기 위하여 버스에 오르기 전에 손님들에게 감사의 인사를 올리는 그의 모습은 나에게는 장엄함으로 다가오는 장면이었다. 마치 영화 〈닥터 지바고〉의 첫 장면에서 어린 지바고가 땅 속의 관 위에 꽃을 던지는 모습에서 받았던 느낌과 같이 그것은 한 시대를 떠나보내는 아쉬움과 안타까움, 그리고 온갖 감정이 혼효된 아련함을 주었다. 어머니의 글을 모아 두툼한 문집을 출판하여 헌정하는 모습에서도 우리는 그런 경이로움을 느꼈었다. 이런 일을

투먼-건너편에 헐벗은 북한의 산이 보인다

헤아릴 수 있는 것은 아내의 전폭적인 지지가 있어야 가능한 것인데, 석영은 그런 전폭적인 신뢰를 받을 수 있는 능력을 가지고 있는 것이다. 그것은 나에게 있어서는 세상 어느 것보다 가장 소중한 것이라는 생각을 가지지 않을 수 없게 한다.

그런 석영이기에 무슨 실수가 있을 것인가. 그러나 그렇지 않다. 석영은 본래 그랬지만, 근래 들어 더욱 사색적인 모습을 자주 보인다. 혹여 너무 절제하고 스스로를 추스르느라 나타난 행동 양식이 아닌가 할 정도로 그는 깊은 사색에 잠기고, 그래서 앞뒤의 일에 대하여 둔감해지는 일이 숙식을 같이 하는 우리의 눈에 자주 포착되는 것이다. 이것이 석영의 경우에는 결코 나이 들어 생기는 건망증이 아니라고 우리는 확신하고 있다. 맨 처음 우리 넷이 중국의 연변과 백두산, 그리고 두만강에 갔을 때, 석영은 이러면 안 된다는 큰 교훈을 주기 위함인지 엄청난 비상을 걸었다. 처음 여권을 만들어 온 석우는 물론이고 해외여행 중에 여권의 간수가 얼마나 중요한 일인가는 우리 모두 깊이 헤아리고 있었던 일이다. 그런데 투먼을 갔다 돌아와서 석영은 여권이 없어졌다는 청천벽력과도 같은 소리를 하는 것이었다. 그것은 물이 말라 아무런 장비 없이도 건널 수 있는 두만강 건너편에 바로 우리의 이웃이 살고 있고, 또 그렇게 처절하게 싸워 원수처럼 으르렁댔던 과거에 대하여 깊이 빠졌던 상념의 결과였을 것이라 생각한다. 아무튼 비상이 걸려 우리는 새파랗게 질렸고, 이미 면식을 갖고 있는 영사에게까지 연락을 하여 만일의 사태에 대비하고 있었다. 여권을 놓아두고 왔을 것으로 추정되는 장소에 타고 다녔던 차를 다시 보내 찾아보게 하였지만, 그렇게 우리의 곁을 떠난 여권이 다시 돌아올 수 있다는 것을 믿은 사람은 아무도 없었다. 며칠 더 묵을 생각을 하면서 심란한 마음을 달래고 있는데, 상냥하게 안내하던 가이드가 여권을 가지고 다시 돌아왔다. 분실하였을 만한 곳이라 일러주었던 곳에 가서도 찾을 수 없었는데, 돌아와 청소를 하던 중에 발견하였다는 것이었다. 여러 가지 생각이 많이 들었지만, 그러나 이런 다행스러운 일이 어디 있을 것인가. 우리는 또 그날 저녁 취토록 자축의 술자리를 벌였지만, 석영은 두만강에서 보낸 것보다 더 오랜 사색의 시간을 가졌을 것이다. 이후 석우는 선배들 믿을 수 없다 하여 해외여행 중에는 여권을 수합하여 자신이 간수하기 시작했다. 우리는 석영 덕분에 여권의 간수라는 부담에서 벗어나 자유로운 관광을 할 수 있게 되었던 것이다.

 유사한 사건은 아르키메데스의 고향인 시실리 섬의 시라쿠사에서 다시 일어났다. 전날 보았던 세제스타와 아그리젠토의 유적지에서 느꼈던 엄청난 충격은 누구나 가지고 있었지만, 석영은 누구보다도 더 깊은 마음 속 저 멀리에서 그 충격을 음미하고 있었을 것이다. 시라쿠사의 해변에 조성된 길을 따라 내려오다 안내를 맡았던 다리오를 기다리면서 우리는 잠시 벤치에 앉아 휴식을 취하였다. 그리고 멀리 걸어와 차를 타고 출발하려고 하는데, 석영은 다급한 목소리로 여권을 넣어둔 손가방을 놓고 왔다는 것이었다. 아, 정신이 아득하였지만 생각할 여유가 없이 마구 달려갔다. 그때의 속력은 아마도 내 일생 중 가장 빠른 것이었을 것으로 생각한다. 하얗게 질

시라쿠사－아르키메데스가 '유레카'를 외친 곳

려 그곳에 가서 돌아보니 노인 몇이서 우리에게 다가왔고, 그 중 한 사람의 손에는 놓고 왔던 가방이 들려 있었다. 이방인이 모여 있다가 간 자리에 놓여 있는 가방을 누군가가 가지고 갈 것 같아 우리가 돌아오기를 기다리고 있었다는 것이었다. 너무 감사한 마음에서 제대로 말도 하지 못하면서 사례를 하려고 하였지만, 그들은 손을 흔들면서 멀어져 갔다. 마치 도끼를 잃고 엉엉 우는 나무꾼 앞에 금도끼 은도끼와 쇠도끼를 차례로 들고 나왔던 노인처럼 나는 경이로운 마음으로 사라져가는 그들의 뒷모습을 바라만 볼 뿐이었다.

석우는 우리에게 아직 실수를 보여주지 않고 있다. 그러나 그가 실수하면 어찌 되겠는가. 그는 우리의 모든 것을 챙겨주는 최후의 보루인데. 그런 석우인지라 실수 많은 선배 학번들이라고 놀리면서 실수를 하지 않으려는 눈물겨운 노력을 하고 있다. 아마 그마저도 실수를 하게 된다면, 우리의 현역 생활은 끝나게 될지도 모른다. 그의 실수 없는 나날이 더 오래 지속되기를 염원할 뿐이다.

그러나 우리들이 저질렀던 실수가 항상 해결될 수 있는 수준의 것이었다는 점은 우리가 누리고 있는 큰 행운이다. 그리고 해결할 수 있는 정도의 실수를 주어, 끊임없이 우리가 가질 수 있는 자만自慢을 경계하도록 하는 누군가에게 항상 감사하고 있다. 조심, 조심 하면서 살아가지만, 그래도 실수란 어김없이 우리의 곁으로 찾아든다. 그러나 실수가 나타났을 때, 그 실수가 우리의 앞에선 아무 것도 아닐 수 있게 하는 능력을 우리는 지니고 있어 우리는 실수를 두려워하지는 않는다. 그래서 우리 옆에 실수는 점점 다가오기를 꺼려하는지도 모른다. 우스운 얘기를 해도 웃지 않으면, 웃기는 일이 부질없어지는 것처럼 실수들이 우리 행동의 주변을 재미없는 장소로 생각했으면 좋겠다.

그러나 그럴 수 없는 것을 알기에 오히려 실수와 친근한 관계를 유지하는 것이 좋다는 생각을 갖게 되기도 한다. 우리가 저지르는 실수라는 것은 사실 얼마나 하찮은 일인가. 그 일을 크게 보면 한없이 큰 것이지만, 작게 보면 얼마나 인간다운 애교일 것인가. 우리는 그렇게 실수를 왜소한 것으로 만드는 현명함을 발휘하고 있다. 숱한 음주 자리에서 벌이는 나의 추태는 그들의 따뜻한 배려로 전혀 위용을 상실하였다. 또 헐레벌떡 해결하느라 고민하게 했던 실수들은 그 실수를 자축하는 술자리에서 이야기의 꽃을 피우는 장식품으로 바뀌었다. 아마도 더 많은 실수가 우리의 곁으로 찾아들 것이다.

그러나 그 실수가 우리와 우리의 관계를 더욱 풍성하게 하는 소중한 자산일 것이라고 생각한다. 음주 후의 어찌할 수 없이 밀려드는 추회追悔와 남의 손을 빌릴 수밖에 없었던 실수는 우리에게 더욱 겸손한 자세를 갖도록 요구하고 있기 때문이다. 공자가 말한 바대로, 겸손이란 인간이 가지는 가장 아름다운 덕목이다. 그래서 우리는 음주와 실수를 인간답게 만들어주는 고마운 교사로 여기고 있다. 항상 가깝게 두어 이제는 우리의 일부가 되어버린 듯한 그들에게 고마움을 느끼는 이유가 여기에 있다.

처음 여권 만드는 거예요?

　　우리 로고포가 뭉친 것은 1987년, 고등학교의 문학 교과서를 집필하면서부터였다. 전남대학교에 떨어져 있어 서울의 일이란 모르고 그냥 한가한 교수로서의 일만 했던 것인데, 그 작업에 참여하라는 권유를 받았던 것이다. 나이 들면서 동업으로 뭉쳐야 생각이나 행동의 틀이 공유될 수 있다면, 나는 40이 되기 전에 이런 공감의 영역에 들 수 있는 행운을 얻게 된 것이다. 본래 우공과 석영은 절친한 동기라 서로 쳐다만 봐도 무슨 고민 있나 아는 처지이고, 또 석우는 마냥 선배 잘 모시는 후배로 정평이 있어 같이, 이미 많은 공력을 쌓아 왔던 사이였다. 거기에 내가 들어간 것은 그래서 퍽 우연이었을 것이고, 나로서는 대단한 행운이 아닐 수 없었다. 지금 생각해도 그들의 논의 속에서 어떻게 내가 선택되었을까, 세상에 우연이란 없지 않은가, LOGO4를 만들기 위한 오랜 인연이 있어 이루어진 일이라 생각한다. 살다 보니 세상일이란 그런 것이라 생각했다. 어떤 사람을 어느 한 자리에 쓰기 위하여 그 많던 사람들이 착착 스스로 물러나 주고, 그 들어갈 사람을 위하여 굳게 닫혀 있던 문이 하나하나 열려 그 사람 쓸 수밖에 없도록 만들어지는 오묘한 일이 참 많은 것이 우리 사는 모습이라는 생각을 나이 들며 더 많이 하게 된다. "딱 죽을 길로만 찾아 간다."거나, "다른 사람에겐 보이지 않는 길도 될 사람에겐 대도처럼 환하게 보인다."는 말은 흔히 우리가 듣는 말이다. 그렇게 나는 이 네 명의 일원이 되어 그들이 해왔던 억척스러운 일의 한 귀퉁이를 맡게 되었다.

우공은 전북대에 있었고, 석영은 청주교대, 석우는 강릉대, 그리고 나는 전남대에 있어, 우리는 주말에 시간을 내어 서울에 모였고, 일을 몰아쳐 끝낼 수밖에 없었다. 뱅뱅 사거리 주변의 숱한 여관과 교육문화회관에서 밤을 지샜고, 새벽이 되어 포장마차에 들러 우동을 말아 먹어도 원기 충천했었다. 석우는 별 차이도 없는데 후배라는 이유로 지금까지도 재정을 책임지고 있다. 참 미안한 마음이고, 그래서 많은 모임에서 미리 확보한 술로는 충족이 되지 않아 조달하기 위해 밖으로 날갈 때면 같은 학번인 우공과 석영은 남겨두고 바로 위인 내가 같이 가는 일이 많았다. 요즘은 나이가 들면서 밤샘 작업하는 일이 드물어져 이런 즐거움도 없어졌지만, 어울려 술 마시고 이런 일 저런 일 논의하느라 밤늦게 만나는 일은 여전하다. 주로 불러내는 것은 우공이었지만, 가끔은 석영도 나는 못 부를 줄 아느냐면서 불러낸다. 또 나나 석우도 심심하지 않아요 하면서 불러내면 그 바쁘다는 사람들이 뭐가 바쁘냐는 듯 우르르 모이곤 한다. 서로가 하는 전공들이 조금씩은 달라 넷이 모이면 못할 것 없다는 기개로 일을 치러왔고, 그래서 지금까지도 환상의 모임이라는 시샘과 부러움의 대상으로 사람들은 말하기도 한다.

그렇게 우리는 서로 얼크러설크러져 뒹구는 일도 참 많았다. 너무 바쁜데 일은 잘 풀리지 않았을 때, 훌쩍 서울을 떠나 서해 귀퉁이로 달려가 횟감에 소주를 기울이기도 하며 '망중한忙中閑'이란 무엇인가를 직접 체험해 보기도 하였다. 또 일을 한답시고 강릉의 석우에게 달려가고, 또 우리가 아니면 누가 쟁기랴 하면서 일연一然의 인 각사와 물이 줄어 바닷길이 열리는 제부도를 가기도 하였다. 그렇게 다니기 시작한 우리의 여행은 종국에는 해외로까지 확대되었는데, 그것은 2000년 봄 연변대학교와 의 인연으로부터 시작되었다.

각각 한 몫을 하는 넷이 모여 있으니, 서로 물어오는 일들이 우리를 압도해도 마 냥 소화할 수 있는 체력을 아직은 가지고 있었다. 그 중에서도 가장 왕성한 정력을 가진 우공의 일감 물어오기에 우리는 그냥 손을 들 수밖에. 어련히 알아서 이런 일 제안했겠느냐 싶어, 한 사람이 제안하면 대체로 통과되는 것이 우리 넷의 일 하는 스타일인데, 이는 지금도 그대로 통용되고 있다. 우공이 절친하게 지내던 연변대학 교의 김병민 총장이 학교의 중요한 직위를 맡게 되어 축하 겸, 또 학문적 교유도 할 겸 연변을 가기로 했던 것이 우리가 함께 해외로 여행한 첫걸음이었던 것이다. 그 이전에 한 출판사에서 30 여권으로 된 한국 대표문학전집을 엮었던 일이 있어 그 전 집도 챙기고, 또 우리가 만든 각자의 책들도 수집하여 큼직한 선물 보따리를 만들어 연변을 가기로 하였다. 또 가는 김에 당연히 들러야 할 코스인 백두산과 두만강도 함께 관광하기로 하였다.

사실 나는 그 해 여름 학기부터 미국 노스캐롤라이나에 있는 듀크대학에서 한국 학 강의교수를 맡기로 하였던 터였다. 십여 년 같이 진흙길, 모랫길 함께 거닐던 로 고포에서 로고원이 멀리 떨어지게 된 것을 아쉬워하는 뜻도 나는 가지고 있었다. 나 만이 아니라 남은 그들도 하나가 오랫동안 떨어지는 것을 기념하기 위해 무언가를 해야만 한다고 생각한 듯하였다. 그래서 이게 웬 일이냐 싶게 일은 척척 진행될 수 있었다. 나로서도 잠깐잠깐 해외로 여행한 일은 있었지만, 쉰이 되는 나이에 일 년 을 넘게 외국에서 생활하러(!) 가는 길이 그렇게 마음 편안하기만 한 것은 아니었다. 더구나 좋은 기회라 싶어 초등학교 6학년인 막내도 같이 데리고 갈 계획이어서 그

백두산-천지에 어리는 하늘의 뜻을 어이 헤아리랴

부담은 간단치 않은 것이었다. 그런 부담도 덜고 또 오랜 동안의 헤어짐을 아쉬워하는 마음에서 나는 그렇게 미국에서 생활할 준비를 대충 마치고 생애 최초로 연변과 백두산, 그리고 두만강을 갈 준비를 하고 있었다.

그때 알게 된 것은 석우가 생애 최초로 해외 여행길에 나선다는 것이었다. 사십대 후반까지 그는 다른 나라는 물론이고 제주도도 가보지 않았다는 것이었다. 참 신기한 일이었다. 해외 물 한 번 마셔보지 않았던 사람이 어찌 그렇게 해외에는 밝아

세계의 공기를 호흡하였는지. 그의 글과 말에는 종횡부진 폭넓은 경험과 연륜이 배어 있었기 때문이다. 그래서 처음으로 타보는 비행기 속에서 석우는 자못 비장한 모습이었다.

구청에 가서 여권을 신청하는데, 담당하는 아가씨가 너무 의아해 하였다고 한다. 아니 국립대학교의 교수가 아직까지 여권이 없었다는 말이예요? 처음 만드는 거예요? 해외를 한 번도 나가시지 않은 거예요? 담당자는 신기해서 이렇게 말하였을 텐데, 유리창 안에 앉아 있는 담당자는 마이크에 대고 말하는 것이어서 로비에 모인 모든 사람들이 다 들을 수 있었다고 한다. 조금은 부끄러웠다고 한다. 그랬을 것이다. 그때 힘들게 만든 여권으로 우리는 보기 어렵다는 천지를 환하게 내려다 볼 수 있었고, 두만강에 서서 건너편의 북한을 바라볼 수 있었다.

몇 년 지나지 않아 석우는 중국을 자기 집처럼 드나들고 있다. 연변의 사람들도 하지 않았던 그쪽 작가에 관한 연구 결과를 단행본으로 묶어내고, 또 연변대학의 교수들과 호형호제하는 돈독한 관계를 지속하고 있다. 그 뿐인가? 은혼식을 기념하기 위해 동부인하여 유럽을 가고, 몇 년 지나 다시 로고포 모두가 그곳을 찾아가 같은 음식점에서 식사를 하기도 하였다. 그래서 우리가 가는 여행에서 항상 충실한 가이드로서의 소임을 다하고 있다. 지금의 석우에게서는 처음 여권을 발급받았을 때의 부끄러움을 찾아볼 수 없다. 세계인이 되어 모든 일을 주선하고 있으니까.

세상 일이란 그런 것 같다. 잘 꾸려져 너무도 완벽해 보이는 일의 첫머리에는 그렇게 수줍고 부끄러워하는 순박함이 있는 것이다. 풋내기로서 지내는 기간은 모든 숙련자의 경험 속에 반드시 존재하기 때문이다. 물 흐르듯 유려한 석우의 현재이지만, 처음 여권을 만들면서 가졌던 소박한 수줍음은 지금까지도 술 마시는 자리에서 단골 안주가 되고 있다. "외국에 처음 나가는 거예요?" 蘭

우정의 형이상학

우공이 노르망디로 간다. 그는 내가 자주 만나서 학문과 삶을 이야기하는 좋은 친구이다. 일 년 동안 그를 못 본다고 생각하자 갑자기 허전해지는 느낌이 든다. 우공은 나를 두고 '외우畏友'라는 표현을 일관되게 사용한다. 수사의 차원이라 할 수도 있지만 사실 우리는 아무리 화가 나도, 아무리 술이 취해도 서로를 함부로 대해 본 적이 없다. 기질이 그런 탓도 있지만 든 정이 깊기도 하기 때문이다. 그런데 나야말로 그가 나의 '외우'라는 생각을 일찍부터 해 왔다. 내가 무엇이 모자라는지를 그는 한번도 나에게 이야기한 적이 없지만 나는 내 모자라는 점의 대부분을 그에게서 내 스스로 발견한다. 그런 우공이 노르망디 루앙 시에 일 년 동안 가 있게 된다.

나는 우공의 노르망디 일 년을 우리 우정이 그윽하게 발효하는 시간으로 삼고 싶다. 그런데 그 우정의 발효는 어떤 지적인 탐색과 고뇌를 공동으로 수반하는 방식으로 이루어졌으면 좋겠다는 생각을 한다. 그것은 물론 떨어져 있으면서 체험의 질적

범수를 날리 하면서 공동의 화두로 글쓰기를 시도해 보는 방식이 되었으면 하는 것이다.

그렇게 기획된 '우정의 플랜' 이란 것은 좀 부자연스러운 것 아닌가 하고, 이의를 달 사람도 없지 않겠지만, 우리가 원래 글쓰기를, 담론 생산을 일생의 기업으로(이는 성서식 표현임)하는 사람들이라는 것을 전제한다면 '당신들답다' 하고 이해받을 여지도 있다고 생각한다. 그래서 나는 '우정의 형이상학' 이란 다소 생경한 말을 꺼내고 있는 것이다. '우정의 형이상학' 을 정면으로 논하자는 것이 아니라, 그런 예시쯤에 해당함직한 어떤 실천을 서로 떨어져 있으되, 서로를 확인하면서 해 보자는 것이다.

우정을 논하는 현실의 담화들은 대체로 질박하고 그래서 바로 '지금 여기' 의 정서를 자극하는 방식으로 이루어진다. 오십객이 되어 초등학교 동창회나 고향 향우회 같은 곳을 나가 보면 그곳이야말로 형이상학이 발붙일 곳은 전혀 없다. 형이상학 비슷한 표정이라도 지을라치면 금방이라도 '매도 제1호' 가 되어 그 공간에서 퇴출감이 되기에 족하다.

그러니까 우정에 관한 형이상학은 우정의 현장에서는 발양되기 어려운 것인지도 모른다. '형形' 이 곧 '현실' 에 해당하는 것이라면 '이상而上' 은 그것으로부터의 '거리' 를 뜻하는 것 아니겠는가. 그래서 모든 형이상학은 거리를 필요로 한다. '우정의 형이상학' 이란 것이 성립되려면 일단은 초등학교 동창회 술자리 같은 시공간으로부터 얼마간은 이격되는 것이 필요하리라. 그것은 우선 물리적 시공간의 이격을 말하는 것이겠지만 궁극에는 심리적 이격을 반드시 수반하는 것이 되어야 하지 않을까.

그리하여 나는 우공의 노르망디 행을 아쉬워하면서도 반가워한다. 아쉬워하는 것은 가히 '지기知己' 의 존재를 내가 실체적 감각으로 확인하지 못하는 시간을 얼마간 견디어야 하는 것이고, 반가워하는 것은 우리들 관계의 형이상학을 마련해 보는 계기가 되지 않을까 해서이다. 더 범박하게 말하면 우리들 관계의 지적 성숙을 꾀해 보

19, rue Albert Einstein - Lot 16 - 93591 LE BLANC-MESNIL Cedex - Tél. : 01 48 65 53 20

ROUEN 76000 Seine Maritime
NORMANDIE FRANCE
LA CATHÉDRALE DE ROUEN
Edifiée du XII au XVIeme siècle. Graves dégâts en 1944
dont la réparation entamée dans les décennies qui
suivirent se poursuit.
THE ROUEN CATHEDRAL
Built from 12th to 16th century. The repairing of the
important damages occured in 1944 that started
then are still going on.

는 계기로 삼자는 것이다. 그리고 이러한 노력이야말로 우정의 새로운 모형쯤으로 나아갈 수 있을 것이라는 믿음을 가지게 된다.

몽테뉴의 에세이 정신이면 충분할 것이다. 나는 그런 인식으로 우정의 형이상학을 글쓰기로 모색해 보려 한다. 그러나 이 역시 우공의 헌신적 배려가 없으면 그 향방이 어찌될지 모를 일이다.

우공과 나는 서로의 배려가 소중해서 '담론을 위한 담론' 이 서로의 사고에 덧칠하듯 달라붙는 것을 저어한다. 이미 그런 것을 넘어서고 있었다고나 할까. 그러나 생각해 보면 이 또한 편견에 속하는 것인지도 모른다. 사유와 실천을 그런 수준에서만 파악할 수는 없는 것. 사적 영역에 속하는 것들을 다시 제대로 된 담론의 질서 속으로 재편성함으로써 반성의 사유를 가다듬어 나갈 수 있지 않을까. 오십대란 잘 위장된 세상의 욕심들이 넘실넘실 넘나대는 때이기 때문에 더욱 그러하다.

우공, 내가 좋아하는 소크라테스의 명구銘句 가운데 '진징한 우정은 친구의 결점을 사랑하는 것'이라는 말이 있소. 우리의 어떤 시도의 출발도 여기이고 우리의 어떤 귀환도 여기일 것이라는 믿음을 가지며 이 글을 맺으려 하오.

우공! 건강 각별히 잘 보살피고, 진정성 넘치는 보람의 시간을 누리기 간절 기원합니다. 내 개인기 살려 북한식으로 말해볼까요.

"우동지, 잘 다녀 오시기입네다." 眞

우공에게

심혈관 조영술인가 하는 검사를 하느라 삼성의료원에 들어가 있었습니다. 3박4일 입원실에 누워 있으니까 고즈넉하여 좋기도 하고, 현실로부터 거의 완벽한 소외를 뒤집어 쓰고 있는 것같아서 무력해시기도 했습니다. 시술대에 누워 있으면서는 의료 기술의 정교함과 그 발달 수준이 새삼 경탄스러웠고, 정말 죽음에 처한 사람들의 입장에서 보면 이런 의학자들의 연구 노력이란 생명 그 자체에 값하는 절대 가치를 매김직 하다고 생각했습니다.

입원하는 동안 좀 우스운 자극이 내게 있었습니다. 자극의 원천은 우공이지요. 우공의 자극에 힘입어, 즉 우공이 쓴 「노르망디 통신」에 나오는 '유럽 성화聖畵 견문기'에 힘입어 병실 침대에 「해석 성경」 버전을 가져다 놓고 신약을 열심히 읽었습니다. 특히 예수님의 직접 진술 부분들을 주해를 참조하며 읽었습니다. 내 나름의 오독을 스스로 합리화 해 가며 말입니다. 신앙적 측면에서나 해석학적 경험을 의미 있게 육화하는 측면에서나 유익했습니다.

학과장 일을 면하는 것만으로도 많이 마음이 여유로워졌습니다. 안 하면 모르되 하기로 말하면 온갖 번쇄를 다 감당하여 조바심을 그치지 않고 해 가는 스타일이라 더욱 그렇습니다. 얼마간 유목민 같은 직장 정서라고나 할까? 망명객 같은 심리의 주소를 가지고 산다고나 할까? 숨어 열심이기를 지향하면서도, 나서서 내 몫을 버티어 내세우고 싶은 그런 욕구가 모순처럼 있지요. 능소능대, 능출능둔能出能遁할 수 있으면 얼마나 좋을까? 범상한 이들의 꿈이지요.

우공의 「노르망디 통신」을 읽으면서, 특히 여행 견문을 읽으면서 '견문'과 '견문 하려는 마음'이란 상당히 다른 것이라는 생각을 해 봅니다. 객관적 현상으로만 존재 하는 '견문'이란 것이 있다고 하겠지요.

그러니까 해석적 자아가 얼마간 소거된 그런 여행의 수용말이지요. '견문하려는 욕구'란 무엇이겠습니까? '내(주체)가 새롭게 해석하려는 의지' 아니겠습니까? 이 경우 다른 기존의 해석을 보편자로서 조회하면서, 특수자로서의 나라는 주체를 강 하게 상정하는 일 아니겠습니까? 해석하는 존재로서의 주체를 잘 보여주는 기록들 인데, 나는 이것이 서사의 중요한 본질이라는 생각을 해 봅니다. 서정의 양식은 아 무래도 좀 다르겠지요.

견문하려는 우공의 의지 속에는 '인간 탐구(이해)'의 통찰이 잘 살아 있어서, 자칫 느슨하게 다가가다 보면 놓치기 쉽고, 문화적 허영의 기표로만 읽혀지기 쉬운 유적 과 명소와 명화들을 모든 총체성의 맥락 속에서 의미화 해 보려는 노력들이 줄기차 게 드러납니다. 「노르망디 통신」의 부피가 두터워질수록 이 점이 거듭 확인되는 것 입니다. 이것을 서사적 노력의 한 본질로 보고자 하긴 했지만 사실은 모든 인문학의 학문하기 형질이 바로 여기에 해당되지 않겠습니까?

그래서 우공의 「노르망디 통신」이 그 두께를 쌓아갈 때마다, 아 이것이 가지는 질

우공이 비지성에서 보낸 그림 엽서

적인 무게가 이런 것이구나 하는 감탄을 저미어 놓게 합니다.

사실 나는 애초에 이런 느낌들이 없지 않았습니다. 바로 이런 것들입니다. 우공의 의욕적 행정行程들을 따라가면서, 그 견문의 양을 내게 대입하면서, 그 견문의 물리적 양 부하에 다소 질리기도 하였고, 우공 특유의 빠트리지 않고 보기로 승부하는 듯한 끈질김에 호사가적 관심을 가져보기도 하고, 여행지의 팸플릿에 실린 작은 정보 하나라도 놓치지 않고 맥락화시키는 노력을 좀 지루하게 여기기도 했었지요.

그러나 우공의 글에 동원된 박람강기의 항목들이 그냥 항목으로 고립되지 않고 '견문하기의 의욕' 전체 속에 녹아들면서, '노르망디 통신' 내의 다른 견문 텍스트와 상호성을 강하게 발휘하면서 인문학적 향훈을 발효시켜 가는 것을 느끼게 됩니다.

나는 이 노르망디 통신의 글쓰기 과정이, 역사가 그 의미를 형성하는 것과 유사한 것이 아닌가 하는 생각을 해 봅니다. 특히 문화사의 요소와 형성과 기술 사이에 '견문하려는 의욕'이 어떤 작용을 하는지 흥미를 느끼게 되는 것입니다. 모든 견문기들이 문화적 상호성을 발현해 가는 과정이 문화사 쓰기의 한 지류를 보이는 것이라 생각합니다. 몽테뉴나 괴테의 '이탈리아 기행'을 다시 들추어 보려는 충동까지 가지게

샤갈의 〈아가 Song of Songs IV〉를 기억하며

되는 것입니다.

　이제 잘 쓰고 있는 우공에게 사족처럼 보태는 소리 하나를 끝으로 해서 오늘 소식은 마무리 해야겠군요. '견문하려는 의욕'에 체인지 오브 페이스를 구사하심은 여하한지요? 때로 견문 현상에 나를 던져 놓고 거기에 투영되는 자아를 건져 보는 그런 작업도 얼마간은 필요하지 않겠는가 하는 생각을 했습니다. 언젠가 샤갈의 미술관에서 우공이 보내 준 감성은 견문하려는 의지를 거두어 넣는 순간에 얻을 수 있는, 견문 그 자체에 나를 내어 맡기는 데서 낚을 수 있는 수확이 아닐런지 하는 생각을 해 본 것입니다.

　늘 친한 친구, 사랑하는 우공!
　다시 소식 전하지요.

루앙의 우공

　우리가 자주 가는 일식집의 한 방에는 대나무를 그린 액자가 걸려 있는데, 그 작자가 우계于溪였다. 그 대나무나 글씨는 별 것 아니었지만, 자신의 호를 우계라 하다니 대단한 사람이라 생각했다. '우'는 우공于空의 첫 자요, '계'는 남계南溪의 끝 자니, 이 사람은 우리 둘의 호에서 두 자를 빼내어 자신의 자신임을 보여준 것이 아닌가? 본 적이 없지만, 그와 우리는 큰 인연 속에 묶여 있는 것으로 생각했다.

　대학원에서 고전 산문을 가르치셨던 장덕순 선생님은 지도교수였던 정병욱 선생님이 돌아가시자, 스스로 나서서 지도교수의 역할을 맡아주셨다. 무사히 논문을 제출하고 학위를 받게 된 것도 선생님의 은혜이다. 그런 인연으로 선생님을 모시고 참많은 문학 관련 현장을 다닐 수 있었다. 그런 선생님의 호는 성산城山이다. 왜 성산인가요? 궁금해서 물었더니, 도남 조윤제 선생님께서 아무리 제자라도 나이 들어 대학 강단에 섰는데, 이름 마구 부르기 무엇하다면서 지어준 것이라 하셨다. 더구나 그 이름이 촌스러워 어디 부르겠는가 하였다는 것이다. 처음에는 호가 없는가 하여 없다 했더니, 그럼 내가 지어주지 하셨다 한다. 집 근방에 무엇이 없는가 하여 생각나는 것이 없었는데, 자그마한 성城이 있어 말씀드렸다고 한다. 자신의 고향 마을 이름이나 주변 산의 이름을 호로 삼는 경우는 예로부터의 한 관례였다. 그래서 성산이라는 호를 가지게 되었다고 한다.

백영 정병욱 선생님은 본래 호를 만보漫步로 하셨다고 한다. 느리게 사는 것이야말로 진정한 삶을 누릴 수 있다는 점에서 퍽 선생님과 어울리는 호였다. 고전 시가를 하다 보니 그와 관련되는 음악을 모르고서는 진정한 시가의 본질을 말할 수 없고, 그리하여 음악에 깊이 들어가셨고, 그러다가 민속음악의 정점인 판소리의 세계에 깊이 들어가셨다. 판소리대회의 심사에 가서서 북이 마련되지 않았을 때는 북을 차고 앉으실 정도로 깊은 조예를 가지셨으니, 그야말로 세상을 즐기면서 유유자적하는 만보의 생활을 누리셨다. 그런데 갑자기 불어닥친 춤바람이 선생님의 호를 바꾸게 하였다고 한다. '맘보' 가 신문을 장식하다 보니, 선생님은 알게 모르게 춤 선생이 되셨던 것이다. 그래서 선배로 모셨고, 그의 유고를 소중하게 간직하였다가 해방이 되어 발표했던 윤동주의 시 속에 들어 있는 '하얀 그림자' 를 선생님의 호로 삼으셨다고 한다.

이처럼 호는 일정한 정도 호를 가진 사람의 지향이나 사람됨을 보여주고 있다. 본래 이름이야 나면서 붙여준 것이니, 자신의 마음이 그 속에 들어갈 여지는 없다. 다만 지어준 사람의 바람과 소망이 그 속에 들어가기 마련이다. 그러니 이름을 함부로 짓는 것은 그 이름을 가질 사람에 대한 예의가 아닌 것이다. 그런데 호란 자신에 대한 자각이 있은 연후에 짓는 것이니 어떤 의미에서는 이름보다 더 그 사람을 표현하는 것이 될 것이다.

우공은 본래 성이 우씨이니 벗들이 그를 높여 우공禹公이라 불렀다 한다. 다른 동료들보다 나이도 많고, 또 함부로 범접할 수 없는 기상도 있어 그렇게 불렀는데, 부르다 보니 우공이산愚公移山의 뜻도 있고, 자신과 썩 어울리는 소[牛]의 뜻도 그 속에 있어 자신도 그 호를 즐겼고, 종국에는 텅 빈 것 같은 어조사 우于와 또 텅 빈 공空을 합하여 자호를 삼은 것이다. 텅 빈 것이야말로 가득 채울 수 있는 것이 아닌가! 공자는 군자는 불기不器라 하였다. 여러 가지로 해석할 수 있지만, 군자는 용도가 정해진 그릇이 아니어서 어느 곳에 데려다 놓아도 자신의 역할을 충실히 할 수 있다는 의미로 해석하는 것이 일반이다. 사람으로서의 근본이 되어 있으니, 그에 따른다면 세상일이란 무엇이 어려울 수 있겠는가. 과연 그러할 것이라 싶다.

그러나 또 달리 생각할 수 있다. 그릇이란 정해져 있다. 그래서 거기에 물을 부으면 가득 찬 뒤에는 넘치기 마련이다. 그 이상을 수용할 수 없는 것이다. 군자는 그 깊이를 알 수 없어 아무리 부어도부어도 수용할 수 있는 것이다. 이율곡이 김시습을 가리켜 재일기외才溢器外라 하였는데, 이는 그 재주가 그릇을 넘쳐흘렀다는 의미이다. 뛰어난 재주를 지녔지만 세상을 포용하기에는 너무 힘들었던 김시습의 생애를 적실하게 표현한 것이면서, 어떤 의미에서는 포용하며 살았으면 좋았을 것이라는 이율곡의 지향까지도 그 속에 반영되어 있다. 우공의 호 속에는 그런 우공의 지향이 담겨 있는 것으로 생각한다.

네 명의 한 정점을 이루고 있는 우공이 일 년여의 세계 공부를 위해 프랑스의 루앙*으로 떠났다. 여기 있어도 모든 것은 그의 발의 편력을 받는 것이지만, 작심하고 유럽을 갔으니 유럽은 또 그렇게 그의 따뜻한 편력을 풍성하게 받으리라. 아마도 그는 플로베르의 우거가 있는 루앙만을 지키고 있지 않을 것이다. 사실주의에 충실하고자 했던 거장의 모습 속에 자신을 투영시키면서도 그를 벗어나는 몸짓을 그는 끊

---

* 프랑스 노르망디의 Rouen은 프랑스 발음으로 '후앙'에 가깝다. 그러나 통용되는 지명대로 '루앙'으로 쓴다.

임없이 할 것이기 때문이다. 그것이 그에게는 더 어울리는 행보이다. 그래서 프랑스를 넘어 유럽 전역이 그의 편력을 기다리게 될 것이다.

우리 사인방의 핵심이 저 먼 곳에 가니, 우리는 삼태성만 남은 것인가? 언제부턴가 우리는 넷이 아니고, 하나임을 느낀 일이 많았다. 한 사람이 무슨 말을 꺼내면, 그것이 부정되어진 일이 별로 없었다. 어련히 생각하여 꺼낸 말이겠는가, 그래 쉽사리 받아들여져, 네 사람 물어온 일들 하느라 바쁘고 부산하게 살아온 세월이었다. 만나자 하면 기간이 늦어진 일이 있기는 하였지만, 부정되어진 일이 없었다. 우리 사이에는 부정이라는 것이 사라져버렸다. 그래서 그가 이곳을 떠나 노르망디에 가 있다 한들, 우리가 나뉘어진 것이 아니라 오히려 우리의 사면이 훨씬 넓어졌다는 생각이 든다.

이년 전, 내가 일년 예정으로 듀크에 갔을 때도 그랬다. 같이 있을 때와 다름없이 서로의 생각을 짐작하고 마음을 썼기에, 전혀 떨어져 있다는 생각을 갖지 못했다. 심지어는 교과서 작업까지도 거리의 멀고 가까움에 관계없이 같이 수행하였다. 또 잠시의 짬을 내어 워싱턴에 왔을 때 만날 수 없을까 연락이 오곤 했다. 그러나 내가 있던 노스캐롤라이나의 더램에서 워싱턴은, 서울에서 부산까지의 거리 정도가 아니었다. 서툰 객지에서의 생활이어서 그 만남은 포기할 수밖에 없었지만, 만나는 것이 좀 부자유스러웠을 뿐, 항상 마음은 가까이 있었다. 루앙의 우공 또한 그러하리라. 우리의 마음을 노르망디로 끌어내 대서양의 바람을 한껏 불어 넣으리라고 생각한다.

그래서 우공이 먼 데 있는 것이 우리(석영, 석우, 그리고 나)에게 큰 의미는 없는 것이지만, 그러나 불편한 것은 있다. 그 많은 만남의 자리, 자주 가는 일식집인 백두산과 또 뒤풀이 장소인 사카의 자리에서 우리는 비어 있는 한 자리를 많이 아쉬워하고 있다. 그리고 그가 앉아 있어야 할 빈 자리를 향하여 '건배' 하였다. 실제로 어느 날은 둘러 앉아 프랑스로 전화를 걸고, 그를 불러내었다. 여러 얘기가 끝난 다음, 우리는 앞에 술잔을 들고 건배를 외쳤다. 우공 또한 전화 저 건너에서 건배 하고 외쳤다. 그러니 우공은 혼자 있을 때 목이 간지르르하며 목젖이 떨리면, 우리가 멀리 있는 그에게 건배 하면서 술잔을 들고 있을 것이라 생각할 것이다.

그러나 그곳이 이곳에서의 일과 똑같다면, 떨어짐의 의미는 어디에서 찾을 것인가. 인생의 반려와 호젓이 보내게 된 이 기간을 멋지게 보내시기 바란다. 항상 마음으로 따뜻한 두 분 사이였지만, 언제 그런 모습 보여줄 여유가 있었는가. 이제 거기서 낯간지럽게 많이 보여주시길. 그리고 가장 정력적인 사람이여, 프랑스에 가기 전날 중국에서의 일을 마치고 돌아와 허둥대며 떠났던 사람—다시 돌아와 그렇게 바쁘게 살기 위하여 완전히 그 몸 볼링해 오시길. 몸과 마음 청춘으로 만들어 돌아와, 우리 모두에게 건강한 몸과 마음 나누어 주시길.

쓸쓸한 우리 셋의 만남은 잠깐일 것이다. 왜냐 하면 곧 우리는 공간의 사이가 떨어짐이 아니라는 것을 알게 될 것이니. 그러나 당장은 생각이 많이 난다. 처음 약속했던 것처럼 한 사람 보내고 나니, 더 많은 대화가 있게 되었음을 확인하는 기간이 되길 충심으로 바란다. 그래서 우공 빠진 우리 셋은 다음 만나는 날 약속하느라 다시 분주하게 전화를 걸고 있다. 蘭

지베르니 – 모네의 집을 찾아서

　　외국에 나와 한 해를 보내는 동안 친구가 찾아와 만나는 것은 유다른 가연佳緣이다. 내가 연구년을 맞아 한 해 프랑스에 가서 생활하게 되었다고 했을 때, 송별연을 베풀어 주면서 로고포 동지들은 눈물 흘리기 직전까지 서운한 감정이 고조되어 있었다. 그런데 석영이 유럽의 교사양성대학을 방문할 공식적인 출장 기회가 생겼다면서 몇 군데 담당자를 만날 수 있게 교섭을 해 달라는 부탁을 해 왔을 때, 참 유별난 인연이라는 생각을 했다.

　　석영 일행 – 일행이라야 석영과 같은 학교 근무하는 최교수 단 두사람이지만 – 을 빗길에 마중을 나갔다 돌아올 때는 날씨가 걱정이었다.

　　아침에 비가 개고 햇살이 맑게 번진다. 어제 같아서는 여행을 하는 사람들이 움직일 수 있을까 싶지를 않았는데 다행이다. 프랑스 사람들은 손님들이 와서 맑은 날씨를 만나면, "당신은 복을 받았다"는 표현으로 축하를 해 준다. 프랑스에 와서 한 사흘 시간이 난다고 한다. 그런데 마침 일요일이라 외출을 할 수 있는 시간 여유가 생겼다.

아내의 제안대로 지베르니에 가서 모네의 정원을 보기로 했다. 석영 일행이 머무는 호텔로 나갔을 때, 석영 일행은 이미 호텔 앞마당에 짐을 챙겨 들고 나와 있다. 일정을 이야기하니 무조건 동의한다. 루앙 시내는 다음에 보기로 하고, 말이 나온 김에 모네의 정원을 찾아 가기로 했다. 거기는 이 지방 사람들에게도 여행지가 되어 있다.

고속도로를 이용해 파리 방향으로 한 60킬로미터 쯤을 달려야 한다. 가는 데마다 단풍이 곱게 물들어 있다. 이곳 기후의 전형을 보이는 것 같이 파란 밭이 펼쳐지고 그 끝에, 혹은 곁에 숲이 조성되어 있어 단풍이 곱다. 습기가 많기 때문에 단풍이 오래 간다. 그리고 수종이 한국처럼 붉게 타오르는 그런 수종이 아니라 은은한 노란색으로 단풍이 서서히 익는다.

베르농에서 비지 샤토(chateau de Bizy)를 들러 가기로 했다. 입장료를 6유로씩이나 받는다. 시골의 성치고는 입장료가 비싼 편이다. 입장권을 파는 아주머니의 설명을 제대로 듣지 못하고, 입구를 통과한 후에는 보고 싶은 대로 돌아다니며 한유하게 구경을 했다. 안내인이 소리를 쳐서 부른다. 거기는 출입이 금지되어 있다는 것이다. 그리고 안내인은 우리를 정문에 기다리게 하고는 영어로 녹음된 안내 방송을 틀면서 근엄하게 안내를 한다. 직업에 충실한 안내인이라는 느낌이 든다. 방송이 나오는 대로 손으로 가리키면서 '이씨, 이씨―여기요, 여기요' 설명을 도와준다. 나폴레옹이 스페인을 쳐들어가고 그렇게 해서 생긴 관계 속에서, 거기서 온 인사들이 여기를 방문하기도 하고 와서 기거하기도 한 역사를 지니고 있는 성이다.

실내에 장식된 물건들이 아직 그대로 사용해도 좋을 정도로 깨끗하고 아름답게 보존되어 있다. 하기는 18–19세기의 성이기 때문에 유물이 그리 오래된 것들은 아니다. 건물의 목조며 석조 상식이 징교하기 이를 데 없다. 그리고 거기 걸린 인물화들도 잘 보존되어 있다. 정원은 자연스럽게 잘 정리되어 있는데, 큰 나무들이 시원시원하게 자라 올라가 있다. 이 나무들이 수령이 몇 백 년을 헤아린다는 안내 방송이다. 다른 성의 정원에 비하면 손질을 안 한 것이 매력이라면 매력이다.

세느 강을 건너 지베르니 쪽으로 향하는 길은 이전에 왔을 때와는 달리, 가을이 깊었음인지 나무들이 허전하게 보인다. 잎을 떨군 나무들이 가벼운 몸으로 서 있다. 풀밭에 소들이 노니는 모습도 안 보인다. 포플러나무에는 겨우살이가 잔뜩 침입해 올라가 퍼렇게 생기를 돋구고 있다.

잔디 주차장에다가―여기는 주차장 일부를 잔디밭에 조성해 놓았다―차를 세우고 모네 아메리카 재단에 들러 〈미국에서의 일본주의〉 전시회를 보았다. 종이에 그린 작은 그림들이 주종을 이루는데 그림 수준이 그렇게 높은 것은 아닌 듯하다. 다만 역사가 깊지 못한 미국인들이 역사를 만들기 위해 그림을 모으고 정리하는 의지가 빛날 뿐이다.

재단 전시실에는 〈뉴욕―파리 왕래전〉(New York―Paris aller―retour)이라는 이름이 붙은 전시회가 열리고 있었다. 주로 미국인들이 1800년대 말에서 1900년대 초에 프랑스를 방문하여 그린 작품들이 걸려 있다. 미국인들의 그림인데 프랑스 화가들의 그림과 구별이 안 될 지경이다. 독창적인 화가들이라도 그림을 그리는 지역에 따라 그곳 사람들의 그림을 닮게 마련인 것 같다. 마네나 모네, 혹은 드가 등의 화풍을 닮은 그림들을 보면서, 그림의 영향이라는 것이, 예술의 영향이라는 것이 무엇인가를 생각했다. 모네의 그림, 건초더미를 본뜬 습작을 한 코너에 걸쳐 정리한 것이 이채롭다. 안내인에게 그런 그림을 그린 사람들이 모네의 제자였는지 물었다. 다만 이 지역에 모여와서 작업을 했을 뿐 제자는 아니었고, 각각 자기 일들을 했다는 설명을 해 주었다. 하기는 인상파 화가들의 대장 격인 모네의 영향력이 그렇게 호락호락할

모네의 정원—수련과 일본풍 다리는 지금도 여전히 푸르게 살아 있다.

리가 없다. 관념에서 비롯되는 디테일이 아니라 햇빛이 이렇게 비치는가 하는 데 따라 대상이 파지把持되는 방식이 달라진다는 점을 알아낸 인상파의 공적은 실로 미술사의 획을 긋고 있는 게 아니던가.

전시관을 대강 둘러보고 나오려 하는데 밖에 소나기가 쏟아진다. 발길을 돌려 모네 아메리카재단 식당으로 다시 들어가 거기서 점심을 먹었다. 식단을 고르기 어려워 '오늘의 권장 식사'를 주문했다. 프랑스식으로 챙겨 먹으려면 일인당 한 30유로는 들어야 할 것 같다. 박물관 갤러리 하는 데는 어디나 문화비文化費를 요구한다. 문화니 예술이니 하는 것들이 인간의 감각과 상상력에 연관되는 일이라서 먹고사는 데 직접 연관이 안 되는 것이나, 그것을 즐기는 데는 돈이 있어야 한다. 돈 없는 이탈리아 르네상스를 상상할 수 있을까.

모네의 정원을 찾아간다고 화살표 방향을 따라 작고 잘 정리된 거리를 한참이나 갔는데, 그만 지나치고 말았다. 다시 돌아와 출입구를 찾기는 찾았는데 문이 닫혀 있다. 오늘은 문을 안 여는 날인 모양, 문이 굳게 닫혀 있다. 그러나 문을 안 연다는 정보는 아무 데도 없다. 정원이기 때문에 어쩌면 계절을 골라 문을 열고 닫고 하는 모양이다. 이런 낭패가, 벼르던 제사에 냉수도 못 떠 놓는다는 속담이 떠오른다. 이렇게 사람을 배척하는, 아니 이곳 사람들 삶의 리듬에 익숙하지 않은 것이다. 타국의 삶이라는 것이 그런 것이려니 하기는 하지만, 석영 일행에게는 미안한 마음을 감출 수 없다. 석영은 여기까지 온 것만도 꿈만 같다며 나를 위무한다.

모네의 정원을 못 본 대신 돌아오는 길에 세느 강을 자세히 보기로 하고, 베르농이란 마을로 건너가기 전에 마을 어구에 차를 세우고 세느 강 강안으로 접근해 들어갔다. 풍경이 어루러지는 곳에서 사진 촬영을 하기도 했다. 지역 위수용이었던 모양인데 강을 가로질러 가는 목제 다리 옆에 낡은 성이 낡아가고 있다.

세느 강은 수량이 많고 흐름이 느리다. 여기는 만곡彎曲을 이루어 돌아가면서 강이 두 줄기로 갈라지는 사이에 숲이 끼어 들어와 구도가 어우러지는 풍경을 연출한다. 언제던가 〈흐르는 강물처럼〉이라는 영화가 인기를 누린 적이 있다. 비유의 매력이 그런 것인데 인간사 삶이 흐르는 강물처럼 그렇게 여유롭게 잔잔하게 혹은 급류를 이루어도 다시 강물의 본류로 흘러드는 그런 나아감과 물러감이 자재로 이루어지는 그런 삶이라면, 이승은 얼마나 아름다운 여정이 될 것인가.

마침 카누와 카크를 강습하는 학교가 있어 강가에 대어 놓은 배들을 구경할 수 있었다. 세느 강을 건너 이제는 낡아서 교각만 남은 돌다리, 그리고 그 위로 지어진 다리 출입 통제소 건물들이 이 지역의 역사를 말해 주는 듯하다.

세느 강을 옆에 끼고 숲길로 나오다가 갤롱 근처에서 고속도로를 통해 돌아왔다. 돌아오는 길 요금소 근처에 소나기가 내리더니 쌍무지개가 뚜렷이 떠올라 벌판에 걸렸다. 프랑스말로 무지개를 하늘의 아치(arc-en-ciel)라고 한다. 무지개가 하늘에 걸린 문이라면 그 문은 어디로 통하는 것인가. 아무튼 우리는 감탄을 하며 차를 세우고 무지개 구경을 하였다. 노르망디의 무지개는 우정으로 인해 그 색채가 더욱 선명해진다.

여기는 이른바 여우비처럼 비가 지나가고 햇살이 비스듬히 기우는 시간이면 무지개가 잘 선다. 전에도 그런 무지개를 본 적이 있기는 하지만 이렇게 군데 없이 완벽하게 '홍예'를 이룬 무지개를 보기는 오랜만이다.

집에 돌아와 저녁을 먹고 산책을 하였다. 루앙 시가지의 야경은 언제 보아도 아름답다. 거기다가 장(foire – 한국식의 난장)이 서느라고 다리마다 전등으로 장식을 해서 시가가 은성한 가등의 축제를 벌이는 것처럼 아름다운 자태를 드러낸다. 멀리 케빌리, 쿠론느, 생테띠엔느 등도 아름답게 펼쳐져 시가 야경이 벌판으로 퍼진 모양새를 돋보이게 한다.

저 불빛 아래, 사람들은 어떤 삶을 엮어가는가. 가로등 아래 어떤 젊은이들이 사랑을 속삭이고, 어떤 청춘이 스스로 타오르다가 불사르는가? 혹은 어떤 늙은이가 얼마 남지 않은 자기 삶을 붙안고 안타까운 밤을 고통으로 뒹구는가? 그런 상상 가운데 지베르니에서 만나지 못한 모네 정원의 수련 떠 있는 물을 가로지르는 '일본식 다리 pont japonais'가 눈앞에 어른거린다. 和

독감毒感을 앓으며

친구나 제자들에게 자기 병 소식을 전하는 것은 그렇게 어른스러운 태도라고 할 수는 없다. 내 은사이신 구인환 교수님은 어지간히 심각한 병환이라도 절대로 말씀 아니 하신다. 그처럼 가까운 제자들에게 온갖 이야기를 하시면서도 당신 우환에 대해서는 절대 말씀이 없다. 완전하게 다 나으시면 그런 일이 진작에 있었노라고 담담하게 말씀 하신다. 그러면 우리는 머리를 조아리며 민망해 한다. 그 민망해 하는 모습 때문에 선생님은 또 미안해 하신다. 그리고 우리를 애써 안심시킨다. 나는 그런 선생님의 덕성이 자못 감명으로 와 닿는다.

12월 8일에 오한 고열로 시작된 나의 독감은 12월 18일에 고열이 진정되기까지 꼬박 열하루를 옴짝달싹도 못할 정도의 열과 기침으로 집요하게 계속되었다. 참 지독하게 앓았다. 나는 나이가 좀 많아 노쇠하다면 아마도 이러다가 목숨을 잃을 수 있겠다는 생각을 했다. 39도 내외의 열이 하루에 4-5차례 파상적으로 몰려와, 한번 오면 평균 3시간씩 나를 죽여 놓고 갔다. 열이 불러갈 때면 내의는 물론 겉옷까지 물에 빠진 사람을 건져 놓은 것처럼 땀으로 나를 젖어 놓게 했다. 이것은 열과는 또 다른 고통이었다. 매일 병원 처방을 받았지만 효험이 없었다. 아홉 살 무렵 하늘조차 노랗게 지각되던 열병으로 엄마 없이(그런 사정이 있었다) 앓던 한 달 간의 홍역의 기억이 내 질병 역사의 첫 봉우리라면 이번 독감이 그 봉우리에 맞서는 두 번 째의 봉우리이다.

독감을 앓으며 아내에게 아주 어린애처럼 굴었다. 독감을 앓으며 열 공포로 짓눌리며 내가 심령의 허약하기가 그지 없는 존재임을 하나님께 여러 번 고백하였다. 아프지 않게 해달라는 원초적 기구와 더불어서 말이다. 독감을 앓으며 내가 얼마나 자잘구레한 일상의 일로부터 거의 인질화되어 있는지를 새삼스럽게 확인하였다. 독감을 앓으며 나는 진지하게 절망해 보지도 않았으며 알찬 희망을 경건하게 품고 있지도 아니한 속물임을 거듭 확인하였다. 그런데 이런 감정도 있었다. 독감을 앓으며 이런저런 송년회 모임에 빠지는 일이 서운하기는커녕 은은한 기쁨으로 여겨지기도 하였다. 어떤 송년회 오프닝 순서에서 사회를 보기로 했던 약속도 있었는데 이 모임의 총무는 나의 독감 소식을 듣고 내 독감에 대해서는 물론이고 나에게까지도 원망의 기색이 역력했다. 송년회의 사회학, 그 기표와 기의 간의 미끄럼 타기에 대해서 얼마간 비판적 생각을 하며, 나의 몰사회성을 누군가가 또 마땅치 않아 할 것이라는 데에서 생각을 멈춘다.

독감을 앓으며 고향에 홀로 계신 어머님께 건강한 척 전화 드리는 일은 잘하는 일인지 못하는 일인지 분간이 잘 안되었다. 윤리의 본질 같은 것을 잠시 생각해 보다가 독감 처지에 별 쓰잘데기 없는 생각이라고 스스로 핀잔을 주었다. 그러나 괜찮은 화두를 억지로 회피한 셈이라는 것을 속일 수 없다.

독감을 앓으며 건강한 것들에 대한 까닭없는 질투를 여러 번 경험하였다. 니체가 그랬던가. '약한 것은 악이다' 그런 명제에 대해서 휴머니티가 결여된 경박한 통찰이라는 생리적 저항을 해 보기도 했다. 그러나 어쨌든 아이들 있는 데서도 온갖 아픈 신음 소리를 다 내고 있는 내가 한심하였다.

나을 무렵쯤 해서는 그 동안 나를 감염시켰던 병원체 내지는 독감 자체에 대해서 기묘한 친밀감 같은 것을 느꼈다. 인질들이 오래 있다 보면 구조대에 대해서 적의를 품고 인질범에 대해서는 우호감을 가진다는 심리적 성향이 있다고 했지. 나아서 다시 강의 나가고 과 행정 업무 처리하고 학회에 발표 원고 준비하고, 역할 맡은 단체 일에 애쓰고 등등의 일을 해야 한다는 것이 얼마나 낯설어지는지. 그냥 이 독감의 동네에서 하염없이 더 머물러 있고 싶었다.

겨우 열을 몰아내고 자리에서 12일 만에 일어나고 보니 참 많이 늙어 있었다. 내 안과 내 얼굴 모두가 다 말이다. 아내와 딸아이가 아플 동안은 어린애처럼 굴더니 아프고 나니까 행색이나 표정이 완연 노인처럼 행동한다고 농담 아닌 정색으로 이야기한다. 오늘 학교에 처음 나오니 다른 교수들이 얼굴빛에 남아 있는 내 병색을 금방 알아차린다. 심한 열병을 치루는 과정이 정녕 내게 어떤 성숙을 주었는지 모르겠다. 젊은 시절에는 몸의 열병이든 마음의 열병이든 겪고 나면 엄청난 의미를 부여해 가며 내 정신의 성장을 스스로 대견해 해야 겠다는 생각이 가득했었는데 지금은 잘 모르겠다. 그러고 보니 젊은 시절의 그런 태도는 다분히 위선에 가까운 것이었는지도 모르겠다. 이해를 해 주기로 말하자면 그런 위선이라면 필요악이라는 생각도 든다.

그러나 이 나이쯤에 겪는 병고의 경험은 그저 덤덤하다. 열병의 고통스러움과 열병의 끝자락에서 일상으로 나오기 싫은 게으름만이 명징하게 확인될 뿐이다. 별 심오함을 발견치 못한다고나 할까. 아니 심오함 자체에 심드렁해진 수준에 이르렀다고나 할까. 감기 하나 앓고 너무 늙은 티 내는 수사로 일관한다고 누가 핀잔줄지 모르겠다.

　아프다는 소식 듣고 동료 교수들이 문병 오겠다는 전언을 한다. 나는 질색이다. 질색으로 거짓말까지 하며 만류했다. 그건 독감에 준하는 고통이다. 내게 그런 자폐증 기운의 일부가 있다.

　그런데 열이 잠시 물러가는 틈 사이로 멀리 있거나 아주 멀리 있는 친했던 사람들 얼굴을 떠올릴 수 있었다. 공간으로 멀리 있는 친구들도 그렇지만 이미 시간으로 너무 오래 떨어져 있는 친구들을 떠올리게 된다. 병이 주는 은밀한 행복의 선물이라고나 할까. 이미 이 세상에 있지 아니한 내 사랑하는 사람들의 모습을 독점적으로 상기할 수 있었던 것도 독감 공간이 베푸는 일종의 은혜이었다.

　12월 13일 이후 두절된 노르망디 통신, 그 이후를 추리하며 우공의 여행 행로를 그저 내 마음대로 더듬어 보는 일도 독감을 앓는 사이, 하나의 여백처럼 자리 잡는다. 진부한 표현이지만 '우정의 여백'이라고 명명해 보면 어떻겠는가.

　언어란 이리저리 사고의 여러 자락을 어느 하나 버리지 않고 보듬어 준다는 데에 묘미가 있다. 온갖 생각의 가닥이 많아도, 독감의 긴 터널을 마침내 빠져 나왔다는 사실이 현상의 중심에 있다. 이 생각을 하면 감사한 일이 아닐 수 없다. 병이 나았다. 이 평범하고도 보편적 소망의 이루어짐이 주는 감사함 말고 무엇이 달리 이 글의 결론이 될 수 있겠는가. 📖

'애모_{愛慕}'를 위하여

'애모愛慕'란 문자 그대로 '이성을 사랑하고 그리워하는 것'이다. 온 마음과 정성으로 자기가 좋아하는 사람을 애틋하게 사랑하고 그리워하는 애모의 감정은 제삼자가 보기에도 안타깝고, 그래서 때로는 아름답기까지 하다. 문학이나 영화가 이렇듯 애틋한 애모의 사연을 형상화하는 것은 그만큼 이 주제가 인간의 보편적 공감을 건드릴 수 있다는 데 있을 것이다. 애모의 감정이 얼마나 대중에게 호소력 있는 것인지는 대중가요의 영역에서 확실하게 파악된다. 대중가요에서 사랑하고 그리워하는 주제의 노래를 제외하면 무슨 노래들이 남을지 궁금하다.

대중가요 얘기가 나왔으니 말인데, 아예 제목 자체가 '애모'인 노래가 두 개쯤 생각난다. 하나는 1960년대에 널리 불리어졌던 가수 한상일의 '애모의 노래'이고, 다른 하나는 1990년대 초반에 크게 히트했던 가수 김수희의 '애모'이다. 30년의 세월, 즉 한 세대를 격하여 '애모'를 기표記標로 하는 가요가 대단한 대중의 인기를 누리면서 등장했던 셈이다. 나 또한 이 노래들을 쉽사리 익혀서 흥얼거려 본 경험이 있고, 노래방에 가면 유행 따라 한두 번 부르게 되는 노래이기도 하다. 두 노래의 일절 가사만 비교해 본다.

> 내 마음 나도 모르게 꿈같은 구름 타고
> 천사가 미소를 짓는 지평선을 날으네
> 구만리 사랑 길을 찾아 헤매는
> 그대는 아는가. 나의 넋을
> 나는 짝 잃은 원앙새
> 나는 슬픔에 잠긴다
>
> — 한상일, 애모의 노래, 1965

> 그대 가슴에 얼굴을 묻고 오늘은 울고 싶어라
> 세월의 강 너머 우리 사랑은 눈물 속에 흔들리는데
> 얼마만큼 나 더 살아야 그대를 잊을 수 있나
> 한 마디 말이 모자라서 다가갈 수 없는 사람아
> 그대 앞에만 서면 나는 왜 작아지는가
> 그대 등 뒤에 서면 내 눈은 젖어드는데
> 사랑 때문에 침묵해야 할 나는 당신의 여자
> 그리고 추억이 있는 한 당신은 나의 남자요
>
> — 김수희, 애모, 1992

한상일의 노래는 왠지 남성 화자의 목소리처럼 들린다(이 가사는 그렇게 느끼는 것이 자연스럽다). 순정의 청년이 구원의 여인을 향해 간절히 사랑의 마음을 품는다. 하지만 그녀는 청년의 의식 속에서 이미 높고 귀하여 아득히 다가갈 수 없는 곳에 있다. 그래서 사랑의 그리움은 한갓 빈 메아리로 돌아오고, 한없는 그리움만큼 매양 한없는 슬픔으로만 확인되는 그런 애모의 감정이다. 선덕여왕을 향해서 품었던 '지귀志鬼의 애모愛慕'라고나 할까. 티없이 맑고 순정하여 도무지 육체적 정욕이라고는 비집고 들 틈조차도 없어 보이는 그런 마음의 공간이다. 그래서 이 노래의 총체적인 느낌은 플라토닉 사랑이다. 이런 애모의 모습에서 애절한 짝사랑을 떠올리게 되는 것은 당연한 상상력이라 하겠다. 그리고 그것은 60년대식 사랑하기의 한 전형이라는 생각을 하게 된다. 그래! 맞아, 그 때는 그런 식으로 애모의 감정을 겪어내었어. 나의 내면이 그렇게 말하고 있다.

김수희의 노래는 멜로디도 그러하지만 가사 또한 약간은 끈적거린다. 그리고 딱 찍어서 말할 수는 없지만, 어딘가 불온한 냄새도 난다. 우리들의 통념적 윤리에 비추어서 그렇다는 것이다. 이 노래의 화자는 여성 화자로 명시되어 있다. 어떤 여성이 오래도록 깊은 사랑의 관계를 맺어 온 남자를 명실공히(법적으로나 실제적으로나) 소유하지 못하는 데서 오는 한스러운 애모의 정을 노래한 것으로 느껴진다. 이 노래에서 플라토닉 사랑의 흔적은 쉽사리 발견되지 않는다. '추억이 있는 한 당신은 나의 남자'라고 강변하는 대목에 가면 상대에 대한 강한 소유욕을 당당하게 드러낸다. 사랑하기 때문에 침묵한다고 그랬지만, 침묵의 현실적인 이유는 우리의 사회 규범이 용납하지 못하는 사랑 때문이지 않을까. 자꾸 그렇게 읽혀진다. 나만의 오독일까? 그래서 이 노래에서는 어떤 치정癡情의 분위기까지도 연상하게 된다. 김수희의 '애모'를 이런 식으로 상상하는 것은 온당치 않다고 생각하는 사람도 있을 것이다. 그러나 한상일의 '애모'와 대비해서 보면 그런 느낌이 상대적으로 더 강하게 든다는 것을 굳이 부정하기도 어려울 것이다.

그런데 나는 여기서 순정은 바람직한 것이고 치정은 고약한 것이라는 계몽의 주장을 하려는 것은 아니다. 치정이라는 것 또한 우리 내면의 리얼한 실재라는 점에서 딱하고 안타깝기는 마찬가지이다. 이 딱하고 안타까운 것을 조금만 물러서서 보면 삶의 풍경이 가지는 슬픈 아름다움을 깨닫게 된다는 것이다. 치정 또한 우리들 내면의 부끄러운 실재이기 때문이다. 김수희의 노래에 나타난 화사의 정서가 누구에게나 있을 수 있는 내면의 리얼한 실재가 아니라면 이 노래가 무슨 근거로 그렇게 대중적 인기를 얻을 수 있단 말인가. 그러니까 쉽게 말하면 우리들은 내면으로 순정을 꿈꾸기도 하고 치정의 상상력에 휘말리기도 하는 것이다. 약하고 흔들리기 쉬운 인간이기 때문에 그러한 것이다.

치정을 굳이 남녀 상열男女相悅의 정황에서만 보라는 법은 없다. 정치, 사회, 경제, 교육 등 우리들 삶이 살아가는 곳곳마다에서 우리는 치정 같은 삶을 얼마나 많이 살고 있는가. 그런 사실조차도 불감증으로 인해 느끼지 못하고 있음 그 자체는 또 치정이 아니고 무엇이겠는가.

한상일의 '애모의 노래'는 내가 고등학교 3학년 시절쯤에 유행했던 노래이고, 김수희의 '애모'는 내가 마흔 고개를 넘어서서 만나게 된 노래이다. 내 인생 또한 그런 순정기와 치정기를 나이 따라 세월 따라 겪어내고 있는 것인지도 모른다. 사실 사랑이라는 이름의 영역이야말로 순정과 치정이 매양 넘나드는 곳이다. 사랑의 이름으로 행해지는 인간의 행위 속에는 가히 천사적인 것에서 악마적인 것 모두가 들어 있는 것이라는 데에 생각이 이른다. 곱고 순수한 것만이 사랑이라고 생각했는데, 삶의 각질 속에 들어 와 박히는 사랑의 실재에는 치정 같은 얼룩들이 묻어난다. 때 묻은 사랑의 지평이라고나 할까. 그런 것을 두루 포괄하는 것이 삶인지도 모른다.

사랑의 때 묻은 지평이 스무 살 시절에는 잘 보이지 않는다는 데에 우리들 삶의 모순이 있다. 그 모순 때문에 삶의 아름다움이 있다고 했던가. 아니, 그런 모순을 발견하는 자리에서 비로소 우리의 때 묻은 인생이 아름답다는 것을 생각해 보게 되는지 모른다. 생각이 여기에 미치게 되면 잠시 누구에게나 넉넉하게 너그러워질 수 있겠다는 마음이 된다.

달리 생각하면 두 노래의 차이는 사람의 차이가 아니라 사랑을 드러내고 싶어 하는 방식의 차이인지도 모른다는 생각을 해 보게 된다. 사랑의 현상이야 무엇이 다르겠는가. 사랑의 현상 자체는 60년대나 90년대나 다를 바 없을 것이다. 아니 천 년 전이나 지금이나 다르지 않다. 다만 시대에 따라 사랑을 드러내고 싶어 하는 방식이 다르다는 것으로 보아야 하지 않을까. 사랑의 어떤 단계를 드러내고 싶어 하는지? 사랑의 어떤 대목을 더 중요하게 생각하고 싶어 하는지? 사랑의 어떤 부분이 더 진실을 담고 있다고 보는지? 이런 것들이 달라지는 것이지, 사람들의 사랑 행태가 본질적으로 달라지는 것은 아니리라.

그러함에도 불구하고 한상일과 김수희, 두 가수의 노래 사이, 그 30년 세월 사이에는 분명히 애모의 변화가 있었다. '은근한 애모'에서 '당당한 애모'로의 표정 변화가 있었다. 그런데 '당당한 애모'에는 '애모'라는 단어를 쓰지 말고 왠지 다른 이름의 말을 지어주어야 할 것 같은 생각이 든다.

왜?

애모를 위하여. 翻影

2

용의 나라, 황금 궁전

장백폭포 — 천지에서 흘러내려 혼을 뒤흔드는 장쾌한 물줄기

신분제는 미친 짓이다

2007년 12월 우리는 태국의 방콕을 여행하였다. 이번에는 모두 아내와 함께 가는 것이어서 숙소나 음식에 있어 우리만 다니던 때와는 격을 달리하자고 하였다. 평생 눈치 보아야 하는 사람들이니, 이런 때 돈을 아끼면 바보 소리 들을 것이라 했고, 이에는 모두 동의하였다. 실제로 해외로 여행하였을 때, 네 부부가 하나도 빠지지 않는 것은 이번이 처음이었다. 그리고 방콕을 택한 것은 유난히 추위를 싫어하는 나의 강력한 제안 때문이었다. 언젠가 12월에 중국의 상해와 항주, 소주를 여행한 일이 있었는데, 살인적인 추위여서 버스 밖을 나가지 못했었다. 그들에게는 별로 추운 일이 아닌 것처럼 보였지만, 제비가 겨울철에 가는 강남이 아니었다. 그래서 되도록이면 겨울에는 여행을 가지 말자, 가더라도 따뜻한 곳으로 가자는 것이 내 주장이다.

방콕은 세계인들이 많이 찾는 관광대국이라고 한다. 그러나 방콕의 수완나품 국제공항에 들어서면서부터 그런 관광대국으로서의 이미지는 상당한 정도 사라졌다.

수속이 너무 더뎌 다리가 아플 지경이었고, 그래서 추운 계절에 갑자기 열대의 나라에 도착한 우리는 쉬 피곤해질 수밖에 없었다. 이는 우리가 현대식으로 개조된 인천공항에 너무 익숙해졌기 때문이 아닌가 생각했다. 그 비좁던 김포공항에서 우리는 얼마나 하염없이 기다리고 또 가슴 아파 했던가. 특히 일본 여행 뒤에 김포공항을 빠져나올 때, 오사카의 간사이공항과 비교되었던 그 후줄근했던 모습들을 잊을 수 없다. 그리고 보이지 않는 곳까지 세심하게 손이 갔던 일본의 모습과 비교하여 김포공항의 외관은 우리의 자존심을 퍽이나 해쳤던 기억이 난다. 중국은 보이는 곳까지 지저분하고, 한국은 보이는 곳만 깨끗하고, 일본은 보이지 않는 곳까지 깨끗하다는 말을 듣곤 하였다. 그런데 올림픽을 준비하는 북경도 엄청난 모습으로 변모하고 있고, 인천공항 앞에서 우리는 퍽 자유스럽게 되었다. 그러니 수완나품 공항도 조금 후는 다시 세련된 모습으로 관광객을 맞이할 수 있을 것이다. 그래서 짐짓 여유를 부리면서 조금은 세련되지 않은 모습으로 우리를 맞이하는 것도 괜찮겠지, 더 좋은 일이 우리를 기다리겠지, 마음을 다잡으면서 우리는 방콕의 정겨운 모습을 찾아보기로 하였다.

부서진 유적지는 대부분이 버마의 침공으로 생긴 흔적이라고 하였다. 같은 불교 국가이면서 불교 사원에까지 침략의 모습은 흉물스럽게 남아 있었다. 그래서 그들에게는 버마가 마치 우리에게 있어 일본과 같은 나라라는 생각이 들었다. 지난날의 역사에서 당한 수모와 파괴의 흔적은 아무리 세월이 가도 사라지지 않을 것이다. 가까이 있는 나라이니 서로 교역량도 많고 인적 왕래도 빈번해졌지만, 과거의 피맺힌 기억은 가슴 깊은 화해를 턱 가로막고 있는 것이다. 경복궁 안에는 일인들이 명성황후를 시해했던 장소의 표지가 있다. 그 앞에 아이를 데리고 나온 어른들이 이 장소를 설명할 때는 예외 없이 '일본 놈들이~' 하는 것이었다. 그 장소는 후세에게 한일 간의 과거와 현재, 그리고 미래를 전수하는 역사 교육의 현장이 되고 있는 것이다.

아유타야 폐허–칼의 역사 앞에 불심도 죽어서 사라지고

피맺힌 과거를 잊어버리고 방탕한 현재를 사는 것에 대한 교훈도 거기에서는 찾아
볼 수 있다. 그나마 이런 기억들도 우리나라가 독립국이 되었기에 가능한 것이니,
외세에서의 독립이란 얼마나 필요한 것인가. 폐허인 상태로 흉물스럽게 놓여 있는
유적지의 모습은 태국의 사람들에게 다시없는 역사 교과서로 인식되는 것 같았다.

　우리라면 그 파괴의 흔적을 없애고 파괴 이전의 상태로 복원한다 하겠지만, 그들
은 아직 여력이 없는 것인지 아니면 그냥 두어 역사적 교훈으로 삼고자 하는 것인
지, 그냥 흉물스러운 채로 그 상처를 드러내고 있었다. 그러나 현재의 왕궁이나 왕
실의 재산인 자연은 화려하고 장엄하기 그지없었다. 시내 곳곳에 이제는 나이가 들
어 퍽 인자한 모습의 할아버지인 국왕의 초상화가 세워져 있어, 이 나라의 현재를 잘

알려주고 있었다. 수 십여 년을 상징적인 존재로 군림하고 있는 입헌군주제의 왕은 국민들의 사랑을 흠뻑 받고 있다 하였다. 그래서 왕에 대한 불경스러운 태도는 태국 국민들에게는 보이지 않아야 한다고 하였다. 그러나 이런 국민들의 태도를 단순히 왕에 대한 존경으로만 생각할 수 있을까? 우리도 우리의 자존심을 건드리는 외국인의 언사에 대하여 불쾌감을 느끼는 경우가 얼마든지 있다. 그런 비판적 상황은 곧 우리의 가슴 아픈 상처이기 때문에도 속이 상하는 것이다. 그래서 그들에게 있어 왕은 그들의 현재가 가지는 역사적 잔해일지 모른다는 생각이 들었다.

우리 역사에서 영명한 군주로 알려져 있는 세종이나 정조와 같은 분을 알 때마다 나는 아, 이 분들이 더 개혁적이고, 발전적인 모습을 보였다면 하는 아쉬움을 갖곤 한다. 백성을 사랑하는 자애로운 마음으로 통치했던 그들은 분명 폭군들과 비교하여 존경받아 마땅한 존재일 것이다. 그러나 그들이 사랑하는 백성은 누구인가? 또 사랑하는 모습은 구체적으로 어떻게 표출되었는가? 그들의 백성 속에 종이나 여성은 포함되지 않았다. 그 가당찮은 신분제로 사람을 이리저리 얽어매 놓고, 그들은 사람을 사람으로 대접하지 않았던 것이다. 그 엄청난 권력을 가진 절대 군주가 사람은 다 평등한 것이다, 그래서 능력에 따라 국가에 봉사하는 것이 진정 나라의 발전을 위하는 것이라고 생각하였다면, 그래서 개혁의 면모를 보였다면, 이 나라의 모습은 어떻게 변화하였을 것인가?

그들의 눈에는 사람이면서 사람일 수 없었던 다수의 피지배계급의 곤궁함이 보이지 않았다. 아니면 아예 보지 않으려고 외면을 하였다. 역적의 자손이라 하여 어제까지도 친했던 친구의 아들을 죽이고, 그 아내와 여식들을 종으로 거두어들여 사람 이하의 대접을 하는 것에 아무런 죄의식도 표현하지 않았던 것이 호의호식했던 사람들의 모습이었다. 그리고 절대군주인 그들은 그것을 용인하면서 자신들의 권력을 지속시켰던 것이다. 첩에게서 낳은 자신의 딸을 자기와 비슷한 연배의 친구에게 선물처럼 선사했던 것이 조선조의 양반들이었다. 부성애나 자식 사랑은 여기에 간여할 틈이 없었던 것이다. 그들로 하여금 사람답지 못한 생활을 하면서도 전혀 인간이 가져야 할 수치를 느끼지 않게 했던 것이 바로 신분제가 아닌가.

체제 속에서 특권을 누리는 존재들에게 스스로 누리고 있는 가당찮은 기득권을 포기하라는 것은 전혀 씨알도 먹히지 않는 얘기다. 그것은 자신의 후계자를 찾아 전국을 돌고, 그래서 마땅한 능력을 가진 자에게 자신의 왕위를 물려주는 요순시대에나 가능한 이야기인 것이다. 요순시대란 전혀 현실에서 이루어지지 않는 것이기에, 우리의 상상 속에 존재하는 신화로만 남아 있다. 불쌍한 사람들에 시선을 돌리게 하기 위하여는 결국 그들이 죽어 없어져야 가능하였다. 프랑스 혁명과 같이 그들은 기어코 단두대의 칼날에 죽임을 당하고서야 역사 속으로 사라질 수 있었던 것이다.

아, 세종대왕이 그런 인간 평등에 대해 한 마디 언급하였다면, 우리의 역사는 얼마나 신나는 모습으로 변하였을 것인가. 그랬다면 세종대왕은 〈홍길동전〉의 시대 배경으로 등장하지 않았을 것이다. 홍길동에게 농락당하고, 드디어는 병조판서를 제수하라 하여 속수무책으로 임명할 수밖에 없었던 임금으로 등장하지 않았을 것이다. 또 '숙종대왕 즉위 초에~' 이루어지는 〈춘향전〉의 참 한심했던 과거를 장식했던 기생의 사랑 얘기도 숙종대왕이 신분제도의 말도 되지 않는 모습에 대한 자각과 실천이 있었다면 없어도 괜찮았을 것이다. 그러나 이것은 부질없는 역사에 대한 푸념일 뿐이다. 중세의 조선이란 이 신분제로 유지되었고, 그래서 잘난 과거의 양반 사대부란 요즘 사람들의 시각에서 본다면 하나같이 인간적 패악을 저지른 못된 망나니일 것이기 때문이다. 아, '망나니'라는 말도 쓰지 말 것이다. 그들은 그나마 사회가 요구하는 직업을 가지고 있었고, 그것을 충실하게 집행한 존재들이기 때문이다. 어떻게 그들을, 손 하나 까닥하지 않고 신분이라는 제도와 조상 덕으로 놀고먹었던 얼치기들과 비교할 수 있는 것인가.

태국 민속촌-민가를 떠난 민속은 관광 상품이 되고

　그런데 인간이 평등하다는 것을 깨달은 근대가 훨씬 지난 이 대명천지에도 신분으로 그냥 먹고 사는 존재가 있으니, 그것이 바로 이 시대의 왕과 그들 가족이라고 할 수 있다. 입헌군주제이니 괜찮고, 또 국민들의 존경을 받고 있으니 괜찮은 것은 아니다. 그건 과거의 제도를 방패삼아 국민에게 구걸하는 치욕이 될 것이라는 생각이 들었다. 왕의 자식이요, 가족이라는 이유로 광대한 영역을 자신의 소유로 삼고, 떵떵거리는 생활을 누리는 것은 정말 수치인 것이다. 이미 다른 나라에서는 선거에 의하여 고등학교를 졸업한 사람, 그리고 사해를 누볐던 상인도 국가의 원수가 되고 있다. 또 능력을 인정받아 남편의 뒤를 이어 대통령이 되겠다고 국민에게 호소하는 여성들도 있다.

그래서 이 시대에는 얼마든지 자신의 기득권을 벗어던지고, 능력으로 살 수 있는 제도로 바꾸자고 말할 수 있어야 하지 않을까? 그것이 진정 백성들에게 존경받는 지도자의 자세일 것이다. 지도자의 결단에 의하여 시대가 바뀌게 되었을 때, 국민들은 가슴을 짓누르고 있었던 응어리를 던질 수 있을 것이고, 국가는 엄청난 일을 해낸 자랑스러운 동력을 갖게 될 것이다. 조금은 불편한 생활을 감내하면서, 그 대신 엄청난 자유와 명예를 얻고, 국민들은 자랑스러운 군주를 가졌던 자존심을 만끽하게 될 것이다. 앞에 통치했던 사람들보다는 더 존경받는 군주라 하여, 정사에 관여하지 않는다 하여 책임을 벗어나는 것은 아니다. 아무 일도 하지 않는 존재에게 그 많은 토지와 재화를 제공할 필요가 없을 것이기 때문이다. 길가를 장식하고 있는 왕의 초상화는 그래서 자신의 구린 구석을 감추고자 하는 인간의 보편적 타락상을 전시하고 있는 것 같았다. 과거에도 용납될 수 없는 것이지만, 현재는 더구나 용인할 수 없는 죄악일 것이기 때문이다.

　이런 내 심보 때문에 "너나 잘 하세요." 하면서 입 다물고 있으라는 소리도 듣지만, 그래도 이런 비판과 자기 파괴는 반드시 필요하다고 생각한다. 그래야 나는 나 자신이 비판했던 것과 같은 잘못의 길에 들어서지 않을 것이기 때문이다. 혹여 선생인 내가 나 자신에게는 관대하면서 학생들에게는 지나치게 혹독한 기준을 들이대지는 않는가. '아니, 학생인 주제에' 하면서 학생을 종 부리듯 대하지는 않았는가. 자식이나 아내 된 것이 무슨 큰 죄인이나 되는 것처럼 함부로 대하지는 않았는가. 시대와 공간과 사람에 대한 비판의 끝자락에는 항상 이런 자신에 대한 성찰이 따르기에 나는 아직도 '비분강개' 하는 못된 버릇을 버리지 못하고 있다.

　언젠가 〈결혼은 미친 짓이다〉라는 영화를 본 일이 있었다. 그 영화는 결혼이라는 제도가 어떻게 결혼 이전과 다른 모습으로 사람을 얽어매는가를 보여주고 있었다. 딸로 태어나 자신의 성취를 위하여 노력하다가 결혼을 분수령으로 새로운 고민에 빠지게 되는 일이 얼마나 많은가. 고전소설 〈홍계월선〉에는 능력이 출중한 남징 여인을 지극 정성으로 모시다가, 여성인 것이 드러나 자신의 아내가 되자 거드름을 피며 아내를 구박하는 못난 남성이 등장한다. 이런 남성이 어디 하나이겠는가? 아마 대부분의 남성이란 이런 것이 당연한 듯 여성을 대하고 있을 것이다. 그래서 결혼은 그렇게 대한 남성이나 그런 대접을 받는 여성에게나 사람을 사람 아닌 존재로 변하게 하는 것이어서 '미친 짓'이 된다. 그러나 어쩌랴! 인류가 생긴 이래 남성과 여성이 결합하여 종족 보존을 이루어나가는 최선의 제도로 결판난 것이 결혼인 것을. 그러니 서로의 반성과 배려 속에서 이 제도가 가지는 결함을 보완하여야 하지 않겠는가.

그러나 신분제도가 최선의 제도가 아니라, 버려야 할 인습이라는 것은 이미 증명되었다. 버려야 할 정도가 아니라, 과거 신분제도의 혜택으로 누렸던 영화를 언급하는 것마저도 죄악이 되는 것이다. 왜냐하면 그런 제도를 통하여 다른 사람을, 사람으로 만들지 않았으니까. 그런데도 많은 종들을 거느리며 부귀영화를 누렸던 조상을 자랑스럽게 추억하고, 또 현재도 그 제도 속에서 자신이 그렇게 누릴 수 있도록 해달라고 구걸하고 있는 것이 신분제도일 것이다. 왕가의 결혼이 어떠하고, 또 아이 하나 낳는 것이 큰 기사거리나 되는 것처럼 세계의 신문을 장식하는 것은 동물원의 희귀동물이 귀한 새끼 낳았다는 것과 무엇이 다를까. 그래서 신분제도는 그 혜택을 누리는 사람들이 재빨리 털어버려야 할 '미친 짓'이다. 南洲

관광과 여행은 어디서 갈리나

부부동반夫婦同伴이라.

남편과 아내가 같이 움직이는 경우를 두루 일컫는 말이다. 이는 우선 겉보기 좋다. 그런데 약간 경제적 부담을 져야 한다. 신경을 조이는 부분도 있다. 부부가 나서면 말은 고와야 하고, 행동은 조신해야 한다. 더구나 친구의 부인에 대해서는 많은 부분을 근신해야 한다. 그 편에서도 마찬가지일 것으로 짐작이 된다.

우리 로고포의 여행은 대개 학술여행이었다. 학술여행이 아니라면 최소한 지역 문화를 탐방하는 일정이었다. 그렇다 보니 다른 사람들 다 좋다는 동남아 여행은 뒤로 미루어 두거나 별로 관심을 두지 않았다. 내외가 태국—타일란드를 다녀오자는 제안을 한 것은 석우였다. 근간 석우 내외가 유럽이니 북미니 하는 데를 다녀오고 나서는 내외가 외국 여행을 하는 재미를 톡톡히 느끼는 듯하다.

여행에 공식이 있는가, 그런 이야기를 한 끝에, 바쁜 걸음으로 태국에 다녀오기로 했다. 태국을 다녀오면서 여행의 품위를 높이사는 네 아무도 반대를 하는 사람이 없었다. 남정네들 넷이 움직이는 경우 잠자리며 먹는 것이며 호오를 가리지 않았다. 한국에서 고급 식당에 해당하는 명소를 전혀 외돌려 놓은 것은 아니다. 그러나 슈퍼에서 간이식을 사서 점심을 때우기도 하고, 별 두개 달린 숙소를 잡기도 여유롭지 않은 경우도 있어서, 유럽이라는 데를 가서 연변 조선족이 운영하는 민박을 이용하기도 했다. 그러나 부부동반의 경우 그렇게 궁상을 떨 수는 없다.

먹고 마시는 것이, 잠자리가 과분한 느낌이 들 정도로 우아하고 품위가 있는 시설을 이용했다. 여행이 좀 힘겨운 경우, 먹는 것이며 잠자리가 그렇게 까다로울 이유가 없다. 목마른 여행객에게 어떤 물이, 어떤 맥주가 갈증을 해소하는 데 가장 적절하다는 것은 공식이 없다. 피곤한 몸을 뉘는 데 호텔 별 숫자가 안락함을 보장하지 않는다. 삶이란 그렇게 단순한 것이다. 그러나 어느 지점에서는 약간의 호사가 삶의 품위와 만족감을 보증하기도 한다. 세속과 호사에서 근검과 충실도의 사이가 그렇게 분명한 것은 아니다.

내외가 동행을 할 경우, 남자들만 혹은 여자들만 움직이는 것과 달리 여행의 아기자기함이 증가한다. 남성들이 작은 일에 무관심하다면 여성들은 작은 일에 놀라고 즐거워한다. 남자들이 먹고 마시는 데 빠지는 경향이라면 여성들은 그곳의 특산물과 쇼핑에 마음을 쓴다. 남성들이 약간 느끼한 이야기를 한다면 여성들은 삶의 갈피를 섬세하게 살핀다. 남성들이 사진을 찍자는 데 집착하는 느낌인데 여성들은 관심이 적다. 내외가 호텔 한 방에 들어가면 남편은 집에서 하는 버릇대로 벗어던지고 눕는데 아내들은 집에서처럼 살림을 살피느라 빨래를 한다. 모르겠다, 우리 집만 그런지는.

타일랜드에서 내외가 돌아다니는 동안 몇 군데 인상적인 장면을 간단히 메모를 하였다. 이게 시가 되는지 안 되는지는 잘 모르겠다. 소설을 전문으로 하는 나로서는 이야기를 만들기 위해 투여해야 하는 서사적 노고(narrative labour)를 감당하기 어려운 인상과 감각들이 있다. 이를 놓치지 않으려고 메모를 하고 운율을 붙여 시행을 만들어 보면서 지나다 보면 일행들이 돌아가는 리듬에서 처지는 경우가 허다하다. 그러나 그게 삶의 충실도를 보장하는 방법이라는 고정관념 같은 생각을 버리지 못하고 그렇게 돌아다닌다.

방콕에서 가장 높다는 거물에 올라가 식사를 할 기회가 있었다. 팔십사 층인가 되는 건물인데 처음부터 타일란드에서 가장 높은 건물을 짓겠다는 의지였다고 한다. 그런데 다른 회사에서 그보다 높은 건물을 짓자, 도저히 따라올 수 없을 정도로 짓겠다고 작심을 하고 건축을 했다고 한다. 건물 이름이 바이요크(Baiyoke) 빌딩이다. 그 건물 79층에 자리한 뷔페에서 방콕의 야경을 바라보며 저녁을 먹었다.

야경은, 어둠 속에 빛나는 불빛이 현실을 잊게 하면서 아름다움을 뿜어낸다. 그러나 달리 보면 야경은 일상의, 현실의 어지러움을 가리는 환상이거나 환영이다. 모든 환영은 현실을 가린다. 가려진 현실은 허위의식을 발동하게 한다. 허위의식은 현기증을 불러온다. 야경을 무작정 칭송하는 무사려無思慮를 돌아볼 수 있는 것은 이런 시를 쓰면서이다. 그렇다면 스스로 분열적인 사고를 자초하는 것은 아닌가 싶기도 하다. 아름다운 불합리라고나 할까.

야경夜景

욕망의 탑 꼭대기에
올라와 내려다보면
불빛은 온갖 현실을 지워
어둠의 그림자 속에 매장한다.

시장의 훤소喧騒며

방콕의 야경 – 야경은 현란한 불빛으로 쓰라린 디테일을 지운다

수상가옥 근처의 썩은 물이며
마른 계절을 몰아가는 티끌이며
그리고, 수치와, 참담과, 허욕과
잡성스런 많은 기억을 묻어버린다.

현실 저편으로 달려가는
불빛과 불빛의 행렬 속으로
형적도 없이 증발하는
내 기억의 실마리들

야경은 세상을 잊게 하고
마성의 눈빛을 번득이며
뜻없는 미혹으로 잠겨드는
거부하지 못할 현기증이다.

　역사는 화려함 여부와는 관계없이 비애의 정서를 불러온다. 회복이 안 되는 절대시간의 속성이 그런 느낌을 불러오는 것이리라. 때로 시간이 약이듯이 시간의 회복 안 되는 절대성에 대한 부단한 인식은 그 자체가 질병이다. 시간의 이 야누스적 속성.

　한 나라가 있었다. 그 나라는 왕국이었다. 왕은 품위가 있었고, 백성들을 사랑했다. 백성들은 근면하고 성실했다. 그런데 이웃나라에서 창 칼을 들고 침략해 왔다. 집에 불을 지르고 왕궁을 쳐부수었다. 백성들의 집이든, 왕궁이든, 부처님에게 예불을 드리는 사찰이든 가릴 것 없이 불을 지르고 마구 쳐부수었다. 그런 분탕질 속에서 문화란 이름의 산물들은 폐허가 되고, 한 동안 폐허는 황량한 모양을 드러내고 팽개쳐진다. 다행이지, 다행이지, 그 폐허에 나무가 자라 역사의 상처를 위무한다. 나무는 역사의 상처를 어루만지는 자연의 손길이다. 나무가 숲이 되면 상처는 내면화된다. 아니 망각된다.

아유타야 폐허에서

불심도 인간이 쌓아올린 탑이라서
반듯한 모서리가 세월에 마모되고
전란으로 폐허가 되기도 한다.

무너져내린 왕궁의 전탑塼塔 사이
리라와디 차바꽃* 향기는
세월의 담을 넘어 은은히 퍼지고
때가 겨울이라고
툭툭 소리 내며
떨어져 땅으로 돌아가는
붉은 열매 낙과落果들

문명의 폐허에 나무는 자라
숲이 되고, 숲 위로 푸른 하늘
그 끝에 번지는 꽃내음
폐허가 비애를 넘어서는 까닭은
이 한 줄기 미친 향기 때문이다.

차바꽃은, 영문자로 Leelawadee라고 쓴다. 안내군(양)이 서툰 한국어로 그렇게 써
주었다. 굵은 손가락 같은 새까만 줄기 끝에, 잎은 다 진 다음인데 향기가 차꽃 같은
하얀 네 잎 꽃이 핀다. '이름 모를'이라는 관형어가 붙은 풀과 꽃과 새가 많이 동원
되는 글을 나는 좋아하지 않는다. 내가 이름을 모르는 사물이 많기 때문이다. 나를
닮은 타인은, 랭보의 말대로 지옥인지도 모른다. 세상에는 그 징그런 존재들로 넘쳐

난다.

폐허의 하늘이 높이 개어 올라갈수록, 그리고 그 하늘빛이 푸르고 아름다울수록 폐허의 하늘은 눈물을 자아낸다. 그런 폐허에도 앞에서 말한 것처럼 풀과 나무가 있어 향기라도 뿜을 양이면 상상의 다른 길을 예비한다. 숲은 숨막히는 공간에 숨길을 마련한다.

폐허에서, 그것도 성전의 폐허에서 성스러움에 몸을 떨고 허무함에 정신이 아찔할 때, 한 줄기 꽃향기가 내가 모은 두 손의 장심을 타고 흐른다. 아니 꽃향기 때문에 손을 모은다. 그러면 내 장심掌心으로 흰 줄기 맑은 강물이 흘러든다. 그런 상상은 시적인 발상을 따라 내게 들어오는 대지의 서기와도 같은 것이다. 시의 효용이 이런 것일지도 모른다. 하늘을 보며 꽃향기를 맡고 내 마음 속 한 구석으로 흘러드는 강물을 바라보는 이의 언어는 웬만하면 노래로 통하는 것이 아닌가.

폐허의 하늘

청청 개어 올라간 하늘 끝
벽돌 사이로 불볕은 내리고
거기 하얀 꽃잎은 떨어져
추억같은 향기가 짙어라
꽃향기 속에 손을 모으면
손금 타고 흘러가는 강물

여행을 하다 보면 환락가를 돌아보는 경우도 생긴다. 꽃같이 젊은 아가씨들이 알몸으로 빨랫줄의 빨래처럼 널려 바람을 타고, 최고의 명품들이 최악의 모조품으로 재생되어 산더미처럼 쌓인 가운데 아우성치는 거리를 걸어가면서, 산다는 게 무엇인가를 생각한다. 갈치가 자기 꼬리를 잘라 먹는다는 말이 있다. 스스로 먹는지 아니면 어떤 위급한 상황에서 꼬리를 잘라 버리고 달아나는 것인지는 확인되지 않았다. 사람 산다는 게 그런 것인지도 모른다. 모순의 역정을 살아가는 것이다. 학교 근처에 색주가를 열고, 군부대 담장 바깥에 모포부대 아주머니들도 여전히 살겠다고 아우성이다. 대학 캠퍼스에 무허가 떡장사 아주머니도 살겠다고, 살아야 한다고 지나가는 학생들을 쳐다보며 눈길을 보낸다. 심지어 관악캠퍼스 앞에는 늙은 꽃뱀들이 득시글거린다. 살겠다는 뜻이리라.

환락과 가짜와 사기와 흥정과 술과 여자와 더위와 땀 밴 기름 냄새가 뒤범벅이 된 거리를 걸어가면서 산다는 게 무엇인가를 자꾸 생각한다. 그럴 것이다, 그럴 것이다 하는 소리가 내 안에서 쉼없이 울려 나온다. 너는 여행 중의 구경이지만, 나는 목숨을 덜어 살아간다는 것이다. 그래서 엄격한 기준으로 상대를 평가하지 말고 다시 생각해야 한다. 처지를 바꾸어 생각해야 한다. 그게 여행 중에 환락가를 걸어가면서 생각할 수 있는 윤리의 최대치인지도 모른다. 그래서 이름하여 역지사지易地思之이다.

역지사지易地思之
　　－ 타일랜드 방콕의 팟퐁거리

너희는 유흥이지만
나는 목숨을 덜어 살아가는 실전이다.

짝퉁을 위해
목숨을 걸고
목숨을 위해 짝퉁을 만드는
짝퉁 목숨들의 환락을 위해

수상시장-삶의 기로에서 눈매 고운 보살들이 장사를 한다

맨살로 춤추는 젊은이들

너희 유흥이 나의 목숨이라면
나는 짝퉁을 위해 목을 바치련다.

　　노동에 동원된 여성과 어린이들은 안쓰러움을 자아낸다. 태국의 수상시장은 누구
라도 이곳을 여행하는 이들이 꼭 들르는 명소이다. 좋은 땅 다 놔두고 왜 하필 물길
에다가 시장을 차린 것인가. 태국의 방콕 지역은 바다와 연해 있는 늪지대를 개선하
여 택지를 만들다 보니 물길이 가장 편한 운송수단이었다고 한다. 길과 길이 만나고
사람이 모이기 쉬운 동네에 장이 서는 것은 동서 어디를 가나 마찬가지이다. 물길
편한 길목에 장사를 하는 사람들이 모이고, 거기 주로 여성들이 어기차게 살아가는
삶의 현장이 형성된 것이다. 육지의 도로가 발달하면서 수상시장은 관광명소로 전

락했다 한다.

사실 남성들이라야 근력筋力이 약간 있달 뿐이지 버팀성에서는 여성을 당하지 못한다. 홀아비와 과부를 비교하는 우리 속언에서도 이는 증명된다. 생에 대한 애착 또한 여성이 한결 강하다. 태국 수상시장에는 남성들보다는 여성들이 삶의 무대 중앙에 나선다. 삶의 현장에서 여성이 주인공 역할을 하는 것이다.

삶을 잘 이끌어가는 이들의 모습에서는 감동이 우러나온다. 리얼리즘 계열의 예술에서 우리를 감동하게 하는 것은 예술의 미적 자질보다는 그것이 삶의 양상을 여실하게 보여주는 반영적 속성 때문이다. 예술의 인간화라는 말이 모순인지는 모르겠지만, 예술은 삶에 봉사하는 것이라야 한다. 삶의 본질을 드러내는 경우, 여성들이라고 일하는 모양이 안쓰러움만 떠올리게 하겠는가. 오히려 그들은 마음 너그러운 보살들이 되어, 부처님의 말씀을 시장에서 실현하는 것이 아니던가. 태국 수상시장에는 그런 보살들이 많고 많다.

　　태국 수상시장에서

　　눈길 고운 아낙들이
　　과일을 진열하고
　　국수를 말아 내는 동안
　　때로는 배를 젓기도 하고
　　푼전을 흥정하는 자리목마다
　　수상시장에는 보살로 가득하다

　　멀리 온 손들은
　　뚝 잘라 절반도 모라라서
　　삼분지 일로 사분지 일로
　　삶의 흥정이 오르내리는 동안

가부좌 틀고 앉은 등뒤에는
늪에서 기어나온 파충류 뱀들도
설산을 내려온 코끼리도
남근을 세운 목각 사내도
엉치에서 색을 뿜는 철물 화냥녀도
광배의 불꽃처럼 주인을 위요圍繞해서

마침내,
여주인은 마음 너그러운 보살이 되어서
암마, 그리 하소, 그리 하소
남쪽 나라의 너그러운 불경을 왼다.

여행은 몸을 고달프게 한다. 그래서 여행 중의 괴로움을 흔히 객고客苦라 하고, 여행 끝에 몰려오는 피로를 노독路毒이라고 한다. 여행을 하는 중에, 혹은 관광을 하는 중에 몸을 푸근히 쉴 수 있다면 그보다 큰 위안이 어디 있겠는가. 일상에서 들볶인 몸뚱이를 잠시 남의 손에 맡겨 두고 가볍게 코라도 골면서 잠들 수 있다면 얼마나 감미로운 잠이겠는가.

헌데 생각이 복잡해서 머리가 잡스런 상념으로 들끓으면 몸이 호사豪奢를 해도 그게 호사가 아니다. 그런 머리에는 관광도 때로 부담으로 다가온다. 몸을 눕히고 쉽게 잠들지 못하니 하고많은 생각이 오간다. 직장 일이며, 집안 일, 그리고 병환 중인 어머니, 내 나이 육십고개를 넘었다는 생각으로 나는 잠들지 못한다. 잠들지 못하고 나는 몸과 마음, 육신과 정신, 낡은 나의 몸과 싱싱한 젊은 안마사, 그렇게 이항대립을 지속하는 동안 몸과 마음은 하나라고 억지 주장을 해보기도 한다. 그러나 여전히 공허한 화두일 뿐이다.

안마를 받는 동안

몸이 관광에 호출을 당하고 보면
구경도 일이라 고단해지는 게라서
허름한 보료에 몸을 누이자마자
눈이 감기고 졸음에 빠지다가

발바닥과 정강이, 장딴지
그리고 이따금 바람 지나는 무릎마디
대퇴부 근육을 풀고
다리를 꺾어 하체를 이완케 한다.

현상과 본질 사이를 오가며
몸과 마음이 하나라고
그것은 둘로 갈라지는 게 아니라고
애써 나를 설득하는 동안

나는 낡은 부처처럼
공덕 없는 머리를 안마사에게 내맡기고
풀리지 않는 화두, 환갑의 띠를 짚어보며
잠들지 못하는 몸과 영혼 사이를 오간다.

    판소리 단가에 〈만고강산〉이라는 것이 있다. "만고강산 유람헐 제 삼신산이 어디
메뇨. 일 봉래 이 방장 삼 영주 이 아니냐" 그렇게 시작하여 봉래산을 구경하는 여정
을 잡는다. 이른바 삼신산은 중국의 명산을 일러 말하는 것이기는 하지만, 한국에서
는 금강산, 지리산, 한라산을 삼신산으로 일러왔다. 우리는 산천경개를 구경하는 것
을 유람이라 했다. 그러나 다른 용법도 있다. '신사유람단'의 경우 그 유람이 마음

편한 것만은 아니었을 터이다. 유람도 유람 나름이다.

　삼신산을 찾아가 구경하는 것이 관광觀光인지 여행인지, 아니면 유람遊覽인지 정확한 구분은 쉽지 않다. 다만 우리말 가운데 '구경'이라는 단어는 한자 어원이 아니라는 점, 그리고 그 쓰임이 다양하여 맥을 잘 잡아 써야 한다는 점은 유념할 일이다. 동네에 "구경났다"는 판에 휩쓸렸다가는 망신을 사기 십상이다.

　태국을 여행하는 동안 관찰한 바로는, 남자들이 여행을 취하는 경향이라면 여성들은 관광으로 기운다. 그런데 먹고 마시는 데서는 그 경향이 역전되는 듯하다. 일상에서 여행과 관광은 맞물려 있다. 여행 중의 여유도 산뜻하고, 관광을 하는 가운데 인문학적 상상력이 발동한다고 잘못일 것도 없다. 중요한 것은 삶의 과정에서 일하고 쉬고 놀고 하는 리듬이 엇박자로 나가지 않도록 조율하는 것이 아닌가 싶다. 稷

대련의 옛 수상경찰서 앞에서

　　2004년 8월 21일 우공, 석영, 남계와 함께 중국 연변대학교 조선·한국연구중심에서 개최한 국제학술대회에 참석하러 가는 길에 대련외국어대학 한위성 교수를 만날 겸 대련의 풍광을 살필 겸 해서 대련을 들렀다. 대련에 도착하자마자 시내 관광 안내를 맡아 준 한위성 교수에게 굳이 옛 수상경찰서 자리를 보고 싶다고 졸라서 대련항 여객 부두 건너편에 자리한 그 곳을 확인할 기회를 얻었다. 원래 4층이었던 듯한 이 건물은 6층으로 증개축한 후 현재 대련 항만국 건물로 사용하고 있는데, 원래의 건물을 허물지 않고 증개축하여 사용한다지만 사진으로 보아온 본 모습이 별로 남아 있지 않는 점은 조금 아쉬웠다.

　　대련에 도착한 후, 관광객들이 거의 찾지 않는 대련 수상경찰서 자리를 굳이 첫 답사지로 결정한 것은 이곳이 대표적인 독립투사이고 아나키스트였던 우당 이회영 선생께서 고문을 받다가 1932년 11월 순국하신 곳이기 때문이다. 뿐만 아니라 이곳

대련의 수상경찰서 – 역사의 핏자국과 고통스런 외침이 아직도 쟁쟁하다

은 일제 강점기 중국 지역에서 활동하던 수많은 애국지사들이 일경들에게 붙들려 고문을 당하고 목숨을 잃은 곳이기도 하다. 단재 신채호 선생도 대만의 기륭항에서 체포되어 대련으로 압송되어 재판을 받은 후 대련에서 멀지 않은 여순 형무소에 투옥되는데, 이 때 이곳을 거쳐 갔을 것이 분명하다.

이곳은 우리 애국지사들과 중국 애국지사들의 한이 함께 담긴 곳이기는 하지만 지금은 여객부두 건너편에 다소 한가한 느낌을 주고 서 있다. 여객 부두 앞 8차선 넓은 길에 차량이 많지 않고 비까지 뿌려 80년 가까이 된 건물은 처량한 느낌을 주기도 한다. 세월의 무상함이란 이렇듯 역사의 흔적을 찾으려는 사람들에게만 구체성을 가지고 다가오는 모양이다.

이곳 대련 수상경찰서에서 순국하신 우당 이회영 선생과 그의 형제들은 두루 알다시피 조선 후기 대명문가 자제들이다. 한일합방 직후 우당 선생의 여섯 형제는 전

재산을 정리하고 중국으로 건너가 독립운동에 헌신하였다. 여섯 형제 중 첫째 건영과 셋째 철영은 20년대 중반 가난을 못 이겨 고향인 경기도 장단으로 돌아와 어렵게 살다 운명하였다. 그리고 둘째 석영은 건강이 나빠지자 막내 호영이 귀국시켰지만 다시 중국으로 돌아와 굶어죽는 비참한 최후를 맞이하였다. 자신의 아들이 변절하여 일경에게 정보를 제공함으로써 동생인 우당 선생을 죽음으로 몰게 한 데 대한 죄책감이 처참한 죽음에까지 이르게 한 것으로 보인다. 막내 호영은 우당 선생이 타살된 충격을 벗어나지 못한 탓인지 우당 선생이 돌아가신 다음 해인 1933년 아들 둘과 함께 자살한다. 결국 여섯 형제 중 다섯째인 시영만이 해방 후 귀국할 수 있었고, 해방된 조국에서 초대 부통령을 지냄으로써 그들 형제의 선택이 올바른 나라사랑의 길이었음을 확인하게 된다.

우당 선생의 삶은 실천하는 지식인의 모습 그 자체를 보여준다. 우당 선생은 한반도 내에서의 편안한 삶을 버리고 전 재산을 털어 압록강을 건너고, 막대한 재산으로 독립운동의 간성을 키우기 위해 신흥무관학교를 건립하였다. 우당 선생이 중심이 되어 건립한 신흥무관학교는 조국 독립을 위한 장기전에 대비하기 위해서는 반드시 필요한 인력인 장교를 양성하려는 목표 아래 건립한 교육기관으로 2000명이 넘는 졸업자를 배출시켰다. 이 학교 졸업생들은 봉오동과 청산리에서의 전투를 비롯하여 이후 일제와의 무장 투쟁에서 혁혁한 전과를 세우는 무관들로 자라나 조국 해방의 주춧돌이 된다.

만주 지역에서의 항일투쟁이 일제의 탄압으로 거의 불가능해지는 현실적인 어려움과 상해임시정부가 설립되는 계기에 만주를 떠나 상해로 이주해 간 우당 선생은 전 재산을 만주에서의 독립 운동 자금으로 사용해 버린 탓에 경제적으로 매우 궁핍한 날들을 보내게 된다. 그러나 조국 해방을 위한 투쟁의 열정은 식지 않는다. 상해 임시정부의 미온적인 투쟁 방향에 대해 대립각을 세우던 우당 선생은 직접적 투쟁을 통한 독립의 쟁취라는 목적을 실현하기 위하여 아나키스트 사상을 받아들이고, 단재 선생과 힘을 합쳐 정화암, 이을규, 백정기 선생과 같은 젊은 아나키스트 투사들을 이끌고 직접 무장 투쟁의 길에 평생을 바친다.

우당 선생은 자신들이 떠나 온 이후, 시간의 경과와 함께 점차 만주 지역의 독립 운동 단체들이 일제의 탄압을 견디지 못하고 지리멸렬한 상황에 이르자, 새로운 조직 건설의 필요성을 역설하고 육십육 세의 노구로 상해를 출발하여 대련을 거쳐 만주에 잠입할 계획을 세운다. 우당 선생을 따르던 많은 젊은이들이 그의 만주행을 만류했지만, 우당 선생은 '죽음을 보기를 돌아가듯 한다[視死如歸]'는 신념에 찬 말과 함께 늙은이가 중국인으로 변복을 하고 기면 젊은이보다는 일경의 시선을 끌지 않을 것이라는 현실적인 이유를 내세우며 만주행을 강행한다. 그러나 우당 선생은 대련항에 하선하다 일제 헌병에게 붙들리고 며칠 동안의 고문을 견디다 못해 죽음에 이른다.

우당 선생의 피랍과 죽음이 선생이 가장 존경하던 둘째 형 석영의 하나밖에 없는 아들이 가난을 견디지 못하여 일경의 끄나풀에게 밀고한 탓이라는 것이 선생의 최후를 더욱 안타깝게 한다. 또 이 일로 우당 선생의 동지들은 석영의 아들을 죽음으로 징치하고, 우당 선생의 형인 석영이 비참한 죽음에 이르게 되고, 막내인 호영의 삼부자가 자살을 하게 된 것은 더욱 비극적이다. 이는 비단 우당 선생의 형제만의 비극이 아니고 일제 강점기 고난에 찬 투쟁을 계속한 우리 선조들이 함께 겪은 고통이기도 하다.

조선에서의 안락한 삶을 포기하고 조국의 독립을 위하여 누만의 재산을 정리하여 만주로 건너가고 오직 조국의 독립만을 위하여 애쓰다 간 우당 선생과 그 형제들의 애국정신은 무엇으로 보답할 수 있겠는가. 이미 우당 선생이 죽음을 맞이한 이곳 대련 수상경찰서 자리를 찾아 우당 선생을 추념하는 후손들이 거의 없는 지금에.

칼끝과 같은 식민지 현실을 살아가면서도 나라사랑의 마음과 강인한 신념을 견지한 우당 선생의 삶을 생각하면서 우당 선생과 같은 아나키스트였던 시인 이육사의 강렬하고도 신념에 찬 시 「절정」을 생각해 보았다.

매운 계절의 채찍에 갈겨
마침내 북방으로 휩쓸려오다.

하늘도 그만 지쳐 끝난 고원
서릿발 칼날진 그 위에 서다.

어디다 무릎을 꿇어야 하나
한 발 재겨 디딜 곳조차 없다.

이러매 눈 감아 생각해 볼 밖에
겨울은 강철로 된 무지갠가 보다. 碩

여순일아감옥구지旅順日俄監獄舊址 소회

이번 대련 여행의 커다란 목적 중 하나는 여순에 있는 옛 감옥을 답사하는 데 있었다. 두루 알다시피 여순 감옥은 안중근 의사가 1909년 10월 26일 하얼빈 역사에서 이토오 히로부미伊藤博文을 저격한 후, 1910년 3월 26일 사형을 당하기까지 영어의 생활을 한 곳이다. 이것만으로도 여순 감옥은 답사를 할 필요가 있는 곳이지만, 이곳은 1936년 2월 21일 8년간의 영어 생활 끝에 단재 신채호 선생이 순국하신 곳이기도 하고, 또 수많은 애국지사들이 중국 본토와 만주벌에서 독립운동을 하다가 이곳에서 영어의 몸으로 있기도 하고 또 사형을 당한 곳이기도 하다는 점이 더욱 답사의 필요성을 느끼게 하였다.

대련에 도착해 보니 최근 무슨 이유에서인지 중국 정부에서 여순 지역을 외국인에 대한 미개방 지역으로 지정하고 있었다. 중국 측에서 내세운 공식적인 이유는 여순 지역이 군사적으로 중요한 지역이라는 것이나, 중국인 민간인들의 출입이 자유로운 상황에서 외국인만 출입을 금하는 것은 큰 설득력이 없어 보인다. 하지만 중국 정부의 방침이 그러하니 한국인이 여순에 공식적으로 들어가 관광을 할 수는 없고, 여순 감옥은 특히 그러하다는 것이다. 다행히 대련에 거주하는 영향력 있는 한인漢人의 도움으로 여순 감옥을 구경할 수 있다고 하여 이번 대련 여행의 목적을 이룰 수 있게 되었다.

대련에서 여순까지는 고속도로로 30분 남짓 달리면 닿는 가까운 거리였다. 물론 안중근 의사가 압송될 당시에는 대련에서 여순까지는 만만치 않은 거리였을 것이고 또 단재 선생이 대련 수상경찰서에서의 취체를 끝내고 여순 감옥으로 갈 때 역시 그러했겠지만, 시대의 변화와 기술의 발전은 두 도시의 거리마저 가깝게 만들어 주었다. 시원하게 뻗은 고속도로를 달리며, 왼쪽으로 바다를 끼고 달리는 아름다운 정경을 감상하면서 이 길을 지나던 안중근 의사와 단재 선생의 나라사랑의 신념을 생각해 보았다.

요동 반도의 끝자락에 위치한 여순은 지정학적으로도 매우 중요한 위치에 있으며, 지도에서 본 바와 같이 산자락이 항구를 감싸고 만곡의 앞으로 섬이 가로막혀 천혜의 군항이라는 느낌이 들었다. 지도에서 본 진주만의 모습이나 직접 가서 본 한산도나 그 전체의 모습에서 여순항의 그것과 유사하다는 느낌이 들었다. 아마 이러한 입지적인 조건 때문에 일제가 청일전쟁에서 승리한 직후 요동반도를 청에게서 할양받아 대련과 여순을 장악했고, 1898년 러시아가 무력으로 여순과 대련을 자국의 조차지로 삼아 여순을 해군 기지로 개발하였다. 이후 절치부심하던 일제가 러일전쟁에서 엄청난 희생 끝에 러시아군을 몰아내고 자국의 조차지로 삼아 일제가 패망할 때까지 군항으로 사용하게 된다. 현재 중국의 해군 부대가 여순항을 기항지로 사용하는 것도 마찬가지의 이유에서이리라 짐작되었다.

여순 감옥은 이러한 근대 초기의 역사적인 흐름과 깊은 관련을 갖는다. 러시아 사

여순 감옥－역사 앞에 목을 내놓은 사람들을 생각하게 한다

람들이 여순 감옥을 최초로 지었고, 일제가 오랫동안 억압 통치를 하면서 감옥을 증축하여 지금의 모습을 갖추게 된 것이다. 그래서인지 중국에서는 여순 감옥을 여순에 있는 일본과 러시아의 감옥 자리라는 뜻으로 여순일아감옥구지旅順日俄監獄舊址라 칭한다. 감옥의 모습에서도 러시아 사람들이 지은 회색빛 건물과 일본인들이 증축한 붉은 벽돌 건물이 선명히 구분된다. 붉은색 건물이 회색 건물의 몇 배가 되는 것으로 보아 일제가 억압 통치를 하는 기간 동안에 얼마나 많은 애국충절을 지닌 한국

인과 중국인들을 억압하였는지를 웅변석으로 보여 주었다.

감옥 안에는 안중근 의사가 몇 개월 간 영어의 생활을 하던 독방이 보존되어 있고, 또 사형을 집행했던 건물도 그대로 보존되어 있어 가슴을 뭉클하게 하였다. 안중근 의사가 갇혀 있었던 독방은 단층 독채 건물에 침대와 책상을 갖추고 창문도 있는 제법 넓은 사무실 모습을 하고 있고, 독방 현관과 직각으로 놓여 있는 간수의 방은 안중근 의사의 독방보다 규모가 약간 작았다. 일제의 입장에서는 이토오 히로부미를 살해한 범인에 대해 어느 정도 예우를 한 모양이다. 하긴 안중근 의사를 잡범 취급하면 이토오 히로부미의 위상 역시 추락하기는 하겠지.

안중근 의사가 교수형을 당한 건물도 그대로 보존되어 있다. 안중근 의사를 사형시킨 이후 이곳에서는 형이 집행된 적이 없다는데, 이 역시 이후 안중근 의사에 비견할 만한 사형수가 여순 감옥에서 형 집행된 적이 없는 탓이라 하니 형 집행의 순간에도 예우의 문제가 걸려 있는 것인가 하는 생각이 들기도 했다.

감옥 건물 안으로 들어가니 복도 양편으로 일반 죄수들을 수감했던 감방이 구불구불 복잡하게 이어지는데 군데군데 그 방에 갇혀 있었던 역사적인 인물들의 사진과 약력이 걸려 있다. 여기저기 살피다 보니 단재 선생이 영어의 생활을 한 감방이 있어 선생의 사진이 걸려 있고 중국어와 한글로 선생의 약력이 정리되어 있다. 안중근 의사의 독방과는 달리, 위체 사건으로 실형을 받았기 때문에 잡범으로 취급당하여 여러 명의 죄수와 함께 영어 생활을 한 감방의 모습이 처참하였다.

감방 앞의 사진과 약력을 보면서 노쇠한 나이에 열악한 감옥 생활로 병을 얻었으면서도 일제의 간병을 거부하고 사망에까지 이르게 된 단재 선생의 기개를 다시 한 번 되새기게 된다. 단재 선생의 감방 앞을 지나면서 여기에 이름을 남기지 못하고 사라져 간 수많은 애국지사들을 생각하니 숙연한 기분이 들지 않을 수 없었다. 외국인 출입 금지와 관련한 귀찮은 문제가 발생하지 않도록 감옥 안에서는 한국말을 하지 말아달라는 부탁이 없었더라도 큰소리로 말을 할 마음이 생기지 않았다.

감옥 건물을 나와 걸어가다 보니 긴 담벼락 한쪽 끝 부분에 사형실이 있다. 이곳은 교수형을 시키는 곳인데 얼마나 많은 사람들을 교수대에 매달아야 했었는지는 모르겠지만 한 건물에 사형 대기실 두 개가 있고, 그 앞에 교수대 세 개가 설치된 방이 자리해 가슴을 아리게 한다. 대기실에 끌려온 사형수들을 세 개의 교수대에 계속해서 매달았다는데 하루에 수십 명씩을 처리했다는 말이 소름끼쳤다. 신념으로 죽어간 영혼들에게 축복이 있기를.

교수대에는 둥근 끈이 매달려 있고 단 아래 대패질도 제대로 되지 않은 나무로 만든 똥통 모양의 통이 놓여 있다. 사형수의 수가 너무나 많아서 나무통을 교수대 아래에 두고 교수형을 집행하고 죄수가 사망하면 시체를 아래로 떨어뜨려 나무통에 빠뜨리고 간수들이 통째로 들어 옮겨서 감옥 뒤의 언덕에 채곡채곡 쌓았다는데 그 모습을 재현해 놓은 방에 들어서니 인간의 잔혹성, 사형마저도 좀 더 조직적이고 기능적으로 실행하려는 인간의 영악스러움이 말을 잃게 한다. 언젠가 아우슈비츠에 한 번 가보아야겠다는 석영의 속삭임이 서늘한 실감으로 다가오기도 한 순간이었다.

감옥을 돌아 밖으로 나오니 해는 더욱 강렬하게 쏟아지고 있다. 감옥에 들어가기 전과는 다른 강렬한 햇빛이다. 어두운 감옥의 복도를 지나왔음인가, 역사의 뒷면을 보았음인가. 대련으로 돌아오는 길, 바다는 역시 푸르고, 해수욕하는 사람들이 보이고, 검은 빛 작은 어선들이 느릿느릿 움직이고 있다. 국가와 민족, 이념이나 정열과 같이 목숨보다 더 소중했던 가치들은 이미 사라져버린 시대, 인간의 삶은 언제나의 모습으로 한가롭게 반복되고 있었다. 硏

소흥紹興에 관한 단상

상해를 거쳐서 소흥紹興과 소주에 다녀왔습니다. 짧은 일정이었지만 감회와 인식이 자못 달랐습니다. 적지 아니 해 보았던 여행이었지만, 여행은 무엇이어야 하는지를 어렴풋이 깨닫게 해 주는 경험이었지요. 그 감수성이 쉽사리 잦아지지 않기에 몇 줄 단상을 전합니다.

눈코 뜨기 힘들 정도로 바쁜 틈새를 아주 무리하게 비집고 들어 간 여행이기에 나로서는 준비나 기대나 모두 부실하였다. 적어도 떠나기 전까지는 그러하였다. 여행을 공들여 준비하고 기획한 우한용 교수의 수고가 너무 고마울 뿐이었다. 착실히 소집에 응하는 기분으로 참여하였다. 행정行程 자체에는 최대한 성실하기로 했다. 여행의 시작은 상해 외국어대학의 교수 작가 문학전공자들과의 교류를 가지는 것이었다. 그들과 도착 즉시 공식적 교류의 이벤트를 가졌다. 상해 외국어대학 도서관에 우리

로고포가 편한 '한국대표문학전집 30권' 2질을 증정하였다. 그리고 공동 후속 사업의 가능성을 모색하기로 하였다. 이 공식 일정의 소화는 의미 있었다. 그런데 이후 여행은 더욱 의미 있었다.

이번 중국 여행은 나로서는 네 번째이다. 유달리 알찬 여행이었다. 그 중에서도 상해와 소흥에 가서 노신의 생애를 추적하는 테마 여행다운 것이 인상적이었다. 나는 노신에 대해서 무엇을 아는가. 그리고 얼마나 잘못 알고 있는가 하는 것을 여러 번 절감한다. '노신이 누구인가' 하는 것이 이제야 비로소 내 머리 속에, 정확히 말하면 내 통합적 감수성 속에 자리잡기 시작했다. 그리고 그 노신을 현재의 중국이 어떤 의식으로 정립하고 가치화하고 있는지를 확인할 수 있었다. 절강성 소흥에서 본 노신의 생가(원래 조상 대대로 살아오던 구가와, 망해서 이사 간 집 둘 다)는 상상을 초월하는 중국 부자의 모습을 보여 주었다. 대지주 부자 계급의 출신인 그가 중국 사회의 근대화 이념에서 선구의 자리에 설 수 있었다는 것을 보며 여러 가지 생각을 하였다. 마르크스가 사회주의자가 된 것이 유럽형 지식 혁명의 모델이라면, 노신의 근대성과 사회주의적 각성은 지극히 중국적인 근대 지식인 모델이라고 해야 할지. 그가 딛고 서 있는 문화적 토양이 참으로 만만치 아니한 것임을 느끼며, 그에게 운명적 빈곤이 있었다면 하는 가정을 품어 보기도 하였다. 노신 읽기의 명료한 전략 하나를 마련한 셈이다. 그리고 그 전략은 물론 매우 적극적인 전략이 될 것이다.

현대 사회의 정황 속에서는 교육과 문화는 이미 그 자체가 자본으로 작용한다. 빈곤 속에서는 어떤 문화적 창조나 시대적 각성도 의미 없음의 구도 속으로 매몰되고 마는 것 아닐까. 특히 개인의 경우에는 빈곤의 운명을 감내하기 힘든다. 빈곤한 개인에게는 문화나 사상조차도 특별한 삶의 계기가 없으면 의미화 될 기회조차도 가지지 못한다. 그러니까 빈곤은 그 자체로 사상적 불모지가 될 수밖에 없다는 생각도 비집고 들었다. 의식을 가지고 세상을 널리 그리고 구체적으로 보아야 한다는 생각,

노신 고거 – 만일 그가 빈곤층이었다면? 가정을 해 본다

그러기에는 여행이 중요하다는 것. 즉 여행에 대한 동기를 노신을 추적하는 동안 강화시키고 있는 나를 본다.

이번 중국 여행은 중국인들의 역사와 삶이 가지는 질적 무늬, 그리고 그들의 의식의 형질을 맛보는 기회를 주었다고나 할까. 소흥은 강남 자제 삼천을 이끌고 천하를 도모하고자 했던 초나라 항우의 고향이다. 소흥에서 300여리 떨어진 소주는 항우와 맞서 천하를 겨루고 마침내 진나라를 무너뜨린 한고조 유방의 고향이다. 또한 소흥은 범증의 고향이고, 현대 중국 공산당의 대표적 테크노크랏트 관료이었던 주은래의 고향이기도 하다. 어둠이 깃든 소흥성 성곽 머리에 올라서 우주와 역사 속에 한 점 그 이하의 질량으로 던져진 내 유한한 존재를 생각하는 회포도 그럴듯한 감회이었다. 실존의 무게란 이럴 때의 허망함을 달래는 변명쯤에 가 있는 것 아닌가 하는 생각을 한다.

상해의 작가 박명애 선생이 시종 우리와 동행하면서 큰 도움을 주었다. 그녀는 작가이면서 비교문학을 연구하는 상해 외국어대학 박사 과정에 있다. 동시에 중국여행 전문가이기도 하다. 박명애 선생의 배려로 관람하게 된 상해 오페라하우스에서의 경극 '대당귀비大唐貴妃'는 아주 값진 문화 체험이었다. 경극의 묘미가 무엇인지를 비로소 알게 해 준 계기이었다. 판소리 창극의 양식과 견주어 보면서 관람을 했는데, 시와(가사), 연기와, 노래와, 무대가 혼연한 일체를 이루는 미적 조화가 그 안에 있음을 둔하게 느낄 때쯤 되어서 극은 끝났다. 나는 무대 상단에 중국 한자로 자막 처리되는 시적 대사와 영어 번역을 동시에 음미하느라 무대에 충분한 눈길을 주지 못하고 있는 내가 좀 불쌍하게 여겨지기도 했다. 그러나 그것은 현 단계에서 내 나름의 최상의 감상법이기도 했다. 무려 3시간의 공연이었다.

어렴풋이나마 문화를 체감한다는 것이 어떤 것인지를 느낄 수 있었다는 것이 큰 소득이다. 반드시 새로운 여행을 공부하듯이 기획하리라는 생각을 해 본다. 여행은 일종의 지적 문화적 감염을 필연적으로 불러 오는 것. 그래서 우리들은 여행 자체는 자유롭지만, 여행 내에서는 행복한 지적 구속으로 일관한다. 여행 동안 우리 일행이 나눈 그 풍성하기 그지없는 대화가 우리를 행복하게 했다. 우공, 남계, 석우와 함께 박명애 작가가 만들어 내는 각기 색깔 있는 통찰과 비평과 유머가 사회적 소통성이 강한 담론 구성체를 만들어 주었다. 행복한 말의 심포지엄(향연)이 여행 내내 따라 다녔다.

빼 놓을 수 없는 이야기 하나. 이번 여행에는 아내들이 함께 하였다. 아내들에 의해서 삶의 일상사들이 여행 내내 함께 동반되었다. 그것은 여행의 총체성을 살려 주는 데 큰 기여를 했다. 여행에서 알찬 실체를 느끼고 포착하려면 삶과 유리되지 아니하려는 정신적 성향이 있어야 한다. 아내들이 그런 부분을 잘 채워주는 이야기들을 장면마다 선사하였다. 남계의 영부인 박미리 교수는 용인대학 연극학과의 전임

교수이다. 박미리 교수는 교수 공동체의 일원이기도 하였고, 아내 공동체의 일원이기도 하였다. 박미리 교수의 확고한 제안이 없었다면 상해 오페라 하우스에서의 경극 체험은 아마 할 수 없었을런지도 모른다.

돌아와 여행 체험을 늘어놓는 것은 그 감수성을 전하고 사람들과 공감역을 가지자는 것이다. 여행 자체가 호사스러운 것이라 할 수도 있을 것이다. 그러나 무엇을 얻을 것인가 하는 명제와 관련시켜 여행의 가치를 논해야 할 것이다. 유산을 전하려 하지 말고 자식에게 세상 여행을 많이 시키라는 경구를 생각해 본다. 또한 내 삶의 질은 무엇인가 하는 회의로부터 여행을 도발해 보는 것도 참다운 지혜의 일종인지 모른다. ▦

소흥에서 노신魯迅을 생각하다

2002년 2월 3일 새벽 6시, 미명에 함형주점을 나와 노신魯迅의 고가 앞에 섰다. 아직 노신의 고향 소흥紹興은 잠에서 깨어나지 않아 거리에는 다니는 사람이 드물고, 작은 식당들만 아침 장사 준비에 불을 피우고 물을 끓이고 밀가루 반죽을 하느라 어수선했다. 노신기념관 옆 높고 좁은 하얀 벽에 작은 입구, 중국 남방 특유의 가옥은 초라함이 느껴졌고, 검은 돌에 새긴 노신고거魯迅故居라는 글자만이 유난스레 반짝이고 있었다.

함형주점을 경계로 현대식 건물들은 사라지고 노신고거부터는 노신기념관을 제외하면 옛집들이 그대로 남아 있어서 노신이 살았을 한 세기 전의 풍광을 짐작할 수 있게 해준다. 물론 노신의 고향을 그린 옛 서화에 따르면 지금 큰 길은 노신 당시에는 없었고 수로를 중심으로 양편에 집이 있고 수로 북측의 건물을 지나 길이 있었는데 이 길이 노신고거 앞으로 이어져 있었다. 그러니 현재의 노신고거의 모습은 과거의 그것과는 매우 다를 밖에 없다. 노신고서에서 길을 따라 조금 동쪽으로 올라가면 노신의 조상들이 대대로 살았다는 노신조거魯迅祖居가 있고 너른 길 건너에는 장강 하구의 특징인 수로를 끼고 노신이 어린 시절 수학을 한 삼미서옥三味書屋이 있다.

집안이 몰락하여 조상 누대의 고거를 떠나 새로 옮겨 앉았다는 노신고거를 지나고 상가 앞을 지나 노신조거 앞에 섰다가 길을 건너 삼미서옥에 이르는 길을 몇 차 왕복하였다. 한 세기라는 시간이 가로질러 있지만 전통 사회가 몰락하고 새로운 기운이 싹트는 시기에 이 길을 건너다니며 중국 고전과 새로운 문물을 소개하는 글들을 읽으며 노신은 무엇을 생각했을까? 몰락한 집안의 맏이로서 집안을 일으켜야 한다는 사명감과 건강을 잃은 아버지에 대한 걱정과 새로이 밀려드는 서구문물과 그에 비해 열악한 상황의 조국 그리고 자신의 진로에 대한 고뇌 등이 그의 마음을 편안치 않게 하였으리라.

노신조거 앞에 서서 삼미서옥을 건너다보고 또 삼미서옥으로 건너가 노신조거를 바라보고 다리 난간에 쭈그려 앉아 노신조거를 바라보고, 다시 수로를 따라 노신고거 쪽으로 걸어갔다가 다시 삼미서옥으로 돌아와 보았다. 낡은 옛 건물과 돌이 깔린 수로변의 길을 걸으며 노신의 마음을 느껴보려 하였다. 노신은 이 길을 걸으며 무엇을 생각하였을까. 그의 문학의 고향이 되는 이곳에 대해 그는 어떤 기억을 가지고 있었을까. 삼미서옥 앞 난간에 서서 자신의 조상들이 누대에 걸쳐 살았다는 그 집을 바라보며 노신은 기울어 가는 가세를 생각하며 어떤 생각에 사로잡혔을까.

삼미서옥에서 학문을 배우고 난징에서 공부하고 동경과 센다이에서 수학하고 이곳에 돌아와 교편을 잡았다가, 북경과 하문과 광주를 거쳐 상해에서 죽음을 맞이하기까지 노신에게 이곳은 어떤 의미를 지니고 있었을까? 이미 시대는 이렇게 달라져 버렸으니 그 혁명의 시기에 그와 그의 주위 사람들이 무슨 생각을 했을지 짐작이나 할 수나 있겠는가. 장강 하구의 수로답지 않게 빠른 속도로 흐르는 수로의 물을 물

삼미서옥 – 과거와 현재의 갈림길에서 노신은 고뇌하고 공부했다(『수향소흥』에서)

끄러미 바라보다가 당시 소흥의 분위기를 좀 더 느껴 보기로 하였다.

노신이 수도 없이 걸었을 소흥 옛길을 따라 걸어 올라가 보았다. 소흥의 옛 모습을 간직한 길은 삼미서옥에서 노신중로를 따라 동으로 침원沈園까지 몇 백 미터 정도 더 이어진다. 물론 근대화로 인해 자동차 길로 옛길의 허리가 끊어지고, 건너편으로는 아파트가 들어서기는 하였지만 수로를 따라 돌다리와 옛집들이 남아 있다. 삼미서옥을 지나 자동차 길을 건너면 큰길 가에 꽃길을 가꾸어 인도와 수로가 바로 연결되지 않고 그 사이에 몇 미터 정도의 간격이 생긴다. 나무 없는 도시에 푸르름을 더하기 위한 방안이었겠지만 옛 모습을 느끼기에는 적잖이 방해가 된다. 수로와 길과 집이 하나로 이어지는 옛 모습이 깨어진 것이 아쉽다.

침원은 전형적인 남방의 정원 모습을 갖추고 있는 모양이다. 꼭두새벽이라 문은 굳게 걸어 잠겨 있지만 안내도와 밖에서 언뜻 들여다보이는 풍광으로 보아 규모는 조금 작아 보이긴 하나 소주의 졸정원이나 유원과 그 모습에는 큰 차이가 없을 듯하다. 침원 앞에는 내방객들에게 앉아 즐길 수 있는 다원과 주점이 여럿 마련되어 있다. 이 역시 남방 어느 정원에 가도 볼 수 있는 모습 그대로이다. 빈 주점 앞 수로를 건너는 다리 계단에 앉아 주위를 둘러보았다. 한 주점 앞에 놓인 '텔레비전 드라마를 촬영한 곳'이라는 대형 입간판이 현대인의 이악스러움을 느끼게 해준다.

노신이 소흥에 살았던 19세기 말 이 곳 풍광은 어떠했을까. 길 건너로 보이는 오층짜리 아파트가 있던 자리에는 무엇이 있었을까. 현재 소흥의 전체적인 모습으로 짐작해 보면 침원 건너편이나 더 동쪽으로는 별 건물이 없었던 것은 아닌가 싶다. 현재 침원 앞의 큰길 건너에 있는 아파트 단지와 그 건너 아동공원이 되어 있는 지역이나, 소흥박물관과 소흥도서관이 자리 잡고 있고 또 새로 부속건물을 짓고 있는 침원 동쪽과 동남쪽 역시 가난한 사람들의 낡은 가옥이거나 논밭이 아니었을까? 그렇다면 어린 노신은 자신의 집이 있는 비교적 복잡한 마을을 벗어나 침원을 지나 이

지역 들판을 돌아다니며 그의 꿈을 키운 것은 아닐까? 침원 주의를 살피며 이런저런 생각을 해보고는 길을 건너 다시 노신고거를 향해 걷기 시작했다. 주위는 밝아오고 하루를 시작하기 위해 바쁘게 움직이는 사람들로 도시가 활기를 띠기 시작했다.

노신고거로 돌아오면서 노신이 살던 집 뒤로 낡은 건물들로 이어진 뒷골목을 걸어보기로 했다. 노신조거와 노신고거 그리고 삼미서옥을 중심으로 한 지역은 옛 모습을 그대로 유지하고 있는 관계로 도시가 현대화되면서 빈민촌을 형성한 듯하다. 뒷골목으로 들어서자 거의 같은 형태를 지닌 전통적인 형태의 낡은 가옥이 골목 양측으로 서너 채씩 이어진다. 흰 벽 가운데 난 원형의 문 위에는 붉은 글씨로 '취원翠園'이니 '천향天鄕'이니 하는 이름이 새겨져 있고, 문을 들어서면 작지 않은 마당 주변으로 야트막한 이층이나 단층 건물이 사면을 두른 전형적인 사합원의 형식을 취하고 있다.

예전에는 사합원 전체를 한 가족이 사용했겠지만 이제는 빈민촌으로 바뀌어 한 방에 한 가족씩 사는 모양이다. 마당에 들어서자 건물은 전체적으로 퇴락하였고, 문짝도 제대로 갖추지 못한 방문에 걸터앉아 음식을 만들던 할머니가 무관심한 눈빛을 보내고는 후라이팬을 든 채 돌아서 방으로 들어간다. 다른 방문이 열리고 점퍼를 입은 젊은이가 출근을 하려는지 대문 쪽으로 걸어 나온다. 하루의 일상이 시작되고 있는 것이다. 나 역시 그 청년과 함께 아무 말 없이 집 밖으로 나설 수밖에 없었다. 내가 그들의 삶 속으로 틈입해 들어갈 수는 없는 노릇 아닌가.

집 밖으로 나와 이어진 골목을 걷다보니 골목 전체가 그러한 퇴락한 건물들로 이어지면서 이국적인 풍광을 연출했다. 소주와 항주를 홍보하는 사진과 그림에서 보았던 수로 사이의 흰 벽 위에 검은 지붕을 이은 집들이 바로 여기에 펼쳐지고 있었다. 탁한 물과 퇴락한 흰 벽과 검고 작은 기와를 이어붙인 지붕의 모습들, 그리고 그 속에 사는 사람들의 삶의 고단함이 온몸으로 느껴졌다. 노신이 살던 시대에도 서민들의 삶은 이와 크게 다르지 않았으리라. 그가 인습에 얽매인 민족을 질타하면시도 끊임없이 서민들에 대한 사랑과 연민을 거두지 못한 것은 그가 어린 시절을 보낸 소흥의 이 같은 이웃들에 대한 사랑에 다름 아니었으리라.

골목을 빠져 나와 큰길로 나서면서 밝아오는 햇살에 눈물이 느껴졌다. 시간은 일행들과 아침 식사를 하기로 한 여덟시를 향하고 있었고, 도시는 이제 분주한 자신의 모습을 완연히 드러내고 있었다. 硏

산동 – 성인聖人과 성산聖山

　제남濟南에 있는 산동대학에서 한중인문학회 국제학술대회를 마친 다음날 아침 산동대학 우림걸牛林杰 교수를 비롯한 중국 측 대회 참가자들의 환송을 받으며 곡부曲阜로 향했다. 이번 중국행은 산동대학에서 개최된 한중인문학자들 사이의 학술대회가 목표였지만 공자孔子와 맹자孟子의 고향 그리고 태산泰山과 대묘岱廟를 답사하는 것도 의미 있는 일이었기에 제남을 출발하는 마음은 더없이 즐거웠다. 늦은 시간까지 안개와 매연으로 세상이 부우옇게 가라앉아 있었지만 안개 속에 흑과 백의 명암만으로 흐릿하게 보이는 들판 풍경은 안개로 풍경을 덮어버리는 동양화의 기법이 왜 생겨났는지를 알게 해주었다.

　곡부는 제남에서 남쪽으로 버스로 한 시간 반 정도 이동하면 되는 거리에 있다. 노魯나라의 옛 도읍이고, 공자와 안자顔子를 비롯한 그의 제자들이 태어나고 학문을 갈고 닦은 유학의 본 고향이다. 긴 성곽으로 둘러싸인 곡부시를 들어가기 위해 해자

위의 다리와 옹성과 성문을 지나는 것이 탈 것은 변하였지만 옛 사람들의 삶의 모습을 느끼게 한다. 곡부에 들어서자 웅장한 옛 건물과 종루 등이 좁은 길을 사이에 두고 늘어서 있는데 우선 느끼게 되는 것이 높은 건물이 없다는 것이다. 가이드의 말로는 공자의 사당보다 높은 건물을 지을 수 없다는 것이 그 이유라는데 망루나 성문보다 높은 건물을 지으면 안 되었던 봉건 시대의 성시成市 건설의 원칙이 그대로 유지된 것이라는 생각이 들었다.

점심 식사를 하고 궐리闕里 호텔에 숙소를 정한 후 곡부 답사를 시작하였다. 곡부에는 유학과 관련하여 답사할 곳이 적지 않다. 주로 관광객들이 곡부에서 답사를 하는 곳은 공자와 관련된 것들로 공묘孔廟, 공부孔府, 공림孔林 등이다. 그러나 안자의 사당인 안묘와 주공의 사당인 주공묘 그리고 공자가 태어났다는 부자동夫子洞 등이 답사를 해야 할 만한 곳이고 곡부 성시 자체가 역시 옛 모습을 그대로 간직하고 있다는 점에서 또한 답사할 만한 의미가 있기도 하다. 그리고 문화혁명 이후 공자의 사상을 새롭게 연구하기 위하여 공자연구원 역시 학술적인 필요에 따른다면 꼭 답사를 하여야 할 곳이다. 그러나 우리 일행 역시 시간이 바쁘다는 이유로 하루의 오후를 이용하여 공묘와 공부 그리고 공림만을 답사하기로 하였다.

공자의 사당인 공묘와 공자의 직계 자손들이 살던 공부는 곡부성 안에 있는데 한 가문의 가옥과 사당의 형태로 이어져 있다. 먼저 답사를 한 공묘는 공자가 죽고 1년이 지난 후, 노나라 애공哀公이 세웠다고 한다. 공묘가 건립된 이후 역대의 황제들이 희사를 계속하여 남북의 길이 약 1km, 면적 약 22만㎡, 전체 건물의 방의 개수가 466개인 현재와 같은 규모가 되었고 흔히 북경의 고궁故宮, 태산의 대묘와 함께 중국 3대 건축물로 일컬어지기도 한다. 공묘의 본전인 대성전大成殿은 북경 고궁의 태화전에 이어 중국에서 두 번째 가는 대건축물로 높이 25m, 폭 46m, 길이가 25m에 달한다. 대성전의 둘레를 28개의 돌기둥이 받치고 있는데 정면의 10개 기둥에는 각각 2

곡부曲阜의 대성전大成殿 — 공자의 사상은 중국의 역사다

마리의 용이 기둥을 휘감은 형상이 조각되어 있는데, 기둥에 천자를 상징하는 용을 조각할 수 있었다는 데서 공자가 중국에서 얼마나 숭앙되었는가를 함축적으로 볼 수 있다.

공묘를 더욱 인상 깊게 하는 것은 대성전과 함께 공묘의 여기저기에 세워져 있는 비석들과 줄지어 서있는 엄청난 크기의 회나무들이다. 오륙백 년은 되어 보임직한 회나무들이 줄지어 서있는 모습은 나무가 별로 없는 여타 지역과 대비되어 대성전을 더욱 성스럽게 느끼게 해주었고, 끝없이 이어지는 비석들은 다시 한 번 공자에 대한 중국인들의 존경심을 느끼게 해 주었다. 한나라 이후 시대에 따라 국가의 이념이 바뀌면서 유학과 공자가 가볍게 다루어진 적이 없지는 않았지만 노장 사상과 불교와 함께 유학이 중국의 국가 이데올로기로서의 위상을 놓친 시기가 없었다는 것은 이러한 중국인의 마음을 충분히 이해할 수 있게 해 준다. 현대에 들어와 짧은 기간 비판의 대상이 되었지만 공자는 중국인의 사상의 한 축을 이루고 있음은 부정할 수 없는 일인 것이다.

공부는 공묘의 동쪽에 이어져 있어서 곡부 시가를 거치지 않고 답사할 수 있다. 1038년에 세워져 공자의 자손들이 대대로 살아온 장원인 공부는 사합원이라는 중국 전통 건축을 복잡하게 이어 붙여 엄청난 규모를 이루어 궁궐을 연상시킨다. 전방은 공부 내의 관공서 지역으로 후방은 사람들이 살던 주택으로 이루어져 있고 중앙의 핵심 건물축의 좌우로 많은 객실과 여타의 부속 건물들이 이어진다. 면적 16만㎡에 방의 수만 460개가 넘는 엄청난 규모와 수많은 창검과 기치, 특히 공자의 장손이 천자를 알현할 때 성문을 말을 타고 들어갈 권리를 하사받았다는 깃발 등에서 전통 사회에서 공씨 가문의 위세가 어느 정도였는지를 짐작하게 해 주었다. 게다가 공부의 여기저기에 자리하고 있는 공자 후손들의 족보를 돌에 새겨둔 보석譜石들은 가문을 중시하는 중국의 전통을 다시 한 번 강하게 느끼게 해준다. 그러나 그 넓은 공간에

공자 묘−나이 해아리지 못하는 향나무와 돌비석

지금은 사람이 살지 않고 관광객들만 드나들어 많이 퇴락하고 귀기가 어리어 음산한 분위기를 지울 수 없었다.

공림은 공자 집안의 묘소 지역으로 담장 둘레만 7㎞가 넘을 정도로 방대하여 세계 최대의 씨족묘지로 일컬어진다. 공림 입구의 대문에서 두 번째 대문인 이림문二林門으로 이르는 길에 줄지어 늘어선 회나무 숲은 그 모양이나 수령이 공림의 역사를 알게 해준다. 이림문을 지나 왼쪽으로 가면 수수교洙水橋가 나오고, 그 북쪽에 공자에게 제사를 지낼 때 사용하는 제단인 향전이 있고, 그 뒤에 공자의 묘소가 있다. 공자의 묘소 옆에 아들 공리의 묘소가 그리고 앞에는 손자의 묘소가 있다. 광대한 지역이 나무와 묘지로 이루어진 공림은 얼핏 보면 거대한 숲처럼 보이고 들어서면 옛날 공동묘지 같은 느낌이 든다. 한 집안의 역사가 이렇게 한 자리에 자리히고 있다는 것이 배타적인 가문 의식의 소산이라는 생각에 오히려 숨 막히는 느낌을 강하게 받았다.

야시장에 나가자 겨울임에도 불구하고 적지 않은 관광객들이 나와 낯선 먹거리들을 앞에 놓고 이국의 정취를 즐기고 있었다. 소읍에 지나지 않는 곡부에 일 년 관광객이 천만을 상회하는 것은 오로지 공자와 관련한 문화재 때문이다. 유교에 작은 관심이라도 가진 사람이라면 곡부를 들르니 곡부의 경제는 많은 부분 관광에 기대고 있는 것이다. 이천 년 전에 이 지방에 살았던 공자가 지금 이 시대를 살아가는 곡부 사람들의 경제를 책임지고 있다는 사실이 '조상의 음덕'이라는 말을 생각게 한다는 말에 일행들은 웃음을 터뜨리고 말았다.

다음 날은 곡부를 출발하여 맹자 고향인 추성을 거쳐 태산을 답사하는 날이다. 서둘러 곡부를 떠났으나 교통 혼잡으로 인하여 두 시간 가까운 시간을 길바닥에서 보낸 후 추성에 도착하였다. 추성은 급격히 현대화되어 가는 도시였다. 산업화와 도시화가 도시 전체에서 급속히 진행되고 있었다. 추성의 변두리에 맹묘와 맹부가 길을 하나 사이에 두고 자리하고 있다. 공묘의 대성전에 비해 아성전으로 명명된 맹자의 사당은 그 규모의 면에서 상당히 작았으며 맹묘 전체가 공묘에 비해 초라하고 퇴락했다는 느낌을 준다. 맹묘를 답사하는 사람은 거의 한국인이고, 중국인이나 일본인들은 공묘만 보고 바로 태산으로 향한다며 최고만을 숭상하는 중국인들이나 맹자를 소홀히 아는 일본인들에 비해 한국인들은 유학을 좀 더 잘 아는 것이라는 가이드의 말이 어색하게 느껴진다. 우리나라 사람들이 교육열이 비정상적으로 높아서 맹모삼천孟母三遷이나 단기지교斷機之敎의 고사의 현장을 찾는 것은 아닐까 하는 생각을 해 보았다.

추성 답사에서는 맹묘보다 맹부가 더 인상적이었다. 공부에 비해 아담하고 잘 정리된 듯한 느낌도 그러하였고, 맹자가 제자들을 가르치던 곳을 재정비해 두었다는 후원의 건물들과 전시된 자료들이 매우 인상적이었다. 그러나 추성 답사에서 가장 기억에 남는 것은 맹묘의 후정에 마련되어 있는 추성 지역에서 발굴하여 노지에 전시하고 있는 각종 석물들이었다. 작은 현에 지나지 않는 추성 지역에서 그렇게 엄청나게 많은 고대 석물과 비석들 그리고 각종 금석 자료들을 전시할 수 있다는 것이 감동적이다. 상하이 박물관에 갔을 때 엄청나게 큰 전시실을 가득 채운 세 발 달린 솥[鼎]을 보다가 지쳐서 그 다음 방은 포기하고 만 기억과 우리나라의 박물관을 찾았을 때의 쓸쓸했던 기억이 동시에 떠올라 쓴웃음을 지으며 이것저것 둘러보았다.

태산 답사는 오후에 시작되었다. 태산을 끼고 있는 도시 태안 시내에 자리한 태안 호텔에서 버스를 타고 중천문으로 오르는 등산로 입구에 다달았다. 일천문에서 중천문과 남천문을 거쳐 벽하사에 이르는 7400여개의 돌계단은 주위에 역사적 유물도 많고 휘호나 불상이나 경전을 새긴 것도 많아 문화를 체험하기 위해서는 걸어 오르는 것이 가장 이상적이나 대부분 관광객들은 버스를 타고 중천문까지 올라가 다시 케이블카를 갈아타고 남천문에 이른다. 남천문에서 계단을 몇 오르면 수십 개의 상가와 열 개가 넘는 여관과 호텔이 있다. 음식점 지역을 지나 돌길을 따라 걷다보면 벽하사 쪽으로 가파른 돌계단이 이어진다. 이 계단을 올라 무지개문을 통과하여 벽하사를 지나 태산 정상인 옥황정까지는 20분 정도 등산을 하면 된다. 버스와 케이블카를 이용하면 별 힘을 들이지 않고 태산 관광을 마칠 수 있다는 것이 태산 답사의 매력이기도 하다.

태산은 해발 1545미터로 그리 높지 않은 바위산이다. 그러나 중국 화북지방의 광대한 평야 한가운데 불끈 솟아 있다는 점에서 오악 중 동악으로 일컬어지고, 오악 중에서 가장 먼저 태양을 맞이한다는 점에서 가장 숭앙되는 산이기도 하다. 역대의 제왕들이 국가의 안녕을 빌기 위해 태산에 와서 제사를 지냈으며 중국의 문인들이

태산-공자는 태산에 올라 천하가 좁은 줄을 깨달았다

수없이 많은 상찬의 글을 남긴 것은 오악, 특히 태산에 대한 신앙의 결과이기도 할 것이다. 벽하사를 지나 비벽을 바라보자 태산 도처에 널려진 비석들을 보지 않아도 중국인들의 가슴 속에 자리한 태산의 의미를 알 것 같았다.

　태산의 일출이 가장 장관이고 또 태산에서 내려다 보는 풍광이 매우 아름답다고 하나 잔뜩 낀 안개 때문에 아무것도 볼 수 없었다. 안개 사이로 언뜻언뜻 보이는 기암절벽의 모습에 안타까움을 달랠 수밖에 없었고, 벽하사 오르는 길에서 잠깐 트인 시야로 볼 수 있었던 산의 웅장함과 계단과 건축물의 아름다운 조화가 태산의 아름다움을 느끼게 하기에 충분하다고 자위해 보기도 하였다. 인류문화유산으로 지정된 태산은 관광객 유치를 위해 케이블 카를 세 개나 설치하고 산 정상에 음식점과 호텔을 마구 설치하고 또 통신 기지국과 레이더 기지 등을 설치하여 유네스코로부터 문화유산 파괴에 관한 경고를 받았다고 한다. 나 역시 태산의 정상까지 파고든 중국인의 상흔에 아쉬움이 없지는 않았지만, 추위와 강풍에 얼어버린 몸을 남천문 앞찻집에서 차 한잔으로 식히고 나니 그 편리함과 편안함에 고마움을 느끼지 않을 수 없었다.

이번 중국 일정의 마지막 날 아침 일찍 대묘로 답사에 나섰다. 태안 시내에 자리한 대묘는 천자가 태산에 제사를 지내기 위해 지은 건축물이다. 북경의 고궁이나 공묘와 마찬가지로 황색 기와로 지붕을 얹고 주황색 기둥을 세운 본전 천황전天皇殿이 대묘의 중심을 이룬다. 대묘에는 태산의 신이 모셔져 있고 벽을 돌아가며 태산신의 행차를 그린 가로 62미터 세로 3미터에 이르는 벽화가 관광객의 눈길을 끄는데, 벽화 보호를 위해 비닐 봉투를 신고 들어가고 사진을 찍지 못하게 하는 데서 전통문화를 재인식하고 보존하려 애쓰는 중국의 문화의식이 느껴졌다.

천황전 앞에는 관광객들이 바친 향이 엄청난 연기를 내뿜고 있었으며 사랑을 약속하는 중국 청년들이 걸어둔 자물쇠들이 태산 정상에서와 마찬가지로 특이한 정경을 연출했다. 천황전 주위로 회랑이 벌어 있고 종루가 좌우에서 서로 마주보고 있으며, 천황전 앞으로 인안문, 배천문, 정양문 등이 줄지어 늘어서 있다. 천황전에서 태산의 정상을 바라보면 일천문, 중천문, 남천문 그리고 옥황정이 일직선으로 놓인다고 하는데 날씨 탓으로 확인할 수 없는 것이 못내 아쉬웠다. 천황전의 왼편에는 한무제가 심은 다섯 그루의 회나무가 남아 있다는 한백원에는 한백漢栢이라는 비석이 자리하고 있다. 그러나 아무리 보아도 2000년이라는 세월은 믿어지지 않았고, 단지 오래된 회나무들과 한무제의 대묘 행차를 연관시켰으리라 생각되었다. 그리고 천황전 오른편으로는 매우 넓은 부지에 수많은 석각과 비석이 늘어서 있어 대묘 비림이라 부른다는데 이번 답사 여행에서 가는 곳마다 늘어선 비석들에 짓눌린 터라 꼼꼼히 읽어볼 흥미도 잃어버리고 나니 진나라 때 세워져 중국 역사상 가장 오래 되었다는 그 유명한 진이세태산석각秦二世泰山石刻조차 별 의미를 가지고 다가오지 않는 것이 나의 무심함을 되새길 수밖에 없게 하였다.

답사를 마치고 정양문을 나오니 대묘는 사당이면서 하나의 성곽과 같은 인상을 준다. 대묘가 태산신에게 제를 지내는 사당이기는 하지만 이 역시 천자가 와서 묵었던 곳이라 천자를 보호하기 위한 장치로 그리할 수밖에 없었는가 보다. 현재 우리가 답사할 수 있는 문화유산이라는 것이 권력의 힘에 의해 생산되고 보존된 것이기는 하지만 천자와 그를 둘러싼 소수 권력 계층의 삶과 생각의 편린만을 둘러본 것이 이번 답사가 되었다는 것이 아쉬웠다. 그러나 어찌하랴 역사를 가로질러 살아남는 것은 그것밖에 있을 수 없는 것을.

태안을 떠나 귀국을 위해 제남으로 향하는 버스 안에서 끊임없이 문화유적 답사라는 것이 갖는 이러한 한계들이 머릿속을 맴돌았다. 그러나 그러한 문화유적 답사의 한계에도 불구하고 이번 곡부, 추성, 태산 답사는 중국 전통문화의 핵심의 한 부분을 바라볼 수 있는 기회가 되었다는 점에서 즐거울 따름이었다. 硏

연길과 용정_추억과 역사

4년여 만에 연길에 다시 왔다. 4년 전 우리 네 사람이 연변대학에 학술강연회 자리를 마련하여 내 생애 처음으로 바다 밖 구경을 해 본 이후로 4년 만에 연변대학 조선-한국학연구중심에서 개최하는 국제학술대회에 초청을 받아 다시 연길에 오게 된 것이다. 4년 동안 중국을 네 번이나 방문하였지만 연길에 온 것은 참 오랜만이다. 부부 모임으로 상해 주변을 한 번 관광하고, 학교 일로 북경에 들르고, 한중인문학회 학술대회 참가 차 제남과 낙양을 들렀지만 그간 연길에 들를 일이 생기지를 않았었다. 이번 연길에 오면서 무엇보다 가끔씩 한국에서 만난 김병민, 김호웅 등 연변대학 교수들을 오랜만에 만날 수 있다는 것에 기대가 컸다.

대련에 갑작스레 쏟아진 엄청난 폭우 탓에 다섯 시간이나 연발한 비행기는 자정이 넘어 연길 공항에 우리를 내려 주었다. 늦은 시간에 공항으로 마중을 나온 이해영 선생의 안내로 공항 가까운 숙소에 자리 잡은 우리는 우리보다 먼저 연길에 도착한

용정 구 일본군사령부 건물－중국에 와서 한·중·일을 생각하고

유문선 교수를 만나 반가운 인사를 나누고 늦은 저녁을 먹은 후 잠자리에 들었다.

아침 일찍 우리는 이해영 선생이 마련한 차를 타고 용정으로 향했다. 용정이야 지난번 연변에 왔을 때 가 보았지만, 연변에 와서 용정을 보고 가지 않을 수는 없는 일이고 또 유문선 교수가 연변이 처음이라니 더더욱 가보아야 할 처지다. 부르하통 강을 건너 연길 시내를 벗어나니 고속도로가 이어진다. 지난 번 왔을 때 군데군데 공사를 하느라 차량 진행이 그리 쉽지는 않더니 연변 특산 사과배나무 과수원 사이로 뚫린 고속도로를 달려 30분도 되지 않아 용정 시내에 도착한다.

점심 약속 때문에 용정 시내 관광은 차로 지나가면서 보는 것으로 만족하기로 하였다. 철길을 건너 용정 시내로 들어서면 무엇보다 옛 일본군 사령부였던 건물이 가장 눈에 뜨인다. 지금도 용정시에서 사용하고 있는 이 건물은 일제 강점기에 악명 높은 일본군 사령부였다. 전체적으로 지하 1층에 지상 2층으로 된 이 건물의 지하층은 일제 강점기에는 주로 감옥으로 사용되었던 모양이다. 연변 지역에서 활동하던 항일 무장 세력들이 여기에 잡혀와 고문을 당하였고 수많은 사람들이 죽어간 곳이기도 하다. 십여 년 전만하여도 조선족들은 이 건물 근처에 오기를 꺼려하였다는 말이 있을 정도로 이 건물은 일제 강점기 연변지역에 살던 조선인들에게는 공포의 대상이었다.

옛 일본군 사령부 건물을 지나면 해란강 다리가 나오고 다리를 건너 용정 시장과 용두레 우물터 옆을 지나 용정 시가지를 빠져 나간다. 크지 않은 용정 중심가를 지나면 주변은 갑자기 몇 십 년 전으로 되돌아간 듯한 느낌을 준다. 이 지역은 문화혁명기에 지었을 법한 붉은 벽돌로 지은 쓰러져 가는 단층집들이 마을을 이루고 있다. 워낙 낡은 집들이라 지저분하고 어수선하기는 하지만 용정의 옛 풍경을 보는 듯하여 오히려 시가지 사오층짜리 아파트 풍경보다 반갑게 느껴지기도 한다.

연길에 비하면 용정은 참 낙후되어 있다. 일제 강점기에는 용정이 이 지역의 중심이고 또 일본인들도 많이 살아서 현 연길인 국자가에 비해 훨씬 번화했던 모양이다. 그러나 해방 이후 중국 관공서가 자리 잡고 있던 연길이 연변 지역의 중심지가 되었다. 더욱이 연변조선족자치주가 성립된 후 주도가 연길로 정해지면서 연길이 급속도로 발전한 데 비해 용정의 발달은 지체되어 두 시의 차이가 현저하게 달라진 것이다. 지난 번 용정에 왔을 때도 연길에 비해 낙후되었다는 생각이 없지 않았는데 사년이 지난 지금은 그 차이가 더 심하게 느껴진다.

사실 용정은 연변 지역에서 가장 먼저 조선인들이 마을을 이룬 곳이다. 20세기 초에 대거 간도지역으로 이주해 온 조선인들은 물이 맞지 않아 풍토병으로 매우 고생을 한 모양이다. 그런데 현재의 용정 지역에 용두레라는 우물이 발견된 후 이곳에 조선인들이 모여 살기 시작했고, 그러다 보니 조선인들을 보호한다는 명목 아래 일본군이 들어오고 점차 용정이 인근의 경제석 중심사로 성장하게 되었다. 일본이 간도 지역에 발을 들이자 중국 측에서도 일본의 침략에 대비할 필요가 생겨 연변 지역에 관헌들을 파견하는데 그들은 지금의 연길인 육도가에 자리를 잡았고 용정과 함께 이 지역의 중심지로 발전하게 된 것이다.

연변 지역에서 최초로 개척된 지역답게 용정은 교통의 요지이다. 북쪽으로는 고속도로로 연길과 연결되고, 서쪽으로는 한국전쟁에 참여하여 큰 공을 세운 사람들이 많다는 화룡이 이어지고, 동쪽으로 조금 가면 두만강 변의 마을인 개산툰이 있고 거기서 두만강을 따라 얼마 가지 않으면 도문이 나오고, 남쪽으로 길을 잡으면 명동과 삼합을 지나 북한 땅 회령으로 건너가게 된다. 화룡이나 개산툰이나 도문이나 모두 다 조선인들이 초기 간도를 개발할 때 중심을 이루던 곳으로 연변의 역사를 소설화한 안수길의 『북간도』나 리근전의 『고난의 년대』에 수시로 등장하는 지명이다. 이 두 작품에도 연변 지역 사람들이 일제에 항거한 사실들이 이야기되고 있지만, 3 · 13 만세 운동과 봉오동과 청산리에서의 전투 그리고 경신참변 등 간도에서의 역사적 사건들이 대부분 이 지역에서 벌어졌고 만주국 건립 이후에도 중국 사람들과 항일연군을 결성하고 일제에 간단없이 투쟁하였으니 연변 지역 언덕마다 항일열사기념비가 서 있는 것은 당연한 일이라 아니할 수 없다.

용정을 벗어나 얼마 가지 않으면 주변에 음식점들이 늘어서 있다. 용정 사람들을 상대로 음식 장사를 많이 하는 신화라는 마을이다. 신화를 지나 시멘트로 포장된 이차선 길을 달려 백금, 지신, 장재 등의 마을 표지판을 지나고 나면 왼편으로 이 지역의 명물인 선바위가 보인다. 강가에 칼로 자른 듯이 수십 미터를 솟아 있는 선바위는 바위와 강물 사이에 도로를 만들어 지금은 길가에 서 있는 형국이 되었지만 예전에는 강가에 자리한 선바위 아래 너른 공터가 있어서 많은 사람들이 모여 쉬기 좋았던 모양이다. 일설에 연변 지역에서 활약하던 항일지사들에게도 선바위는 좋은 표지가 되어서 서로 약속하고 만나서 활동을 모의하던 장소로 많이 사용되었다고 한다.

선바위를 지나 조금만 더 가면 오른편으로 한 면에는 명동이라 새기고 다른 한 면에는 윤동주 생가라 새긴 커다란 돌 표지석이 나타난다. 윤동주가 태어나 어린 시절을 보낸 명동촌이다. 차 한 대가 지나다닐 만한 길을 따라 내려가면 근래에 복원을 한 명동교회가 자리하고 있다. 명동교회는 명동촌을 개척한 규암 김약연 선생이 건립한 교회로 선생이 일생을 바친 곳이다. 교회 앞에는 책을 펼쳐 놓은 모습의 단 위에 규암 선생의 행적을 기념하는 비가 서 있다. 일제가 비석을 파괴하고 글자를 알아보지 못하게 갈아버린 뒤 버려둔 것을 해방 이후 다시 세운 것이라는데 글자를 알아보기 힘든 것이 비석을 쳐다보며 처연한 마음을 가지지 않을 수 없었다.

비석 뒤에는 커다란 나무 한 그루가 서 있다. 나무를 자세히 살펴보면 굵은 나무 가지에 줄로 맨 듯한 상처들이 적지 않은데, 일제 강점기에 조선인 항일 열사들을 잡아 교수형을 시킨 흔적이라 한다. 그 옆에도 또 한 그루의 나무가 있었는데 해방 이후 말라 죽어서 지금은 한 그루 밖에 남아 있지 않아 아쉽다. 하지만 남아있는 한 그루만으로도 일제의 항일지사들에 대한 잔혹한 탄압을 짐작할 수 있다. 나무 둘레에 금줄을 쳐 둔 것이 나무를 보호하려는 것인지 이 나무에서 죽은 수많은 혼령을 위로하려는 것인지 가슴이 아려 왔다.

명동교회에 들어가 보니 교회 정면에는 소박한 형태의 당시 제대를 복구해 두었고, 교회 한 켠으로 1942년 10월 75세로 운명하시면서 "나의 행동이 나의 유언이다"라는 말을 남겨 일제에 대한 저항만이 진정한 삶임을 보여준 규암 선생에 관한 자료와 함께 윤동주에 관한 자료도 일부 전시되어 있다. 이곳은 윤동주보다는 규암 선생의 공간이다. 규암 선생은 처음으로 명동촌을 개척하고 명동교회와 명동학교를 세워 조선인의 독립 의식을 고취하려 노력한 선각자이다. 종교의 힘으로 또 교육의 힘으로 조국의 미래를 열려 한 규암 선생은 연변 지역에 항구적인 투쟁 기지를 만들려

윤동주 생가—오른쪽 미루나무 밑에 우물터가 있다

노력한 이상설 선생과 더불어 초기 연변 지역을 대표하는 애국지사이다. 목숨이 다할 때까지 일제에 대한 항거와 조국독립에 대한 노력을 끊이지 않은 규암 선생은 누구보다 이른 시기인 1977년 건국훈장 독립장을 추서받는다. 사실 조국의 독립이란 연변 지역을 중심으로 이루어진 선각자들의 항일 운동과 민족 교육의 결과가 아닐 수 없을 것이다.

명동교회 아래쪽으로 윤동주의 생가가 복원되어 있다. 동서 여섯 칸, 남북 세 칸의 적지 않은 규모인 윤동주 생가는 복구된 지 얼마 되지 않지만 윤동주와 관련한 많은 행사들이 이루어져 꽤 잘 알려져 있어서 문학에 관심을 가진 많은 한국인들이 답사 차 들르고 있다. 이 집은 문 안에서 모든 일이 이루어질 수 있게 한 전형적인 북쪽 지방의 가옥 형태를 지니고 있다. 정주간에 들어서면 마루 아래로 들어가 군불을 땔 수 있게 되어 있고, 방과 반대쪽으로는 창고와 외양간이 나란히 배치되었다. 그리고 부엌에서 땐 불은 너른 안방을 지나 이어지는 밭 전자로 배치된 네 개의 방을 통과하며 집 전체를 데운다. 추운 겨울에 집 밖으로 나갈 일이 없게 한 이러한 가옥 구조는 함경북도의 가옥과 유사하며 연변 지역 대부분의 집들이 이런 구조로 되어 있다.

집의 가장 왼쪽의 남쪽 방은 윤동주의 조부가 사용하고 그 뒷방을 윤동주가 사용했다고 한다. 윤동주가 거처했던 방에서 바깥 풍경을 살펴보며, 여기서 저기를 보며 윤동주는 어떤 생각을 했을까를 떠올려 보았다. 좁은 마당에 둘러쳐진 담장 너머로 넓은 옥수수밭이 펼쳐져 있는 풍경. 멀리 나지막한 산들이 둘러쳐져 있다. 윤동주가 여기에 살 때 명동촌에는 지금보다 훨씬 주민들이 많았다고 하니 지금 바라보이는 이 모습은 아니겠지만 그가 바라보고 명상에 잠겼을 벌판을 바라보는 것만으로도 윤동주의 시를 이해하는데 도움이 되는 듯하다.

윤동주의 조부가 기거하던 앞방으로 건너와 보았다. 방과 방 사이는 장지문 하나뿐이다. 남향으로 앞마당이 넓게 펼쳐져 보인다. 맏손주인 윤동주를 너무 사랑해서 자기 옆방을 쓰게 했고, 유학을 떠났을 때 너무나 아쉬워했고, 윤동주가 죽은 후 유해를 옮겨와 사촌 송몽규의 유해와 함께 고향인 용정 남쪽 남향받이 공동묘지에 안치하는 일을 주도한 윤동주의 조부 윤하현. 사랑하는 손주가 죽고 삼 년을 더 살아 가슴이 아팠던 조부, 손주와 같은 묘지에 묻혔으나 지금은 무덤마저 찾을 길이 없는 조부 윤하현. 끔찍히도 사랑하는 손자를 잃었을 때 그 슬픔을 어떻게 견디었을까? 손주 없는 말년에 이 방 밖을 내다보며 무슨 생각을 했을까? 햇빛은 찬란하게 처마 끝에서 반짝이고 있다.

윤동주 고가 주위를 돌아다니다 보니 낡은 우물이 하나 보인다. 지금은 주변에 나무가 자라고 풀이 우거져 있지만 분명한 우물터이다. 고가를 관리하는 젊은이들 말이 십여 년 전까지는 이 우물을 사용했다니 윤동주가 살았던 시절에도 우물로 사용했음에 분명하다.(2005년 가을에 다시 가보니 이 우물 입구는 화강석을 깎아 우물 정자로 마감하고 우물 주위도 말끔히 다듬어 옛 모습을 찾을 수 없었다) 우물을 둘러보던 우리 일행은 우물을 제재로 한 윤동주의 시 「자화상」을 떠올리고 작은 소리로 외기 시작했다.

산모퉁이를 돌아 논가 외딴 우물을 홀로 찾아가선 가만히 들여다봅니다.

우물 속에는 달이 밝고 구름이 흐르고 하늘이 펼치고
바람이 불고 가을이 있습니다.

그리고 한 사나이가 있습니다.
어쩐지 그 사나이가 미워져 돌아갑니다.

돌아가다 생각하니 그 사나이가 가엾어집니다.

도로 가 들여다보니 사나이는 그대로 있습니다.

다시 그 사나이가 미워져 돌아갑니다.
돌아가다 생각하니 그 사나이가 그리워집니다.

우물 속에는 달이 밝고 구름이 흐르고
하늘이 펼치고 파아란 바람이 불고 가을이 있고
추억처럼 사나이가 있습니다.

물론 이 우물은 산모퉁이 돌아 논가에 외따로 있다는 시 속의 우물과는 달리 윤동주 생가의 한 켠에 있어 시와 일치하지는 않는다. 그러나 우물의 분위기로 보아 윤동주의 이 시가 탄생할 만한 우물이라는 생각을 하게 되었다. 연희전문시절에 멀리 떨어진 고향을 생각하며 자신을 추스르려 쓴 이 시의 대상이 이 우물일 수 있다는 것만으로도 우물을 다시 한 번 바라볼 수밖에 없었다.

명동을 떠나 더 남쪽으로 달리기 시작했다. 북한의 회령과 맞닿아 있는 마을 삼합에 가기 위해서이다. 길은 언덕을 넘으면서 구불구불 황량한 산을 따라 달린다. 예전에는 호랑이가 나와 사람들이 떼를 지어 건너다녔다는 이 길은 윤동주가 학교에서 고향으로 돌아오거나 고향에서 학교로 돌아갈 때 사용했을 길이다. 용정에서 삼십 리 길이면 삼합이고 삼합에서 다리를 건너면 회령이니 당시 서울에서 용정을 가는 가장 편리한 길이 이 길이었으리라. 윤동주가 다니던 길과 지금 우리가 차로 달리는 길이 완전히 같지는 않겠지만 윤동주의 흔적이라도 좇는 마음으로 연신 창밖을 내다보았다.

구불구불 길게 언덕을 넘어가는 동안 다른 차량과의 만남이 전혀 없다. 삼합 쪽으로 주민이 별로 없는 모양이고 북한에서 오는 차량도 거의 없나 보다. 언덕을 내려와 마을들이 드문드문 펼쳐져 있고 왼쪽으로 두만강이 따라온다. 넓지 않은 강 저쪽은 북한 땅이다. 북한 땅을 바라보고 깊은 감회를 느끼기 전에 강 건너편은 산으로 이어지는데 산에 나무가 별로 없다는 것이 먼저 눈에 뜨인다. 중국 쪽도 나무가 우거진 편은 아니지만 건너편에는 나무가 훨씬 적어 어렸을 적 고향 뒷산을 보는 느낌이다. 산에 있는 나무가 국력이라는 말도 있는데.

삼합에는 해관이 있고 다리 양 편에 몇 대의 차들이 검사를 기다리고 있다. 느릿느릿 움직이는 것이 마치 정지해 있는 그림 같다는 느낌이다. 몇 개의 가게와 식당뿐인 삼합. 작은 가게에 들어가 음료수를 사서 마시고 볼일들을 보고 강 건너 회령을 내려다볼 수 있다는 전망대로 향했다. 북으로 가는 길을 지나자 넓은 들판이 나타나고 조선족들이 사는 마을이 보인다. 강을 따라 조금 가다가 오른쪽에 있는 언덕 위 전망대로 가야 한다는데 공사 중이어서 출입금지란다. 강가에 차를 세우고 강 건너 편을 바라보았다. 여름철 우거진 나무 때문에 회령이 제대로 보이지는 않지만 높은 굴뚝과 삼사 층짜리 건물들과 작은 집들이 나뭇가지 사이로 약간씩 보인다. 자세히 내려다 볼 수 없어 아쉽고, 사진을 찍기 어려워 섭섭했고, 도시 전체가 잿빛으로 느껴지는 것이 너무나 안타까웠다.

돌아오는 길에 해관을 다시 보니 아직도 차량은 한 대도 움직이지 않고 있다. 해관의 검열 절차가 만만치 않게 까다로운 모양이다. 해관을 뒤로 하고 강을 따라 달리다 차를 잠시 멈추고 북한 땅을 바라보았다. 강가에 작은 검문소 한 채가 서 있는 북한 땅. 심정적으로는 우리 땅이라는 생각하지만 건너가서는 절대로 안 되는 땅. 남의 나라 땅에 와서 바라볼 수밖에 없는 땅. 여름 하늘이 너무나 푸르고, 매미들이 무심하게 요란하게 울고 있다. 한참을 길가에 서서 강을 바라보다가 차에 올랐다.

북한 정부에서 외화벌이를 위해 연길 시내에 차렸다는 유경식당에서 연신중학 문 교장과 갖기로 한 점심 약속 시간이 거의 다 되어 가고 있었다. 硏

용의 나라에서는 용꿈을 꾸자

한중인문학회가 중국 낙양에서 있었다. 2004년 6월 22일부터 26일까지 4박 5일의 일정이었는데, 낙양외대와 공동으로 개최하는 학회였다. 마침 학술회의 주제가 "삼국지와 한중문화"여서 삼국지가 역사가 전개되었던 본고장을 돌아볼 기회가 되었다. 중국의 서안에 도착하여 몇 군데 둘러보고, 낙양에서 학회를 마친 다음 이웃 도시들 정주, 개봉 등지를 거쳐 돌아왔다.

• 화청지華淸池

당나라 현종은 처음 시작과 끝이 달라 평가가 쉽지 않은 인물이다. 685년에 태어나 762년까지 산 그는 재위기간이 712년부터 756년까지 44년에 이른다. 초기에는 현군으로 이름이 날 정도로 문물을 흥성하게 하여 성당의 성군으로 이름이 날 정도였는데, 후에 며느리였던 양귀비와 사랑에 빠져 군주로서의 품위를 지키지 못하고, 결

화청지－양귀비의 목욕은 어떤 향이 피어 올랐을까

국은 안록산의 난을 맞게 되었다. 그 난으로 인해 양귀비는 죽음을 맞이하게 되고 현종도 실각하는 계기가 되었다.

현종이 양귀비(719~756)와 사랑에 빠진 내력을 들은 백낙천이 이를 시로 형상화한 것이 〈장한가〉이다. 양귀비와의 사랑을 낭만적으로 미화하고 있어 후세인들의 사랑에 대한 이상을 환기하고 있지만, 사실 현종과 양귀비의 사랑은 왜곡된 국면이 더 많다. 인생이 사랑으로만 성취되는 것은 아니다. 천상에서라면 '비익조'가 땅에서라면 '연리지'가 되자고 약속했던 일이, 허사로 돌아가매 '천장지구유시진 차한면면무절기'라 하여 그 노래의 이름이 장한가長恨歌가 되었다는 것이다. 어찌 인간의 일 가운데 전면의 진실을 가릴 수 있겠는가만, 시인 또한 시대를 넘어서기 이려움이 여기서 드러나는 게 아닌가 싶다.

현종과 양귀비가 화청지라는 목욕탕에서 목욕을 즐긴 후 구름이 일고 비가 내리는 그 즐거움을 구가했다고 한다. 그 목욕탕에 전각을 세우고 그림으로 장식하여 궁궐을 꾸몄다. 황제의 상상력이 그런 것일 터이나 인간적인 것과는 거리가 멀다. 하기는 아들의 연인, 며느리에게 벼슬을 주어 아내로 가로채는 뱃심에 이런 일쯤이야.

인물의 미모가 뛰어날 때 "양귀비 외딴치게 생겼다."는 표현을 쓴다. 그런데 아편을 뽑아내는 식물에다가 양귀비라는 이름을 붙인 것은 참으로 기발한 착상인 듯하다. 사랑은 아편이란 말을 떠올리매, 〈지식인의 아편〉을 쓴 사르트르의 친구 레이몽 아롱이 떠오름은 그 둘 사이에 가로 걸친 공통성 때문인 듯하다.

• 진시황 병마용

황제라는 말은 삼황오제에서 두 글자를 취하여 만든 것이다. 그 이상은 있을 수가 없다. 그런 존재로 자신을 올려놓고 시작이 자기에서 비롯하였다 해서 진나라의 시황始皇이라고 한 것이다. 그는 서력기원전 259년생이다. 13세에 진나라의 왕으로 등

진시황 병마용 – 죽음 후에도 이승을 다스리고자

극하고 50세로 일생을 마쳤다.

진시황은 문자를 통일하여 자기가 정벌한 영토 안에서 소통이 되도록 하였다. 물자의 유통을 원활하게 하기 위하여 수레의 폭을 통일하고 거기에 따라 도로의 폭을 통일하는 치도馳道를 이룩했다. 또한 도량형의 통일을 함으로써 생활을 균일하게 하였다. 가히 통일의 황제라 할 만하다.

그러나 최고(non plus ultra)라도 비판세력이 있게 마련이다. 그 비판세력 가운데는 자기보다 2백 여년 앞섰던 공자의 무리들이 대부분이었다. 이를 참지 못한 황제는 방사들을 불러 상의했는데, 이들은 주로 도교 계열의 인물들이었다. 여론의 원천봉쇄를 위해서는 여론의 근원인 인간과 그들이 입에 올려 근거로 대는 서적 나부랭이들을 없애야 했다. 그리하여 천하의 책을 모아 불태우고 학자들을 산 채로 땅에 묻어버렸다. 이른바 분서갱유焚書坑儒라는 것이 그것이다. 언론통제는 기원전에 일찍이 수행되었다.

그는 죽음을 거부하는 자였다. 스스로 신을 선언한 자에게 죽음은 치욕이다. 그리하여 선남선녀 칠백 명을 골라 동쪽으로 불로초를 구하러 보내기도 했다. 죽음에 대항하는 방식으로는 무덤에 현세를 재생하는 것이 한 방법이다. 그는 등극하자마자 무덤을 마련하기 시작했다고 한다. 이승을 위해서는 아방궁을, 저승을 위해서는 황릉을 지하에 건설하는 것이었다. 황릉은 현실 세계를 이상화하여 지하에 건설하는 일이다. 지하에 궁성을 짓고 그 주위에 배를 띄워 궁을 수호하게 하였으며, 하늘에는 해와 달과 별을 새기어 천지의 운행을 재현했다고 한다. (지하에 물이 있으면 곰팡이가 슬고 냄새가 날 수 있기 때문에 수은을 이용하여 강을 만들었다고 한다. 그 수은이 터져 나오면 서안 시가지가 수은으로 오염이 되어 재앙을 입게 된다고 한다.) 그 작업을 한 사람들이 입을 놀려 황릉이 탄로날까 해서 작업에 끌어다 쓴 모든 사람을 생으로 매장했다고 한다.

황릉의 북쪽에 변방을 지키는 군인 부대를 설치해야 했는데, 그 군인과 말을 실물로 모두 충당하기는 어려웠던지 흙으로 빚어서 지하에 매장을 해 놓은 것이 진시황 병마용갱兵馬俑坑이다. 출정하는 부대를 재현한 솜씨도 솜씨려니와 그 규모에 말을 잊게 한다. 하여 나는 이렇게 짤막하게 소회를 읊조렸다.

목숨을 바쳐 흙으로 빚은 목숨들
아버지, 삼촌, 당숙, 그리고 아들들
때로는 재갈에 피가 묻어나도록
천하를 질주하던 말들 그리고 마부들
황제를 위해 지하에 묻힌 채 천년을 거듭해도
눈감지 못하는 부릅뜬 눈,
옹기에도 피가 어리어
산화공덕 드릴 수 없는,
그리하여 피떡으로 응고된 시간

용문석굴-큰 부처 작은 부처, 닮은 미소가 곱다

시가 시일 수 없는 이 죽음의 공간에서
통곡조차 메마르게 잦아진 이 허적의 공간에서
여기서 입을 다무는 진실을 배우거니
귀를 세워 어느 나라의 말을 들으랴

• 용문석굴

용문석굴로 통칭되는, 유네스코 지정 세계문화유산은 이강을 중심으로 펼쳐진 석굴과 강 앞의 향산사, 근처의 백마사 등을 두루 이른다. 여기 있는 석불들은 3천기를 헤아린다고 하는데 그 가운데 가장 큰 불상은 앉은키 높이가 17미터나 된다고 한다. 두상만도 4미터에 달하여 인간의 작업이라 할 수 없을 정도로 위용이 탁월하다. 그 많은 불상 가운데 신라 승려가 다녀간 것을 기념하기 위해 만들었다는 불상도 있어 관심을 모은다. 그러나 신라의 흔적은 마모된 불상의 얼굴 저편으로 세월과 더불어 희미해지는 바람에 실상이 다가오지 않는다. 세상에 영원한 것이 있을까, 불상들은 인간의 욕심과 하잘것없는 이념 등에 따라 훼손되기도 했다. 남아 있는 불상들의 얼굴에 미소가 돌아 연향기를 아련히 피워 올리는 듯하다.

용문龍門에서

이하伊河, 흐르는 듯 멈추어
햇살이나 받아 반짝이며
산그늘도 짙게 드리웠다.
홍예로 걸린 다리 저편
낡은 철로 위로 기차가 지난다.
향산사 낮 종소리
강을 건너 연꽃 향으로 벙글고
종소리로 번지는 파문은
대불의 눈꼬리에 미소로 감돌아
눈매도 곱게 땡볕에 삭으면
달아난 부처의 모가지들, 모가지들
한꺼번에 연꽃으로 필지도 몰라
천지가 개벽을 할지도 몰라,
그림자가 이렇게 진한 나만 돌려놓고
새로운 세계, 연꽃으로 벙글지도 몰라.

• 소림사

우리들에게 '소림사'는 쿵푸를 빼놓고 생각할 수 없을 정도가 되었다. 본래 쿵푸는 명상에 들기 전에 몸을 조율하는 운동이었다고 한다. 소림사에 가면 중국의 불교무술을 볼 수 있을까 하는 생각을 하는 동안 주변에 다가오는 풍경은 황량하기 이를 데 없다. 이 지역이 숭산인데, 거기 많은 광산이 있어 산을 헐어내며 채광을 한 결과 자연이 헐었다고 한다.

소림사로 들어가는 인근지역에 '무술학교'가 즐비하게 널려 있다. 여기서 무술을 익힌 젊은이들이 어디서 어떤 일들을 하는가 궁금했다. 안내인의 설명으로는 다른 무술학교 교사, 영화 출연, 보안업체 식원, 외국으로 무술을 가르치러 가는 신생들 등 다양한 취업의 문이 열려 있다고 한다. 몸을 닦는 것, 몸의 기량을 연마하는 것 그것이 도를 닦는 일과 어찌 분리될 수 있겠는가 하는 생각을 하게 한다.

소림사 입구 일주문 가는 길 양편으로 비석들이 즐비하다. 그 가운데는 일붕 서경보 스님의 송덕비도 거창하게 서 있다. 일붕의 비석이 여기까지! 저런 비석을 어떻게 보아야 하는가 하는 듯이 일행은 말들이 없다.

소림사는 1500년의 역사를 헤아린다. 495년 인도의 수도승 바투어가 절을 지었다고 한다. 젊은 숲이라는 뜻의 소림인데, 젊은 것과 적은 것과 작은 것이 통하매 내 뇌리에는 '작은 숲'을 떠올리게 한다. 그래서 '대소림사'라는 용어가 역설로 들린다. 소림사에서 유명한 것 가운데 하나가 탑림이다. 1500년 동안 여기 머물러서, 혹은 다녀가며 도를 닦은 이들의 유지를 탑으로 남기다 보니 탑이 숲을 이루어 탑림이라는 말이 생겨났다는데, 적실한 이름으로 다가온다.

소림사에서 가람의 웅장함이나 비석의 조각이며 그 수에 공감하는 한편, 절 입구에서 조사를 닮은 늙은 스님이 새전함 앞에서 쇠를 울리면서 지나가는 사람들의 인연의 발소리를 듣는 듯 사람을 끌고 있던 모습이 머리에서 사라지지를 않는다. 그런데 문득 그 소리가 무슨 뜻인지는 모르지만 '말씀'이 되어 날아가는 환상을 보게 된다.

소림사少林寺

낙양에서, 내장까지 헐어내어
모리브덴, 실리콘 캐내는 척박한 숭산,
넘어 마침내 숲이 있는 골짜기에 이르면
소림으로는 모자라 큰대자 앞에 걸어두고
대소림사大少林寺
대즉시소소즉시대, 꼬리를 물고 맴도는 화두

소림사 – 젊은 숲에 탑들은 늙어간다

무술도 면벽과 같아 도에 이르는 길이라
길 위에 길이 있어 길은 길로 통하는 법
공덕은 탑을 짓고 지은 탑이 모여서 다시
숲을 이루었다 하여 탑림塔林이라 하고
숲도, 나무 하나 하나 제 속에 불밝혀
발갛게 달아오르지 않으면 잡목의 숲일 뿐
탑에 새긴 소신의 공양은 그저 새소릴러라.
부처보다, 관음보살보다 자애로운 조사祖師들
조사를 닮은 늙은 스님이 새전함 앞에
쇠를 울리면, 그 소리 말씀이 되어 지전을
떠나 숭산을 넘어가는 날개, 날개, 날개
날개는 다시 숲이 되어 큰 숲 작은 절
작은 절이 숲을 안에 품고 책갈피 안으로
저벅저벅 발소리를 내며 걸어 들어간다.

• 하남박물원

정나라는 그 음악이 음탕해서 거둬들일 것이 못 된다는 평을 한 것은 공자였다. 그 정나라가 도읍을 했던 곳이 정주다. 정주에 '하남박물원'이 잘 조성되어 있다. 역사가 길고 유물이 풍부한 중국에서 박물관을 찾지 않고 자연관광을 하는 것은 여행 계획에 하자가 있는 게 아닌가 하는 생각을 하게 한다. 하남박물원의 그 풍성한 전시품들을 보면서 황제라는 존재가 어떠하다는 것을 생각하기도 하고, 하잘것없는 내 생애란 무엇인가 하는 생각을 하기도 했다. 그런 생각에 이르매 나는 그림자를 잃은 것 같은 환상에 빠지기도 하였다.

河南 博物院에서
– 정주에 설치한 중국 4대 박물관 중의 하나

흙에 묻힌 시간은 흙에서 되찾는다.
신석기 이전 아득한 지평에 나를 세우고
창날, 칼날, 도끼날로 정수리 때려가며
황제를 위하여, 아래것들
그 가운데 내 그림자 어리는 모습은 잊는다.
보물은 보배로운 물건이라
태어남이 보배롭지 못한 나에게
어느 한 귀퉁이 할애할 인연이 있겠는가.
한당송 지나 명청으로 흘러드는 황하,
그 끝에 매달려 베옷 입고 호곡하는
이 작은 역사의 페이지에 사신도 펼칠
정갈한 회벽은 어디로 달아났다.
내가 아무리 나를 외쳐도 황제는 태양이라
나는 지심으로 스며드는 그림자뿐
낙양에서 나는 그림자가 없다.

그림자가 없는데, 어느 역사가 메아리칠까
하남박물원에서 나는 그림자를 잃었다.

관광을 마치고 돌아오는 깊 옆으로 깨끗한 바위산이 위용을 드러내며 그득하니 버티고 있다. 그게 화산華山이라고 한다. 중국의 명산 가운데 하나라고 한다. 산에 인간이 깃들어 살자면 산은 엄숙하지 말아야 한다. 저렇게 수직 절벽으로 되어 있는 산에 인간이 깃들어 살 수 있는가 하는 생각을 하다가, 산이 산답다는 것은 무엇인가 하는 생각을 하는 사이 관광버스는 휴게소에 잠시 멈추었다. 석우는 산을 향해 카메라를 들이대고, 나는 남계와 화장실에 다녀오는 길에 맥주를 사다가 동료들에게 돌리며 이야기를 텄다. 석영은 무엇을 적는지 메모에 여념이 없다.

화산華山

산자락에 인간 깃들게 하고
서으로 기우는 태양을 받아
하얗게 산화하는 수직의 절벽
거기 머물던 늙은 신들의 수염
걷어들고 돌아서는 그 뒤에
지혜는 다시 산으로 일어서고
그래서 산은 산으로 산과 더불어
산일 수밖에 없다.
화산, 거꾸로 서면 산화는 공덕이라
공덕은 봉을 넘어 봉으로 이어지고
마침내 산그늘 속으로 산은 존재의
소멸을, 소멸의 존재를 현시한다.

나는 전에 보았던 '비림'의 기억을 떠올리며 아래와 같은 메모를 하였다. 이것이 시가 되는지 아닌지는 따질 일이 아니다. 다만 여행 중의 메모가 내 기억을 불러오고, 그 기억에 의존해 또 다른 생각을 가다듬을 수 있다면 그것으로 만족이다.

비림碑林
— 비림은 원래 공자의 문묘이다.

숲은 나무를 가린다.

숲 가운데 나무가 보이지 않고, 문자는 더욱 멀기만 하다. 문자의 삼림욕, 그 호한한 폭과 아스라한 이념의 높이 가운데 내가 비집고 들어갈 공간은 한 치도 없다. 생각해 보면 돌에 새길 말씀 한 마디도 던져본 적 없거니와, 내가 적어 놓은 문자를 돌에 새길 염은 더욱 없다. 돌에 새겨진 말은 길을 찾지 못하고, 화석이 된 말은 어느 난리에 파편이 되어 나의 정수릴 때릴지도 몰라. 말의 파편은 다시 말에 맞아 돌로 조각이 나고 돌파편에서 풀려난 말은 살아도 화산 석벽 어느 어름쯤 구름으로 더불어 하늘로 오를지도 몰라. 구름에 풀려 하늘로 올라간 말씀은 다른 구름을 만나 번개와 우레로 몸을 바꾸어, 비가 되어 쏟아지다가 황하 굽이에 스며들기 직전 몇 마리 용을 가볍게 날리기도 하는 것이라서, 이 대륙 천지는 용으로 물결지며 요동친다. 비록 용을 새기는 재주 없어도 용은 스스로 비늘을 떨구어 새로운 변신과 번식을 지속한다. 그 용의 문자가 돌에 박혀 몇몇 천년 부화에 침잠하다가, 문자는 말씀이 되어 모란으로 피어난다. '천지에 덕을 베풀고 도는 옛날과 이제를 묶어 주거니' 그것도 이치는 간단하여 배우고 때로 익히면 또한 즐겁지 아니한가.

비림에 현기증의 안개가 번지고, 숲은 나무를 가려 숲에는 나무가 없다.

• 포공사包公祠

포공사는 우리가 잘 아는 포청천의 사당이다. 왕들이 그 앞에서 벌벌 떨었다는 관리의 수범 포청천의 사당을 돌아보고 나오면서, 중국인 거지 사진을 하나 찍고, 사당의 문을 돌아보았다. 국가의 기강이 엄정하고, 관리들의 행실이 반듯하다고 해서 걸인 하나 없는 그런 나라가 이루어지는 것일까. 주련에 이렇게 새겨져 있었다.

오른편　춘추유서인민불고시산春秋有序人民不顧時産
왼　편　우주무극위업상대후현宇宙無極偉業尙待後賢

　계절의 변화로 상징되는 자연의 질서와, 우주로 통하는 세계 운행의 원리에 대한 믿음이 어쩌면 중국을 지탱하게 하는 현실주의의 한 이상일지도 모른다. 우리들에게 주어진 위업은 무엇인가? 그리고 우리가 기다리는 현인은 누구인가? 법의 엄정함이 최소한 춘추유서라든지 우주무극이라든지 하는 지극히 큰 원리에 감싸일 때, 작두를 들이대는 그 엄정함은 제자리를 찾는 것이 아니겠는가. 무기를 감싸는 우주의 원리가 없는 한 무기는 그저 살상을 거듭할 뿐이다.

　용은 잡아먹을 수 없다. 용은 요리를 할 수 없다. 용은 그 자신이 불을 지니고 있기 때문에 인간의 문명을 가능하게 한 불의 지배 하에 둘 수 없다. 황제의 나라, 용의 나라, 삼국지에 전개되는 그 호한한 인간의 지략과 전쟁의 불길이 수도 없이 휩쓸고 대지를 누빈 그 나라, 그 용의 나라에서는 용꿈을 꿀 일이다. 사람은 누구나 하나 하나가 우주의 중심이고, 그 안에 우주를 감싸안을 수 있는 존재라는 도도한 꿈을 꾸어 볼 일이다. 인간의 육신을 지닌 황제는 용으로 상징화된다. 2500년 넘어 아시아를 지배하는 불법佛法은 용이 잠겨 있는 연못의 연꽃으로 향기를 뿜는다. 해탈은 석가모니의 진신사리를 친견한다고 이루어지는 게 아니라 눈에 어리는 연꽃잎과 연향기 속에 한 줄 시적 언어를 통해 비로소 문이 열린다.

3

제국을 향한 상상력

콜로세움—사자 울음 속에 '퀴바디스'를 생각하고

가장 높은 곳에서의 긴 생일

2005년 우리는 처음으로 유럽 여행의 장도를 열었다. 이번의 여행도 당연히 일 좋아하는 우공의 제안으로부터 비롯되었다. 나폴리대학교의 산탄젤로 교수가 이런저런 일로 우공과 관계를 맺었는데, 그가 주관하는 정서학회에 우리가 참여하기를 요청하였고, 우공은 이를 적극적으로 밀어붙였던 것이다. 어떤 요구가 있다 하여 그리하겠다 하며 응답하는 것이 그렇게 쉬운 일은 아니다. 우리의 나이가 얼마인가? 이리저리 깊이 생각하고, 또 재보고 그렇게 하여 늙은이답게 오래오래 시간을 보내면서 결정하는 것이 상례이다. 더구나 외국 학회에서의 발표란 그리 쉽게 결정할 수 있는 것이 아니라는 생각도 들었다. 그러나 개인적으로는 그렇게 하여 참 신중한 사람들로 알려져 있지만, 대체로 우리 넷과 관여되는 일이란 어느 하나가 제안하면 "어련히 생각하여 말을 꺼낸 것이겠는가!" 하며 우선 긍정부터 해놓고 시작하는 것이 관례였다. 지금까지도 그러했고, 또 앞으로도 그러할 것은 분명하다. 나이가 들어가면서 사고나 생활의 변화에는 더 익숙해지지 않을 테니까.

그래서 다른 것 생각할 것 없이 그러하자 하면서 마침 다른 일로 서울에 온 산탄젤로 교수를 덜컥 만난 것이었다. 성북동에는 이태준이 살던 집이 아담한 찻집으로 변하여 사람을 맞이하고 있다. 거기에서 만난 산탄젤로는 잘 생긴 이탈리아 늙은이의 수더분한 풍모를 지니고 있었다. 40대 이후의 얼굴에 대하여 자신이 책임져야 한다는 말에 나는 별로 찬성을 하지 않는다. 참으로 성스러운 삶을 사는 사람들이 선천적으로 고약스러운 인상을 가진 경우가 예상 외로 많기 때문이다. 매혹적인 눈매와 수려한 외모를 가진 사람들의 그 고약한 자기 우월감에 넌더리를 내는 일도 우리는 얼마나 많이 겪는가. 그래서 첫인상으로 사람을 평가하는 것이 얼마나 못된 자기기만인지는 이미 세상을 살면서 터득했던 것이다. 눈동자만 보아도 안다는 말에 미혹되지 않아야 한다는 것을 이미 많은 경험을 통하여 알고 있다. 그런 경험에도 불구하고 우리들은 첫인상을 쉽사리 떨쳐버리지 못한다. 이성의 경우에도 한번 보고 반하는 것이지, 오래 지켜보면서 물에 옷이 젖어가듯 빠져드는 것은 흔한 일이 아니다. 그리고 그런 기다림도 사실은 첫인상의 잔영이 있어 가능한 것이다.

주어진 첫인상이 그 뒤에도 상대에게 지속되기를 기대하면서 나의 삶을 보낸다면, 그것도 유익한 일이 될 것이다. 또 상대편에 대한 첫인상이 그 뒤에도 지속되는 것을 보는 것은 퍽 유쾌한 일이다. 산탄젤로의 첫인상은 그렇게 퍽 수더분하고 교양 있는 모습으로 다가왔고, 그것이 지금까지 지속되고 있어 우리는 유쾌한 기억을 떠올리면서 그를 얘기한다. 신을 벗고 방에 들어가 발을 개고 앉아야 하는 자리에서 그는 얼마나 불편했을까? 그가 발을 이리저리 바꾸어가면서 주무르는 모습을 보면서 나는 두루미와 여우의 초대 장면을 연상하였다. 멋모르고 이미 예약을 마친 상태인지라, 우리는 다시 막걸리가 있고 판소리가 있는 인사동의 한옥으로 그를 모시고 갔다. 우리로서는 그가 한국의 정취를 듬뿍 맛보는 것이 좋겠다 싶어 깊이 배려한

산탄젤로 교수와 함께 한 저녁

결과였다. 그러나 나중에 알고 보니 그의 부인이 한국인이었고, 따라서 그로서는 집 안에서부터 이미 한국적인 것에 익숙한 모습이었다고 한다. 더구나 중국 문학 전공 인 그는 중국의 답사 중에 한국도 자주 들러 이미 한국의 정취에 깊숙이 들어와 있 었던 것이다. 그런 내면을 굳이 드러내지 않고, 그는 묵묵히 우리와의 만남을 즐거 워하였다. 헌법재판소 건너편에 있는 남원집에서 그는 채수정 명창의 판소리와 우 리들의 흥얼대는 소리, 그리고 막걸리의 뿌연 정감에 흥겨운 모습으로 박자를 맞춰 주었다. 박자를 맞춘다는 것, 분위기에 자신을 집어넣는 것이 얼마나 어려운 것인가 는 세상 살면서 이미 터득한 진리이다. 그래서 산탄젤로의 모습은 더욱 우아한 인상 으로 깊이 남아 있다.

그가 한국어를 하지 못하고, 우리는 이탈리아어를 할 줄 모르니, 서투른 영어로의 소통이 있을 뿐이었다. 가장 부지런한 우공은 벌써부터 분발하여 이탈리아어를 배 웠기에, 간간히 필요한 말들을 전하였다. 그것이 뒤에 이탈리아를 여행할 때, 얼마 나 유용하게 사용되었는지 모른다. 프랑스로의 연구년을 가기 위하여 프랑스어 배우고, 또 그리스로의 연구년을 계획하면서 그리스어 배우는 우공의 그 바지런함은 참 못 말릴 지경이다. 그런 바지런함을 우리는 선천적인 것이라 치부하면서 당연한 것으로 여기지만, 얼마나 많은 노력이 투여되는지는 잘 알고 있다. 다만 그것을 짐짓 표현하지 않고 있을 뿐이지. 그렇게 한국에서의 만남을 통하여 우리의 이탈리아 행은 실천 단계로 접어들었다. 발표할 내용을 정리하고, 이를 영역하는 작업, 그리고 돈 마련하는 일을 상의하느라 우리는 참 많이도 만났다. 교과서 제작하느라 만났던 그 조급함은 없어지고, 대신 상당한 정도의 여유가 우리가 먹은 나이 만큼이나 펼쳐질 수 있었다.

그렇게 모든 준비를 마치고 김포공항을 떠나 경유지인 프랑크푸르트로 향하였다. 우리는 언제부터인가 재정을 책임지는 석우의 손짓에 따라 이리 오라 하면 오고, 저리 가라 하면 또 가는 참 순한 학동으로 변하였다. 몇 시에 공항 어느 곳으로 모이세요. 그러면 우리는 그 시간, 그 자리에 서 있는 것이다. 나는 참 말을 잘 듣는 축에 들어가고, 이리저리 일거리 찾느라 바쁜 우공은 항상 좀 느린 모습으로 달려오곤 했다. 그러고 보면 우공은 소설을 쓰기 때문인지 모르지만, 틈만 나면 노트를 꺼내들고 적는 것이 일상적이다. 그래서 어느 곳 여행하고 오면 듬뿍 그에 대한 소회를 홈페이지에 올려놓는 것이었다. 그리고 다시 그 체험을 소설로 만들어 내니, 그는 여행 하나하나가 다 일거리가 되는 셈이었다. 그래서 우리야 그냥 여행일 뿐이지만, 우공은 나중의 일거리와 연관되니 한 번이라도 더 술을 사야 한다고 했고, 그래서 우공은 없는 돈을 끌어내어 술을 사곤 하였다.

하여간 지독히도 기록하기를 좋아하는 우공이기에 비행기에 앉아서도 그의 손에서는 노트가 떨어지지 않았다. 또 워낙 사진 찍기를 좋아하여 위험한 지역까지도 마다않고 나아가 사진을 찍는데, 나는 참 남기길 좋아하는 사람이다 싶게 그를 바라본다. 아마도 그에게 있어 사진과 관련되는 경비의 지출이 만만치 않을 것으로 본다.

사진을 찍어 일일이 사람 수대로 현상하여 나누어주고 있으니, 아마도 집에서 그 사진기에 대한 잔소리는 퍽도 들을 것이라 생각한다.

다음으로 적기를 좋아하는 사람은 단연 석우라고 할 수 있다. 그런데 이는 그가 감당해야 할 부분이기도 하다. 언제부턴가 우리의 모임 뒤에는 꼭 석우가 회의 내용을 정리하여 메일로 다시 보내 주었기에, 우리는 그 정리된 내용에 따라 행동을 하게 되었다. 대체로 만남 뒤에는 음주의 자리가 계속되었기에, 회의 내용은 전혀 우리의 기억에 남아 있지 않은 경우가 많았다. 그래서 석우의 정리는 우리의 일을 해나가는 데 있어 필수적인 과정이 되었던 것이다. 구소련 시기에 최고의 권력자가 가지는 직함이 서기장이었는데, 이는 서기 모임의 대표라는 뜻일 것이다. 회의를 정리하고 그 내용을 집행하는 데 있어, 서기의 역할은 막강한 것이니 서기장이 최고의 권력자가 되는 것은 당연하다고 생각했었다. 조선의 역사에서 사관을 두어 실록을 남긴 것도 후대의 역사를 위한 것이 아닌가 싶다. 석우 또한 사진에 일가견을 가지고 있어 그의 손에서도 항상 사진기가 떨어지지 않는다. 그래서 우공과 석우는 사진기를 담는 가방을 따로 들고 다녀야 했다. 그만큼 그들은 보약도 먹고 음식도 먹어 체력을 유지해야 할 텐데, 먹는 것은 거의 비슷하니 대단히 경제적인 에너지 사용이라고 할 것이다.

기록이 필요하다는 것을 우리 모두 잘 알고 있으면서도 나는 가장 이 기록이라는 것과 거리가 멀다. 석영도 근래 수첩을 마련하여 꼬박 꼬박 내용을 정리하기 시작했으니, 기록의 대열에 참여했다고 할 수 있다. 그런데도 나는 영 이 대열에 들어가지 못하고 있다. 천성적으로 게으른 것은 아닌데, 참 오래 전부터 나는 남기는 것의 부질없음을 변명의 거리로 삼고 있다. 대단한 사람들이야 입었던 옷 하나까지 박물관에 보관하지만, 평범한 일반인은 상여 나가 무덤에 묻히면서 다 살라버리고 오는 것이 아닌가. 그것이 자식들에게는 얼마나 안타까운 일일까 싶어 죽기 전에 자신의 것을 스스로 태우고 가는 사람들도 많다. 그럴 것이라면 비리 남길 것을 만들지도 말자, 나 죽은 뒤의 모습을 깨끗하게 정리하자는 생각도 사실은 기록을 남기지 않는 행위의 내면에 들어 있다고 할 수 있다. 이런 집착이 싫어 애완용 동물 키우기를 죽어라 싫어하고, 그래서 아이들과 끊임없이 다투기도 한다. 또 분재나 꽃꽂이도 자연의 상태에서 기록할 양으로 전환한 것이기에 썩 좋아하지 않는데, 이 모두가 다 내게으름을 합리화하는 것이라 할 것이다.

비행기 저 편의 좌석에 앉아 있는 우공과 석영은 누군가에게 보낼 엽서를 열심히 쓰고 있다. 그것을 보면서 석우와 나는 여행지에서의 편지란 무엇인가라는 얘기를 나누었다. 여행지에서까지 생각하고 있는 모습을 절실하게 보여주는 문화 행위라는 것, 그리고 알뜰하게 챙기는 가족 사랑의 극치라는 말도 오갔다. 그리고 또 하나, 나 이곳 갔다 왔다는 현장감을 전하는 쾌감도 그 속에 있을 것이라는 얘기를 나누었다. 문화란 일정 정도 자기 쾌락을 동반하는 것이니까 그런 얘기도 가능할 것 같다.

오랜 비행이 지루했던지, 석우는 장거리 여행하는 것은 정말 지겹다고 했다. 나는 지겨워? 배 터지는 소리한다. 그렇게 하고 싶은 사람 많아! 하면서 놀렸다. 좀 지겹지 않게 해줄까? 그리고서 나는 오늘이 내 56년 되는 생일이라고 했다. 이 높은 곳에서 또 시간대를 거슬러 가고 있으니, 나는 정말 긴 생일을 보내고 있는 것이었다. 수많은 사람들이 살고 있지만, 이렇게 높은 곳에서 긴 생일을 보내는 사람은 그렇게 쉽게 찾지 못할 것이라고, 그래서 배 터지는 소리는 하지 말자고 했다. 가만히 있을 석우인가. 우공과 상의하더니, 승무원에게 부탁하여 포도주를 얻어 와 생일을 축하해 주었다. 좀 지나 승무원들이 다가와 둘러싸더니 멋진 생일 축하 노래를 불러주는 것이었다. 비행기에서 제공하는 맥주로 이미 불그레해진 나는 아무래도 가슴이 뭉클해졌다. 복된 삶을 누리게 해준 모든 사람에게 감사하고, 그것에 보답하는 삶이 앞에 펼쳐지기를 빌었다. 그렇게 나의 긴 생일은 지나가고 있었다.

피사에서의 기억

전날 피렌체역에 내리자마자 피사행 기차표를 구입해 둔 관계로 일찍 일어나 호텔 식당에 내려가 몇 조각의 빵과 시리얼과 커피 등으로 아침 식사를 마쳤다. 피렌체 두오모 성당에서 얼마 떨어지지 않은 골목에 자리한 아리스톤 호텔은 하루 숙박비가 80유로나 되는데도 숙소는 좁고 화장실도 문 밖에 있을 뿐 아니라 모든 시설이 아주 불편하기 이루 말할 수 없다.

식사를 마치자마자 전화로 불러둔 택시를 타고 일방통행인 좁은 골목을 이리저리 달리고 전차가 다니는 좁은 길을 쌩쌩 달려서 불과 몇 분만에 피렌체역에 도착했다. 8시 57분 발 피사행 열차는 정시에 출발했다. 새벽부터 비가 오더니 다시 해가 난다. 이번 여행은 밀라노에서부터 크레모나, 베네치아, 피렌체 등 가는 도시마다 비를 만난다. 강수량이 아주 적은 나라 이탈리아에서, 그나마 넉 달 가까이 비가 한 방울도 내리지 않았다는 이탈리아에서 이렇게 매일 비를 만나다니 축복할 일이기는 하지만 여행에는 많은 불편함을 준다.

10시 5분에 피사역에 도착하여 피렌체행 열차를 예약하고 난 후 안내 책자에서 본 대로역 앞 정류장에서 붉은색 시내버스(LAM)에 올랐다. 버스는 아르노 강을 건너 신개지로 나갔다가 공장 지대를 돌아나오는 등 무려 30분이나 피사 변두리를 헤매고 다니더니 다시 피사역 앞 버스를 탄 곳으로 되돌아온다. 버스에서 하차하여 피사 시민에게 물어보니 피사 중앙역에서 길을 건너 같은 붉은 색 시내버스를 타야 한단다. 피사의 시내버스가 색깔별로 구분되어 있지만 시내를 뺑뺑 돌아다니니 적절한 위치에서 차를 타지 않으면 너무 많이 시내를 돌게 되는 모양이다. 잘 모르는 곳에서는 여행 안내 책자만을 믿지 말고 그저 물어야 하느니, 남계의 말이 여행의 진리다.

버스를 타고 시내를 조금 지나 낡은 성벽을 끼고 돌아 아르노 강을 건너 이차선 길로 10분 정도 가니 피사 두오모 정류장이다. 버스에서 내려 둘러보니 3년 전 관광버스를 타고 왔던 그 자리다. 피사의 두오모 성당에 다시 온 감격. 길을 건너 주차장을 건너 상가가 밀집해 있는 지역을 지나 성문 안으로 들어섰다. 두오모 성당이다. 오른쪽으로는 성벽을 따라 상가들이 어지럽게 늘어서 있고 왼쪽에는 넓은 잔디밭 건너편으로 세례당과 성당이 보이고 멀리 그 유명한 피사의 종탑이 서 있다. 3년 전에 와 본 곳에 다시 오니 반갑다. 피사에 처음 온 석영과 남계도 사진으로 영화로 자주 보아 너무나 익숙한 풍경이라 처음 온 곳 같지가 않단다.

피사는 인구가 십만이 되지 않는 작은 도시 규모에 비해 두오모 성당은 규모도 크고 그 명성도 대단해서 관광객이 끊이지 않는다. 사실 피사는 지금 이탈리아 중부 토스카나 지방의 서쪽 바닷가 피사 주의 주도로 아주 한미한 도시가 되어 버렸지만 리구리아 해에서 아르노 강을 따라 10 킬로미터 정도 내륙에 자리한 좋은 지리적 조건으로 인하여 교통의 요지로 성장했고, 강성한 토스카나 지방의 도시국가이자 제노바, 베네치아 등과 함께 중부 이탈리아의 대표적인 항구 도시 중 하나였다. 로마가 기독교를 국교로 정한 직후 피사는 육상과 해상의 교통이 모두 편리하여 기독교 주교관구가 되었고 이를 바탕으로 중세 때는 토스카나 지역의 중심지로 성장할 수 있었다.

특히 11세기에 이르러 피사 사람들은 제노바 사람들과 힘을 합쳐 토스카나 지역에서 사라센 족을 몰아냈으며 시실리아의 팔레르모에까지 진출하기도 하는 등 가장 번창한 몇 세기를 보냈다. 그러나 피사의 영광은 14세기에 이르러 제노바 함대와의 전투에서 패배함으로써 끝나기 시작하였고, 15세기 이후 아르노 강이 수로가 변화하고 하저가 높아지면서 큰 배들이 아르노 강을 따라 피사까지 올라오는 것이 불가능해지자 무역 중심지로서 피사의 역할은 끝나고 만다. 이러한 피사의 몰락은 1406년 피렌체에 정복당하는 것으로 더욱 본격화된다. 이후 피사는 1484년 프랑스의 샤를 8세가 나폴리 왕위 계승 문제로 명분 없이 이탈리아를 침공했을 때 일시적으로 독립을 회복했지만, 혼란스러운 몇 년이 지난 뒤, 1509년 피렌체에 재차 정복당하게 된 후로는 토스카나 지방의 작은 도시로 명맥을 이어왔다.

그렇지만 피사의 영광스러웠던 과거는 두오모 성당에 잘 남아 있다. 피사의 두오모 성당은 대성당을 중심으로 한 켠에 세례당, 다른 쪽에 종탑이 서 있는 전형적인 성당 복합체를 이루고 있다. 이들 성당 복합체는 그 규모의 면에서 다른 어떤 명성 높은 도시의 그것에 못 미치지 않는다. 피사가 가장 강성하던 때 도시의 명예를 걸고 건축한 성당이기 때문이리라. 피사의 대성당과 세례당의 건축 조형미와 외부와 내부 장식이 보여주는 아름다움은 더할 나위없지만 성당 복합체 중 마지막 건물로 건축 당시부터 기울어져서 '피사의 사탑'으로 알려진 종탑의 유명세에 가려 있기도 하다.

1174년에 착공된 이 종탑은 흰 대리석으로 8층 56m 높이까지 올리도록 설계되었

피사의 사탑—기울어진 탑이 과학사를 밀고 나간 계기였다

는데, 3층까지 지었을 때 건물의 기반 한 쪽이 땅 속으로 가라앉으며 종탑이 기울어지는 것을 발견하였다. 당시 종탑 공사의 책임을 맡고 있던 피사노라는 건축가는 기울어진 종탑의 모양을 바로 잡기 위해 층을 올릴 때마다 기울어져 짧아진 쪽 기둥을 조금 더 길게 만들었다. 그러나 오히려 이 길어진 석재의 무게로 건물은 더욱 기울어지고 만다. 이후 해결 방안을 찾으려고 몇 번씩 공사를 중단하였지만 해결책을 찾지 못하고 최초 공사 후 약 200년이 지난 1372년에야 상당히 기울어진 모습으로 완성되었다.

  현재 피사 두오모 성당의 종탑은 수직면에서 무려 5.2미터나 기울어 있어 불가사의한 건축물로 이야기되면서 수많은 관광객을 불러 모으고 있다. 1964년 이탈리아 정부가 피사의 종탑 붕괴를 막기 위한 세계의 관심과 협조를 부탁하여 세계적인 보존 대책이 마련되기 시작하였다. 1990년 1월부터 안전상의 문제로 공개는 금지되고, 붕괴를 막기 위한 재공사가 진행되었다가 2001년 6월에 이르러서야 10년이 넘는 작업이 끝나 일반에게 공개되었다. 현재까지도 종탑의 붕괴 위험이 완전히 사라진 것은 아니지만 종탑이 일반에게 공개되면서 수많은 관광객들이 갈릴레이 갈릴레오가 낙하 시험을 하였다는 전설을 가진 종탑 위에 올라 주변 경관과 경이롭게 기울어진 종탑의 모습을 즐기고 있다.

잘 정돈된 길을 따라 종탑 앞에 이르니 입장료도 입장료이거니와 종탑에 오르기 위해 줄을 선 사람들이 너무나 많아 입장이 망설여진다. 결국 피렌체행 열차를 예매한 우리는 종탑에 오르기를 포기하고 종탑과 납골당 지역을 둘러보고 대성당 내부를 관람하기로 하였다. 납골당 주변은 오래 된 높은 석벽들이 둘러쳐져 있어 꽤 큰 성을 보는 듯하다. 석벽을 배경으로 사진을 찍고 입구에 자리한 많은 선물 가게들을 구경한 후, 대성당 안으로 들어가 보았다.

대성당은 다른 성당에 비해 상당히 밝은 편이다. 도심에서 벗어나 환경이 비교적 깨끗한 때문인지 다른 성당들과는 달리 성당 벽을 장식한 스테인드 글라스의 채광도 매우 좋고 조명도 상당히 밝혀 둔 덕이다. 성당 안의 기둥이나 천장의 장식도 이탈리아 어느 성당에 빠지지 않는다. 주교가 집례를 하는 제대 뒷면에는 여느 성당과 마찬가지로 장식이 화려하고 사반구의 천장에는 금으로 예수님의 상이 웅장하고 성스럽게 그려져 있다. 그리고 제대 앞은 일반적인 성당의 공간 배치대로 십자가 모양으로 되어 있고 그 좌우 공간에도 집전을 할 수 있도록 되어 있으며 각종 성화들도 화려하게 장식되어 있다. 특히 일렬로 쭉쭉 뻗어 있는 기둥 위에 자리한 천장 가운데 부분에 그려진 금도금한 격자무늬와 그 속에 새겨진 상징적인 아이콘들은 피사 대성당만의 독특한 문양으로 찬란한 빛을 발하고 있었다.

대성당을 나와 바로 앞에 있는 세례당에 들어가려 하니 공사 중이라 출입이 금지

되어 있다. 보석함 모양을 한 피사의 세례당은 아래쪽에서 위로 올리기며 점차 현란한 것이 특징적이다. 맨 아래층의 기둥과 아치는 별 장식이 없이 높고 널찍하게 배치하였다. 그러나 이층은 일층의 아치 하나에 세 개의 기둥과 아치를 만들어 기둥의 간격이 좁고 높이도 낮지만 기둥 끝을 도리아 식으로 장식하고 그 위에 복잡하고 멋진 장식을 더하였다. 삼층은 아치를 사용하지 않고 이층의 아치 두 개마다 이등변삼각형으로 처리하여 넓은 공간을 만들고 각종 장식으로 꾸민 삼각형 틀 안에 성자의 상을 안치하고 또 삼각형 꼭대기에도 성자 상을 세웠다. 그리고 사층은 건물 모양으로 장식을 하되 조금씩의 변화를 주어 단조로움을 피했고, 지붕은 주교가 집전하던 성당답게 붉은 색 기와를 덮은 돔으로 멋지게 마무리하여 전체적으로 화려하면서도 단순하고 안정감을 준다.

세례당의 독특하고 현란한 외관을 둘러본 후 잔디밭을 건너 대성당과 종탑을 다시 한 번 바라보았다. 많은 사람들이 기울어진 종탑을 받치고 있는 모습으로 사진을 찍느라 허공에 팔을 뻗고 서 있는 모습이 재미있다. 남계가 그런 자세로 사진 한 장을 찍겠다고 포즈를 잡기에 적당한 거리와 각도를 잡는데 전혀 불편함이 없다. 도심에 자리하여 공간이 협소한 밀라노나 피렌체와 같은 여타 도시의 두오모 성당과 달리 성당 주위가 넓은 공터로 되어 있어 성당을 관광하고 사진을 찍기에 매우 편리하다. 성당 입구에 늘어선 선물 가게에서 몇 가지 선물들을 구입하고는 성당 지역을 빠져 나와 점심식사를 하기로 하였다.

앞서 걸어가던 남계가 여기저기를 두리번거리더니 성당에 도착했을 때 내가 이야기했던 성당 앞에 하나밖에 없는 중국음식점을 찾아내었다. 3년 전 아내와 단체관광을 왔을 때 가이드를 따라 들렀던 그 음식점이다. 동방주루東方酒樓. 입구가 낯설다 싶더니 안으로 들어가 주차장 쪽 입구에서 보니 지난 번 그 집이 확실하다. 음식점의 구조도 낯설지 않고 내부 장식도 그때 그대로다. 3년이 지난 지금 같은 음식점에서 음식을 먹을 수 있다는 것이 반갑고, 애쓰고 음식점을 찾아준 남계의 정성이 고맙다. 이탈리아화된 중국 음식이라 다소 입에 익숙하지는 않지만 한국을 떠나온 후 처음 먹는 중국 음식이 새롭다. 음식을 먹는 중에 우리의 뒤를 이어 들어온 중국인 단체 관광객들로 식당 안이 소란해지기 시작한다.

몇 접시의 요리와 몇 병의 맥주로 점심을 마치고 다시 시내버스를 타고 피사 중앙역으로 향하면서 마지막이라는 심정으로 피사의 대성당 쪽을 바라보았다. 성당을 둘러싼 담장 너머로 세례당의 지붕이 의연한 자태를 뽐내고 있었다. 硏

목포는 한국의 **나폴리이다**

로고포는 유럽의 해외 발표에 참석하기로 하였다. 나폴리대학교의 산탄젤로 교수와 친분을 맺고 있었던 우공은 그 거칠 것 없이 밀어대는 성격으로 우리의 이탈리아 행을 이미 확정하고 있었다. 각각의 논문 발표 준비를 하고, 그리고 인천공항에서 만났다. 프랑스에서 공부하던 아내를 만나기 위해 프랑스에서 한 달 정도 머물렀던 것은 1987년의 일이니, 20여년이 지나서야 나는 다시 유럽의 땅을 밟게 된다는 설렘도 가지고 있었다. 특히 이번에는 유럽 문화의 한 축을 이루고 있는 이탈리아를 자세히 들여다보자는 계획도 있으니, 어찌 설레지 않겠는가. 괴테는 아니지만, 이탈리아의 햇볕 아래서 우리는 더 많은 세뇌를 당할 것이라고 기약하고 있었다. 경유지인 프랑크푸르트 공항에는 역시 이탈리아 여행의 폼으로 앉아 있는 괴테의 조각상이 맥주집에 장식되어 있었고, 그래서 우리는 그 집에서 다시 괴테가 되고자 했다. 그곳에 도착하기 전에 우리는 벌써 남국의 정취에 취하고 있었던 것이다.

포로로마노—폐허 속에 흥성했던 역사가 숨쉰다

로마에서 머물기로 한 민박집의 안내자는 어김없이 레오나르도 공항의 출구에서 기다리고 있었다. 조금의 순간도 아쉬워 우리는 새벽 일어나자마자 로마의 모습을 담기 위하여 시내로 나갔다. 이미 50을 훌쩍 넘어버린 사람들이라서 아침 일찍 일어나는 것쯤이야 문제될 것이 없었다. 오벨리스크와 지오바니 성당은 아침 식사 전에 이렇게 볼 수 있었다. 콜로세움과 아우구스투스의 개선문은 광장과 동상의 도시인 로마를 더욱 빛나게 하고 있었다. 인파를 따라 흘러가듯 보아야만 했던 바티칸의 유물은 그 양이나 규모가 잠깐의 관람을 허용하는 것은 아니었다. 나중에 다시 와서 차분히 보리라 했지만, 그런 기회는 다시 오지 않을 것이다. 오래 전 루브르에서도 그런 생각을 했지만, 그런 생각은 실제로 이루어지지 않았으니까. 인생이란 그런 것이다. 중요한 것은 뒤로 미루고, 그러면서 하찮은 일로 시간을 메우다가 그렇게 이 세상을 떠나는 것이다. 그래서 오히려 하찮은 것이야말로 우리의 진정한 동반자인지 모른다. 그렇게 우리는 로마를 일별하였다. 로마는 우리를 참 한심한 사람들이라고 하였을 것이다.

학회가 열리는 나폴리는 기차로 갔다. 기차에 오르면서 절약하겠노라 준비했던 맥주는 턱없이 부족했다. 더구나 병따개를 준비하지 않아 잠시 망설였지만, 이런 정도를 해결하지 못할까. 몇 가지의 방법을 동원하면서 맥주병을 따는 모습이 그들에게는 신기했던 모양이다. 호기심어린 눈으로 우리의 행동을 지켜보는 것이었다. 준비했던 여덟 병은 순식간에 바닥났고, 우리는 승무원이 밀고 다니면서 파는 캔 맥주로 욕구를 충족할 수 있었다. 아마도 그들은 횡재라고 생각했을 것이다. 그들이야 맥주 한 병을 놓고 야금야금 감질나게 마시는데, 우리는 꿀떡꿀떡 퍼부었으니 말이다. 결국 그들이 가지고 있는 맥주를 바닥내고서야 우리의 술 욕심은 머물 수 있었다.

나폴리의 밤을 즐기기 위하여 우리는 도보로 바닷가로 나갔다. 길을 물어물어 베테렐로 항에서 우리가 아는 대로의 이탈리아 가곡을 불렀는데, 노래야 석영의 솜씨를 따라갈 사람이 어디 있겠는가. 그 맛깔스러운 태와 윤기 나는 성음에 우리 모두는 그저 감탄만 할 뿐이었다. 우리는 나폴리에 대한 사랑과 호의를 담아 〈돌아오라 소렌토로〉와 〈산타 루치아〉를 훗훗한 밤공기에 실어 떠나보냈다. 그리고 또다시 아침, 우리는 나폴리의 밤을 과도하게 즐겼지만, 이를 노인성으로 극복하고 새벽처럼 일어났다. 언젠가 현대를 창업한 정주영 씨가 자신은 하루 세 시간 정도씩만 잔다고 하여 그럴 리가 있느냐고 했는데, 충분히 그럴 수 있는 일이라고 생각하였다. 다만 낮에 꾸벅꾸벅 조는 일이야 어쩔 수 있겠는가. 우리는 그렇게 아침 식사 전에 가리발디 광장을 돌아보고, 나폴리의 역사를 담고 있는 박물관은 학회가 끝난 뒤에 들러보자고 하였다.

학회가 열리는 곳은 나폴리항 곁에 있는 작고 예쁜 렉스 호텔이었다. 다른 참가자들은 어제 그곳에 도착하여 하루 숙박을 하였지만, 우리는 이곳에서의 공식적인 행사에 참석하고, 발표회가 열리는 비코 에쿠언스에 가기로 하였다. 공식적인 행사가 열리고 있는 나폴리의 동양학대학은 아침부터 상당히 소란스러웠다. 마침 대통령이 이곳을 방문한다 하여 예포를 쏘는 등 축제 분위기가 고조되고 있었기 때문이다. 나만 가면 이렇게 소란을 떨면서 환영을 한단 말이야, 이러지 말라고 했는데. 우리는 이런 농담을 하면서 행사장에서 사람들과 인사를 나누었다. 나폴리대학교의 산탄젤로 교수와 볼로냐대학의 로베르토 카테리나 교수의 주제 발표가 끝난 다음 우리는 비코 에쿠언스의 절벽 위에 있는 비코 오리엔테 호텔로 자리를 옮겼다. 나폴리 만을 돌아 폼페이를 지나고, 소렌토 조금 못 미쳐 있는 이곳은 천혜의 관광지였다. 바라보는 모습도 그러하였지만, 그 안에 들어가서 본 모습은 더욱 우리를 황홀하게 하였다. 이곳에서 우리는 꿈같은 이틀을 보내게 되어 있는 것이다.

비코 에쿠언스의 학회는 그야말로 환상적이었다. 카프리 섬과 소렌토가 보이는 해변의 호텔에 앉아 학자들의 열띤 발표를 듣는 것은 그 자체가 하나의 신선한 충격이었다. 영국과 독일, 프랑스, 중국, 필리핀과 인도네시아에서 온 각국의 학자들은 문학 속에 내재된 정서의 보편성과 특수성을 체계화하고 있었다. 우리의 발표도 고전문학과 현대문학에 걸쳐 순조롭게 이루어졌고, 이탈리아 본토에서 맛보는 맛의 향연도 우리를 매혹하게 했다. 그리고 학회가 끝나는 날, 고별을 겸하여 이루어진 만찬장에서 우리는 한국인의 풍류적인 모습을 마음껏 그들에게 보여줄 수 있었다. 우공은 어느새 모임을 이끄는 사회자가 되어 이탈리아 교수의 칸초네, 독일 교수의 슈베르트, 인도네시아 교수의 민요, 미국 교수의 민요와 남계의 사랑가를 들추어내고 있었다. 만찬장에 불려온 악사는 아코디언의 선율 속에 이탈리아 가곡을 멋들어지게 선사하였는데, 여기에서도 석영의 노래 솜씨가 더욱 빛을 발하였다. 악사의 이탈리아어와 석영의 한국어가 같은 멜로디에 얹혀 동서의 감미로운 화합을 이루었던 것이다.

　나폴리는 세계의 삼대 미항이라고 알고 있었다. 그러나 태양 아래 드러나 있는 나폴리는 그렇게 아름다운 것은 아니었다. 새똥과 먼지로 덮여 있었고, 거리는 전체적으로 어수선한 느낌을 주었다. 그러나 그곳이 왜 미항인가는 나폴리를 멀리 하면서 알 수 있었다. 자질구레한 것들은 다 감추어지고, 점점 그 황홀한 자태를 드러내는 항구의 조망은 과연 이곳이 왜 〈산타 루치아〉의 고장인가를 여실히 느끼게 해주고 있었다. 산 마르티노 성당은 자그마한 산 위에 있었는데, 이곳에서 나폴리 시내를 전체적으로 내려다볼 수 있었다. 바다와 산과 사람들이 조화를 이루며 가꾸어 놓은 정원과 같다는 생각을 한 것도 여기에서 내려다 본 느낌이었다. 나중에 다시 안 것이지만, 항구를 떠나 시칠리아를 향하면서 바라본 나폴리와 또다시 나폴리로 들어오는 배에서 바라본 나폴리는 이곳이 왜 삼대 미항의 하나인지를 뚜렷하게 각인시키고 있었다. 항구를 빠져나갈 때의 부드러운 활강과 항구를 들어갈 때의 그 환영하는 듯한 손짓을 우리는 볼 수 있었다.

비코에서 본 나폴리—항구를 향해 들어가는 배에서 봐야 풍광이 아름답다

　언젠가 나는 「목포와 나폴리」라는 제목의 글을 쓴 일이 있었다. 한 지방 신문의 기자가 목포를 설명하면서 "목포는 한국의 나폴리이다."라는 문장을 썼었고, 그래서 나는 이것이야말로 그 사람이 가지고 있는 서구지향적 사고를 무의식적으로 표출한 것이라고 하였다. 우리는 이런 식의 문장을 아무렇지 않게 쓰는 일이 많다. 신재효申在孝를 가리켜, 어떤 연구자는 '한국의 셰익스피어'라고 했고, 이상李箱은 '럭비풋볼 같은 호박'이라고 했다. 여기에서 나폴리나 셰익스피어, 그리고 럭비풋볼은 목포와 신재효, 호박과 같은 '추상적이고 알려져 있지 않은' 원관념을 설명하기 위하여 선택된 '구체적이고 잘 알려진' 보조관념이라고 할 수 있다. 그러나 목포에 거주하고 있는 기자에게 있어 목포는 그런 원관념이 아니고, 또 나폴리는 그런 보조관념이 아니다. 이상에게 있어서도 호박은 지천으로 가까이 널려 있는 식물이지만, 그러나 나폴리나 셰익스피어, 그리고 럭비풋볼이 없으면 인식되지 않는 가공의 존재일 뿐인

것이다. 그래서 이상은 항상 자신을 지부에 근무하는 상사원으로 인식할 수밖에 없었고, 그래서 본부에 거주하고 싶은 욕망이 그의 문학적 표현에 가득할 수밖에 없었다.

그런 우리의 의식체계와 언어표현에 대한 사고의 편린을 쓴 일이 있었는데, 나 또한 나폴리라고는 가본 일이 없으면서 그 글을 썼음은 물론이다. 그러나 이제 나폴리에서 숙박하고 학자들과 교유를 하였다 하여 이런 나의 행동이 정당성을 획득하는 것은 아니다. 나는 나폴리에서 영원한 이방인이고, 나아가 어디에서건 잠깐 왔다 가는 여행객일 뿐인 것이다. 이태백이 〈춘야연도리원서春夜宴桃李園序〉에서 "부천지자夫天地者 만물지역여萬物之逆旅 광음자光陰者 백대지과객百代之過客 : 대저 이 세계란 만물이 잠깐 쉬었다 가는 여관이요, 시간이란 백대를 가야 하는 나그네와 같은 것이다"라 하였음이 실감나지 않을 수 없다. 그렇게 우리는 이 땅을 스쳐 지나가는 방랑자로서의 모습을 지니고 있을 뿐이다. 그토록 열망하였던 나폴리는 나에게 이런 깨달음을 주었고, 아직도 나의 가슴을 울렁이게 하는 그 '무엇'으로 남아 있다. 南闕

물에 잠기는 베네치아

크레모나에서 브레샤로 가는 기차는 1시 42분 정시에 출발했다. 역을 출발할 때까지도 도시는 띠이요 꽃향기로 진동하고 있다. 학술대회 기간 내내 도시를 감싸고 있던 이 향기. 도시 어디를 가나 가로수로 또 정원수로 뒤덮여 있는 띠이요나무의 노오란 꽃에서 나는 향기였다. 라벤다 향기 비슷한 아니 보다 진한 띠이요 향은 크레모나를 생각할 때 무엇보다 먼저 직접적인 감각으로 떠오를 것 같다.

기차는 두 량짜리 아주 작고 낡은 열차이다. 아마 크레모나에서 브레샤까지의 지선을 운영하는 단선 열차인 모양인데, 두 역 사이의 다소 낙후된 농촌 풍경에 그런대로 잘 어울린다. 이런 풍경에 기차역마다 서는 구간을 유로스타 같은 열차가 다닐 수는 없겠지. 철길 주변은 온통 옥수수 밭이다. 기차역에 도착해도 주변에 집이 한두 채 뿐이고 타고내리는 승객도 몇 명 되지 않는다. 브레샤로 나들이 가는 듯한 젊은이 서너 명, 열차 안을 왔다 갔다 하며 우리에게 관심을 보이는 듯한 흑인 두 명,

크레모나 근처 시골역—시골 작은 역에도 열차는 머문다

조용히 앉아 창 밖만 내다보는 노인 두 분, 그리고 어린 아이를 데리고 탄 부인 그리고 우리 네 사람이 우리 칸에 탄 승객 전부이다.

이탈리아를 몇 차례 여행하면서 철도망이 매우 발달해 있음을 느낄 수 있었다. 이는 근대화의 과정에서 근대 문명을 전국적으로 보급하기 위한 장치로서 국가적으로 철도망을 보급한 결과일 것이다. 철도가 뚫리면서 근대 문물이 열차를 통해 유입되고 전통적인 삶의 양식이 파괴되고 새로운 시대가 열리게 되었으리라. 철도가 놓이기 전까지 인간이 만든 길은 인간과 동물 즉 인간과 자연이 공유하는 길이었음에 비해 철도는 열차만 다니는 길이요, 문명을 담아 나르는 길이다. 철도에 의해 인류는 새로운 문명을 받아들이고 타자의 세계를 알게 되고 근대적인 역사를 시작할 수 있게 된 바 없지 않다.

그러나 이탈리아의 철도망이 엄청나게 발달한 것으로 보이는 것은 철도가 많이 놓였다는 것만으로는 설명이 불가능하다. 이탈리아의 고속도로는 한국이 고속도로를 만들 때 벤치마킹을 하였을 정도로 엄청나게 발달되어 있다. 그러나 도로의 발달로 일부 구간에서 열차 운행의 상업성이 다소 떨어지더라도 주민의 편의를 위하여 열차를 운영하고 있는 것이 이탈리아의 철도망이 발달한 것으로 보이게 하는 중요한 이유가 될 듯싶다.

크레모나에서 브레샤까지 운행하는 열차도 하루에 예닐곱 편이 다니는 모양인데 들판에 도로가 잘 놓여 있고 또 열차에 이렇게 승객이 없는 것을 보면 분명 적자 노선임에 분명하다. 그러나 이렇게 정시에 열차가 운행되는 것은 열차가 이익만을 위하여 운행되는 것이 아님을 보여주며, 이러한 적극적인 열차 운행이 이탈리아의 철도망이 아직도 중요한 교통수단으로 유지되는 이유이기도 할 것이다. 크레모나에서 브레샤로 가는 열차에서 적자를 이유로 수려선과 수인선 열차를 폐쇄해버린 우리나라의 교통정책이 가진 문제점을 생각해 보지 않을 수 없었다.

한 시간 만에 열차는 브레샤에 도착했다. 강렬한 햇살 아래 십여 분 기다리니 베네치아 행 열차가 도착한다. 밀라노에서 베네치아로 가는 현대식 열차는 들판을 달려 얼마 지나지 않아 베로나를 지난다. 주변의 아름다운 몇 개의 호수가 차창 밖으로 시선을 빼앗는 베로나는 셰익스피어의 〈로미오와 줄리엣〉의 배경으로 너무나 유명하다. 일정이 바쁘지 않다면 꼭 내려야 할 곳인데. 아쉬운 마음으로 베로나와 셰익스피어를 이야기하는 도중에 차창 밖이 어두워지더니 비가 쏟아지기 시작한다. 비가 차창 밖 풍경을 더욱 푸르게 하여 풍광이 좋아지기는 하지만 비가 그치지 않으면 오늘 저녁 베네치아 관광이 어려워질 것이 걱정되었다.

베로나에서 파도바 사이에서 조금 지체한 열차는 베네치아의 육지 쪽 도시인 메스트레역에 15분 정도 연착하였다. 열차에서 내려 베네치아 관광 후 피렌체로 이동할 기차표를 예약해 두고는 택시를 타고 아리스톤 메스트레 호텔로 이동하였다. 메스트레 시가지를 빠져 나와 조용한 주택가에 자리 잡은 호텔은 아담한 규모에 상당히 깨끗하다. 체크인을 하고 방에 들어가 짐을 정리하자마자, 조금이라도 어두워지기 전에 베네치아에 도착하기 위해 택시를 불렀다.

베네치아 관광은 로마 광장에서 시작한다. 육지 지역에서 긴 다리를 건너면 기차는 직진하여 산타루치아역으로, 차량은 역 건너편에 있는 로마 광장을 향해 우회전한다. 로마 광장에는 물의 도시 베네치아의 교통 중심지답게 온갖 물위를 다니는 교통편이 다 모여 호객을 한다. 싼 값에 베네치아 이곳저곳을 찾아다닐 수 있게 해주는 대중적인 수상 버스, 빠른 시간 안에 이동이 가능한 수상 택시, 관광객들이 베네치아를 둘러보기에 가장 편리한 곤돌라 등이 로마 광장 앞에 손님을 기다린다. 어두워지기 전에 베네치아 관광의 중심인 산마르코 광장 지역으로 이동하기 위하여 수상 택시를 탔다.

우리가 탄 수상 택시는 로마 광장을 출발하자마자 우회전하여 대운하를 벗어나서 골목길로 들어선다. 커다랗게 S자를 그리고 있는 대운하를 따라가는 것보다 골목으로 직진하여 저 쪽 대운하로 가는 것이 시간을 벌 수 있나 보다. 골목으로 들어서자 좁은 수로 양 옆에 가정집인 듯한 건물들이 이어진다. 약간 높은 곳에 자리한 집 마당에는 꽃과 나무가 심어져 있지만 수로에 직접 이어지는 건물들은 바닷물에 절어서 건물 외벽이 상당히 부식되어 있다. 섬이 점점 침하하는지 바다가 높아지는지 대부분의 건물은 일층이 이미 물에 잠겨서 주민들은 작은 배를 타고 현관을 지나가거나 집 앞에 배를 세우고 무릎까지 차는 물속을 점벙거리며 이층으로 올라가야 할 지경이다.

베네치아의 역사는 바다를 육지로 만드는 과정으로 이해할 수 있다. 6세기 중엽 아틸라가 이끄는 훈족들이 유럽을 유린할 때, 호전적인 이민족들에게 쫓긴 롬바르디아 사람들이 석호와 석주로 이루어진 바닷가에 터를 잡으면서 지금의 베네치아가 시작된다. 그들은 협소하고 습한 이 지역에서 살아남기 위하여 육지를 만들기 시작하였다. 유고 지역에서 목재를 수입해 얕은 개펄에 박고 그 위에 석재를 깔아 섬을 만들고 그 위에 건축물들을 지은 것이다. 그러니까 지금 베네치아를 이루고 있는 많은 육지들은 석호와 석주와 개펄 위에 만들어진 인공섬인 것이다.

그들의 노력은 6세기 말에 이미 12개의 섬을 만들어 취락을 형성하였다. 이때 베네치아의 중심은 리알토 섬으로 이후 베네치아 번영의 심장부가 된다. 육지에서 밀려난 베네치아 사람들은 일찍이 바다로 눈을 돌렸고, 7세기 말에 이르러 베네치아는 동부 지중해 지역의 무역의 중심지로 성장하게 된다. 이후 10세기 말에 이르러 해상 무역에서 얻은 경제력을 바탕으로 베네치아는 피렌체, 제노바, 피사 등과 함께 북부 이탈리아에서 가장 부강한 도시의 하나로 성장한다. 이후 지속적인 번영으로 도시의 중앙에 S자형의 대운하를 만들고, 바다 쪽 운하 출구의 기슭에 자리한 산 마르코 광장 주변에 산 마르코 대성당을 비롯한 두칼레 궁전과 많은 건물들이 지어지게 된다. 현재 우리가 베네치아에서 볼 수 있는 도시의 모습이 13세기에 이미 완성된 것이다.

무려 800년이 넘는 시간을 베네치아는 물 위의 도시로 명성을 유지해 왔다. 그러나 애초에 지반이 약한 개펄 위에 건립된 베네치아에는 지반이 침하할 위험성이 상존하고 있었다. 20세기에 들어와 베네치아의 침하는 매우 빠른 속도로 진행되고 있어 전 지구적인 관심을 불러일으키고 있다. 유네스코에서도 베네치아를 침수에서 구할 방법을 마련하기 위한 많은 노력을 기울이기 시작한 것이다. 그러나 이미 베네치아는 여러 곳에서 침하가 심화되어 많은 건물의 일층이 물에 잠기고 있으며, 지반의 침하에 따라 건물에 균열이 가고 일부 건물들은 기울어지기 시작하고 있다.

수상 택시는 이십 분도 안 걸려 우리 넷을 산 마르코 광장 앞에 내려준다. 바닷가에 정류되어 있는 곤돌라를 살펴보며 광장 쪽으로 다가가자 광장은 이미 물에 잠겨 있고 사람들은 맨발로 바지를 걷고 광장을 돌아다닌다. 넓은 광장이 물에 차고 보니 광장 옆 회랑에 자리 잡은 상점들이 넘쳐나는 물에 위협을 받고 있다. 광장 옆에 자

물에 잠긴 베네치아—모든 기억은 의식의 수면 아래 잠긴다

리한 산 마르코 성당과 세례당도 이미 계단 두 개 정도가 물에 차 있다. 성당 건너 조금 높은 곳에 자리한 종탑 계단에는 많은 관광객들이 줄지어 서서 산마르코 광장의 안타까운 모습을 지켜보고 있다.

물의 위협을 받고 있는 산 마르코 성당은 베네치아의 역사이자 자랑이다. 8세기부터 18세기 말까지 천백 년이 넘는 기간 동안 베네치아 총독의 집무실이었던 두칼레 궁전 옆에 화려한 모습으로 서 있는 이 성당은 천 년이 훨씬 넘는 역사를 가지고 있다. 성인의 유골을 모시는 것이 도시의 자랑이자 명예이기도 한 시대에 베네치아의 상인들은 이집트의 알렉산드리아에서 성 마르코의 유골을 베네치아로 모셔와 829년부터 832년까지 4년 간의 공사 끝에 이 자리에 납골당을 세운다. 이후 성 마르코는 베네치아 공화국의 수호성인이 되었고, 11세기에 베네치아가 최고의 번영을 누리던 시기에 현재의 산 마르코 성당으로 재건되어 현재에 이른 것이다. 건물의 자체의 화려함은 물론 금으로 된 장식과 벽화가 아름다운 이 성당 외벽에는 성 마르코의 유골을 생선 상자에 감추어 왔다는 전설부터 그가 베네치아의 수호성인이 되기까지의 과정이 성화로 그려져 있어 관광객의 발길을 붙든다.

산 마르코 광장과 성당 뿐 아니라 광장 일대의 거의 모든 건물들이 침수의 위험을 안고 있어 안타까울 뿐이다. 산 마르코 광장을 뒤로 하고 바다를 바라보고 서 있는 사자상을 거쳐 탄식의 다리를 구경하고, 바다를 끼고 가다보니 길가의 음식점들이 식당 안으로 들어온 물을 퍼내느라 정신이 없다. 바닷가에 쌓아놓은 축대들도 낮은 곳은 바닷물에서 30센티미터 높이밖에 되지 않아서 파도가 치면 물이 길 위로 올라온다. 바다가 매우 잔잔한 오늘도 이렇다면, 물론 베네치아 바다가 내해라 큰 파도는 없겠지만, 파도가 조금이라도 높은 날은 바닷물이 길을 넘어 도시로 밀려들 것은 번연한 일이다. 베네치아의 침수 위기를 눈으로 바라보며 그 심각함에 대해 깊은 우려를 하지 않을 수 없었다.

날은 어두워 오고 저녁 식사를 해야겠는데 거의 모든 식당들이 건물 안에 들어찬 물 때문에 손님을 받지 못하고 노천에서 영업을 한다. 우리도 다소간의 불편을 감수하고 바다가 잘 보이는 노천 레스토랑에 자리를 잡고 가벼운 식사를 하기로 하였다. 음식을 주문하고 기다리면서부터 자연스레 베네치아의 침수 문제가 화두가 된다. 도시 전체를 지반 침하의 위험에서 구한다는 것은 불가능한 일이라는 둥, 앞으로 100년 이내로 도시 대부분이 이삼 층 정도까지 침수될 것이라는 둥, 이미 상당히 많은 건물들이 금이 가고 기울기 시작했으니 멀지 않은 장래에 건물의 상당수가 붕괴할 것이라는 둥 주위에서 들은 베네치아의 장래에 대한 어두운 전망이 주를 이루었다. 사실 우리가 오늘 본 많은 건물들이 이미 금이 가고 기울어지기 시작한 점을 생각하면 이런 전망이 잘못된 것은 아니라는 생각이 든다.

인류 문명이 과학과 기술의 힘으로 엄청난 번영을 이루었지만 인류 문화유산과 관련하여 아직도 해결하지 못하는 일들이 너무나 많다. 현재의 기술로는 피사의 종탑이 기울어지는 것을 막지 못하고, 진시황제의 병마용 갱에서 출토되는 유물들의 변색을 막지 못하고, 석굴암의 습기 문제를 해결하지 못하고 있는 것이다. 이런 정도의 기술 수준에서 개펄 위에 세워진 거대한 한 도시가 가라앉는 것을 어떻게 막을 수 있겠는가. 유네스코를 중심으로 세계의 전문가들이 힘을 합쳐 이 위대한 인류 문화유산을 보존할 수 있는 방안이 마련되기를 기원하며, 어두워지는 바다를 배경으로 하나둘씩 불빛이 빛나기 시작하는 베네치아의 밤을 위하여 건배하였다.

산 마르코 광장에서 로마 광장으로 돌아오는 길은 베네치아의 야경을 좀 더 즐기기 위하여 수상 버스를 이용하기로 했다. 베네치아에는 수없이 많은 노선의 수상 버스들이 운행된다. 우리가 탄 수상 버스는 산 마르코 광장에서 대운하를 따라 로마 광장으로 이동하며 손님을 태우고 내려주며 천천히 운항한다. 수상 버스는 값도 1유로로 매우 싸고 느린 속도로 베네치아의 여러 지역을 이동하여 베네치아 전역의 풍광을 찬찬히 감상할 수 있다는 점 때문에 관광객들에게 인기가 매우 높다.

수상 버스가 출발하자마자 수로 건너편에는 베네치아 인구의 삼분의 일인 5만 명 이상을 죽음으로 내몬 흑사병이 물러난 기념으로 1630년 성금을 모아 건립했다는 산타 마리아 살루떼 성당이 야간 조명 속에 웅장한 자태를 드러낸다. 공사 중이라 건물 상단 부분이 가려져 있기는 하지만 베네치아의 대표적인 성당답게 대리석 장식의 현란함과 위용이 대단하다. 대운하 주변의 건물들에서 빛나는 불빛과 야간 조명으로 아름답게 모습을 드러내는 운하 주변의 건물들, 옆으로 스쳐 지나가는 배들과 건물마다 빛나는 불빛들이 베네치아의 야경을 더욱 돋보이게 한다. 산 마르코 광장을 떠나 몇 정거장을 지나지 않아 아카데미아 다리와 다리 옆에 웅장하게 서 있는 아카데미아 미술관 건물이 야간 조명을 받아 물위에 떠있는 듯한 자태를 드러낸다.

아카데미아 다리 밑을 지나 몇 정거장 지나지 않아 대운하에서 가장 아름다운 다리라는 리알토 다리가 야간 조명 속에 아치형 다리의 절반은 은빛으로 절반은 금빛으로 빛나고 있다. 다리 위에는 많은 관광객들이 운하 쪽을 내려다보고 있고, 다리

리알토 다리—운하가 있어야 다리를 만든다

양 옆 카페에는 많은 손님들이 탁자에 앉아 한 잔의 술을 앞에 놓고 베네치아의 밤을 즐기고 있다. 불빛 아래 여행객들이 베네치아의 낭만을 만끽하는 가운데 어둠 속에서는 곤돌라들이 손님을 태우고 흔들거리며 지나가면서 어두운 밤 운하의 멋과 흥취를 더욱 돋우어 준다.

12세기 베네치아 인구가 많아지고 물동량이 엄청나게 늘어나자 대운하를 건너는 다리의 필요성이 대두되어 대운하에서 가장 폭이 좁은 리알토 지역에 나무로 만든 다리를 놓은 것이 이 다리의 시작이다. 16세기에 이르러 다리의 효용성을 높이기 위하여 대리석으로 건축한 지금의 다리는 20미터가 넘는 넓은 폭으로 또 아름다운 아치로 너무나 유명하다. 대운하를 건너는 다리가 세 개나 되는 지금도 베네치아의 중심으로 서 있는 리알토 다리는 베네치아 사람들의 삶을 살펴 볼 수 있고 대운하의 모습을 가장 잘 감상할 수 있는 곳이라는 점에서 엄청난 관광객들을 불러 모은다. 우리네 사람도 내일 낮에는 리알토 지역을 둘러보고 다리를 건너 베니치아의 중심가를 자세히 살펴볼 계획을 짜면서 리알토 다리와 대운하의 야경이 주는 짙은 유혹 속으로 빠져 들었다. 硏

시칠리아의 태양과 안토니오

　　나폴리 항을 떠나 시칠리아의 팔레르모로 가는 티레니아 호는 기차 몇 량을 적재할 수 있을 만큼 우람하였다. 10여 시간의 항해를 위해 우리에게 제공된 것은 여객선 5층에 있는 2인용 객실인데, 여기에는 침대 두 개와 욕실이 비치되어 있었다. 그러나 그것이 무슨 필요가 있겠는가. 우리가 언제 이 지중해의 밤을 지나갈 수 있겠는가. 우리는 갑판에서 객실로 들어가는 것도 잊고 멀어지는 나폴리와, 그리고 지중해의 밤과 새벽을 바라보고 있었다. 지중해의 밤 여행이라니. 오래 전부터 나는 아침 운동을 하느라 새벽에 깬다. 그렇게 하기 위해 12시 이전에는 반드시 자는 것이 습관이 되어 있는데, 지중해의 밤을 즐기기 위하여 잠을 잘 수가 없었다. 계속하여 배는 시칠리아를 향하여 가고, 그래서 나는 갑판에 서 있다가 푹 쓰러지며 졸 수밖에 없었다. 적당하게 마신 맥주의 달콤함도 더 이상 지중해를 붙들지 못하게 했다. 나, 도저히 안 되겠어, 하면서 객실에 들어가서 자고 나오니, 석우는 벌써 사진기를

나폴리 야경—불빛에 취하는 밤은 늘 짧다

들고 이리저리 앵글을 잡고 있었다. 팔레르모가 가까워오고 있는 것이다.

　그냥 영화 〈대부〉의 배경으로만 알고 있었던 시칠리아는 그리스와 로마가 혼합되어 있는 곳이었다. 그리고 아르키메데스의 고향이라는 것을 여기에서 체감할 수 있었다. 우리가 그의 고향인 시라쿠사에서 머물렀던 호텔이 바로 아르키메데스였지만, 호텔 어디에도 그의 흔적은 남아 있지 않았다. 마치 철모르는 로마 병정에게 죽음을 당한 것처럼, 그는 다만 그리스의 철학자로서 과학 서적에만 남아 있는 것처럼 보였다. 팔레르모에서 우리를 기다리고, 또 아르키메데스 호텔에서 우리와 함께 저녁을 보내기 위하여 저 먼 독일의 쾰른에서 온 조성복 선생 부부는 우리를 감격하게 했다. 지금은 독일 대사관에서 근무하고 있는 그들 부부는 중학교 은사였던 우공을 만나러 그 먼 곳을 찾아 왔다. 좋은 직장 잘 다니다 공부하겠노라 독일로 유학하였지만, 학위 과정은 늦어지고 미래는 불투명하니 얼마나 답답하겠는가. 다소곳이 남편을 시중하는 아내의 모습도 가슴 뭉클하게 했다. 아, 그들의 앞날에 행운만 있었으면 좋겠다, 우리는 모두 소원하였다. 그렇게 착하고 순수한 사람들이 사회 변화의 주체가 되었으면 좋겠다는 생각도 들었다.

우리가 탄 승합차를 운전하였던 다리오는 바로 조성복 선생의 시칠리아 친구인 지오반니가 소개해준 분이었다. 시칠리아의 기간 동안 그는 열성적이고 탐구적인 자세로 우리와 호흡을 잘 맞추어 주었다. 좋은 사람과 더불어 살 수 있는 행복함이라니, 이러다가 혹시 그렇지 않은 사람과 만난다면 어떻게 그런 상황에 대처할 수 있을까. 그렇다고 이를 위하여 훈련할 수도 없는 일 아닌가, 쓸데없는 걱정까지 해야 했다. 그는 가이드를 하면서도 미술사학자의 꿈을 잃지 않고 있었다. 가이드로서의 수다스러움은 여느 사람들과 비슷하였지만, 교양과 가슴 속 깊은 곳에서 우러나는 파토스가 내내 우리를 감동스럽게 했다.

시칠리아를 이탈리아 여행의 중심으로 택한 것은 참 잘한 일이었다. 보통의 경우처럼 로마와 나폴리, 그리고 밀라노나 베네치아로 목표를 정하였다면, 이 시칠리아가 가지고 있는 깊은 멋과 역사는 되돌아보기 어려웠을 것이다. 잘 알려진 이탈리아로 우리의 여행을 끝내고, 그리고 다 보았다는 듯이 다른 곳으로 시선을 돌렸을 것이기 때문이다. 우리는 이탈리아에서 타자의 위치일 수밖에 없는 시칠리아에서 더 이탈리아를 느낄 수 있었다. 그리스와 더 가까워 로마의 침략 대상이 되었던 곳, 그래서 로마의 영역이 되었지만 멀리 떨어져 수탈의 대상이 되었던 곳, 그것이 마피아와 관련짓게 하였는지도 모른다. 거기에는 수많은 그리스 유적들이 그리스보다 더 생생한 모습으로 남아 있었다. 각 곳에 세워져 있는 성당은 그 자체가 하나의 역사였다. 마치 우리나라의 문화유적지가 사찰 중심으로 이루어진 것처럼, 유럽은 성당 중심으로 관광을 하도록 되어 있는 것이다.

세제스타와 아그리젠토에 남아 있는 신전과 도시의 흔적들은 그 자체가 광대한 인류의 유산이라는 생각이 들었다. 어디에 가서건 느끼는 것이지만, 특히 100 미터가 넘는 산 정상에 세워진 도시를 보며 그 도시를 건설했을 수많은 노예들의 삶이

아그리젠토—신들의 계곡, 신전에 신들은 떠나고

자꾸 떠올랐다. 그곳을 오르는 우리는 가진 짐이 하나도 없는데, 흘러내리는 땀을 주체할 수 없었다. 그들은 어떠했을까? 미래에 대한 비전도 없이 그저 묵묵히 주인과 종이라는 관계 속에서 착취를 당했던 그들의 생활은 누가 보상해야 하는 것일까? 이념과 신분과 성별, 국가, 그리고 종교를 만들어 소수의 사람들은 대다수의 선량한 사람들을 동물처럼 학대해도 아무런 죄의식을 느끼지 않게 하였다. 그것이 인류가 만든 가장 비극적인 차별의 역사일 것이라는 생각이 들었다. 그 차별 속에서 자신들은 지배하는 부류 속에 들어 있다는 오만함, 또는 자신의 선조는 그런 사람이었다고 자랑스러워하는 일이 얼마나 부끄러운 일인가. 그런 생각이 가득하여 엄청난 구조물을 볼 때마다 가슴이 메어오는 것이었다.

시칠리아의 정원에서 또 하나 볼 수 있는 것은 파피루스라는 식물이었다. 인류의 역사는 말의 시대에서 글의 시대로 전개되었다. 글을 사용함으로써 우리는 말이 가지고 있는 장소와 시간의 제약을 떨쳐버릴 수 있었던 것이다. 그러나 이 말도 또한 지배와 피지배의 관계 속에 녹아들었다. 글자를 알지 못하는 사람들은 자연스럽게 피지배의 굴레를 안고 살아야 했다. 글사를 안다고, 일부의 글자 아는 사람들은 그렇지 않은 사람들을 거만하게 억눌렀다. 세종대왕의 한글 발명은 그런 의미에서 글자 사용을 보편화시키고자 한 고심의 결과물이라고 할 수 있다. 누구나 글자를 알아, 글자라는 수단이 사람의 능력보다 우선하는 것을 막고자 했을 것이기 때문이다. 파피루스를 보면서 그 속에서 종이를 추출해냈던 사람들이 가지고 있었던 생각, 그리고 닥나무에서 한지를 제조해내면서 가졌을 우리 선인들의 문화에 대한 생각을 비교해보는 상념에 빠지기도 했다. 우리가 바라는 미래의 이상적인 사회는 어떤 것일까? 속 시원한 대답이 바로 나올 수는 없지만, 분명 인간 외적인 문제로 사람을 차별하지 않는 사회가 이상적인 사회의 한 부분이 될 것이라는 점은 분명해 보인다.

각각의 역할을 존중하며 살아가는 사람의 모습을 발견하는 것은 즐거운 일이다. 수많은 석상과 모자이크로 장식된 박물관을 본 뒤에 우리는 슈퍼마켓 앞에서 간단히 식사를 하기로 하였다. 상점 안에는 우리가 먹을 수 있는 갖가지 음식과 과일이 진열되어 있어 쉽사리 상점 앞에 놓여 있는 야외의 식탁을 풍성하게 장식할 수 있었다. 이것을 주세요, 저것을 주세요. 우리는 자신의 기호에 따라 갖가지 먹을거리로 식탁을 장만하였다. 계산대 앞에 앉아 있는 여인은 퍽이나 상냥스럽게 우리의 요구를 다 들어 주었는데, 반드시 결정적인 순간은 "안토니오!" 하면서 자신의 남편을 부르는 것이었다. 그러면 남편은 아무 말 없이 순직한 하인처럼 아내의 말을 들었고, 그리고 안토니오는 아내가 요구하는 어떤 것도 서슴없이 해결해 주었다. 생선을 벗기는 일, 선반 위에 놓여 있는 음식을 내려오는 일, 그리고 포도주의 병을 따 주는 일. 그에게 있어 어떤 일도 막히는 일이 없었다. 우리는 몇 번이나 "안토니오!" 하는 부인의 사랑스러운 목소리를 들을 수 있었다. 그런 모습이 퍽 인상적이어서 우리도 그 모습을 여행 기간 중에 흉내를 내기도 하였다. 능력이 출중하고, 어려운 일에 서슴없이 나서기 좋아하는 우공에게 우리는 "우토니오!" 하면서 힘든 일을 시키곤 하였다. 그러면 우공은 그 안토니오처럼 씩 웃으며 척척 부탁한 일을 해주곤 하였다.

서로의 역할을 인정하고 조화를 이루면서 살아가는 일은 인간관계를 원활하게 하는 근간이라고 할 수 있다. 그러나 이런 일을 누가 모를 것인가. 그런데도 우리는 제도나 이념 속에 함몰되어 매 순간, 이 중요한 원리를 잊어버리곤 한다. 그리고 그것이 습관이 되면, 그 불평등을 자연스러운 것으로 인정해버리는 것이다. 공자는 인간의 가장 중요한 덕목을 용서와 겸손으로 요약하기도 하였다. 그러나 용서란 용서할 수 있는 자격을 전제한다는 점에서 그렇게 탐탁한 항목이 되지 않는다고 생각한다. 자신이 용서할 수 있는 위치라고 생각했을 때, 그것은 이미 대상과의 평형적인 관계는 무너질 것이기 때문이다. 그런 점에서 겸손한 것만큼 사람을 사람답게 하는 덕목은 없을 것이다. 어떤 일이 있을 때, 그것이 내게 일어난다면 어떻게 될까 하면서 자신을 돌아보는 일이 바로 겸손한 것이라고 본다. 그것이 용납되지 않는 사회에서, 그것은 바보와 같은 행동으로 보일 수 있지만, 바보처럼 보인다고 하여 무엇이 두려운가. 그것이 바보라면, 그런 바보들이 충만한 사회야말로 진정 살 만한 사회일 것이다. 웃으면서 일을 해내는 안토니오가 되기를 나는 바라고 있다. 🈴

오스티아 안티카에서의 사건

시칠리아 동부의 카타니아 공항에서 새벽 같이 출발한 비행기는 아침 여덟시 반에 로마 피우미치노 공항에 도착하였다. 오후 2시가 다 되어서야 프랑크푸르트행 비행기를 타야 하는 우리들로서는 남는 시간이 아깝다는 생각에 이 시간을 의미 있게 보낼 방안을 궁리했다. 여행안내 책자에서 공항으로부터 멀지 않은 곳에 로마 시대의 도시 유적인 오스티아 안티카(Ostia Antica)가 있다는 사실을 확인한 우리는 그곳을 답사하기로 하고 비행기에서 내리자마자 택시에 올랐다.

공항에서 오스티아 안티카로 가는 길은 주변에 집들도 별로 없고 좌우로 겨울을 지나 누렇게 변한 밀밭들이 이어지고 우산 소나무들이 듬성듬성 서 있는 매우 한가한 도로다. 들판 사이로 잘 닦여진 도로를 달리다 보니 강의 하구인 듯한 곳에 놓인 다리를 건너는데 강 하구 쪽 멀리 바다가 보인다. 누렇게 물든 밭의 황량한 모습이 중부 이탈리아의 독특한 초여름 풍경을 연출한다. 서양 그림들을 보면서 오월의 들판 풍경이 누렇게 그려진 것이 이상하더니 이번에 이탈리아를 와보니 그것이 겨울을 난 곡식들이 여물어가는 실경임을 알겠다.

들판을 삼십분 정도 달려 우거진 우산 소나무 숲 사이에 위치한 오스티아 안티카 주차장에 내렸다. 그저 평범한 들판에 자리한 소나무 숲 우거진 휴양지에 내린 것이 아닌가 하는 착각이 들었지만, 입장료를 내고 입구를 통과하니 붉은 벽돌로 지은 건물의 벽과 돌기둥들이 곧게 뻗은 길을 따라 도열해 있다. 지붕은 사라져버리고 벽과 기둥들이 도열한 가운데로 돌로 포장된 길이 곧게 뻗어 있고 돌 사이사이에 풀이 돋아난 풍경이 사람 살지 않는 오래된 도시의 정감을 풍긴다.

돌을 깐 도로 바닥이 바퀴 자국에 깊이 패인 모습이나 도로 양쪽으로 가게였을 듯한 건물들이 이어지는 넓은 길의 모습은 폼페이의 유적과 유사하다. 폼페이가 화산재 속에 오랜 기간 파묻혀 있다가 발굴된 탓인지 벽돌의 빛깔이 많이 퇴락한데 비해 이곳 오스티아 안티카는 벽돌들이 선명한 것이 눈이 부실 정도이다. 그렇지만 로마나 폼페이 유적이 퇴락한 벽의 상단을 자연스럽게 보존 처리해둔 데 비하여 이곳은 거의 모든 유적의 상단부를 더 이상의 퇴락을 막기 위한 조치인 듯 회반죽으로 둥글게 포장을 해두었는데 유적 모습이 변형된 것 같아 다소 눈에 거슬린다.

도로의 돌바닥 사이사이마다 풀이 비집고 나왔고 집안이나 사람의 발길이 닿지 않는 곳에는 풀이 무성하고 유적 지역의 바깥과 조금 넓은 공터에는 우산 소나무들이 큰 그늘을 만들고 있다. 길을 따라 이곳저곳 두리번거리며 걷다 보니 머리 부분이 떨어져 나간 인체상과 상당 부분이 파괴된 여러 모습의 석상들이 곳곳에 서 있어서 영화로웠던 오스티아의 옛 모습을 떠올릴 수 있게 해준다. 그리고 곳곳에 건물 앞 벽에 걸어둔 막시무스, 헤레나와 같은 로마 시대의 문패 조각들이 당시의 건물 주인을 알게 해 주어 유적을 더욱 자세하게 관찰하게 된다.

이어지는 옛 상가 사이의 길을 따라 걸어가다가 시칠리아를 떠날 때부터 들고 다

넸던 약간의 음식불늘을 저리하기 위하여 유적들에서 벗어나 너른 풀빝에 둘러앉았다. 팔레르모에서 리오토 교수 부부가 마련해 준 술 중 마지막 남은 레몬주 한 병과 약간의 안줏거리 그리고 카타니아에서 마시다 남은 맥주 몇 병과 과자들을 앞에 놓고 사방을 둘러보았다. 마치 경치 좋은 한적한 야외에 소풍을 나온 기분이다. 찾는 사람이 별로 없는 로마 시대의 도시 유적 오스티아 안티카. 푸르름 속에 태양은 작열하고 살랑거리는 바람에 묻혀 새들의 노랫소리와 매미 울음소리만 들려오는 것이 마치 다른 세상에 와 있는 듯한 느낌을 떠올리게 된다.

아침을 비행기에서 빵 한 조각으로 부실하게 챙긴 우리는 푸짐한 음식에 행복한 마음으로 우리의 여행을 위하여 건배했다. 또 우리를 학술모임에 초대해 주고 여행 첫날 로마에서 한국인 부인과 함께 점심식사 자리를 함께 해준 산탄젤로 교수와 팔레르모에서 자신의 집으로 초대해 즐거운 시간을 갖게 해주고 적지 않은 포도주와 안줏거리를 챙겨주어 맛있는 여행이 되게 해준 리오토 교수 부부와 시칠리아 여행 전체를 기획해주고 시칠리아까지 와서 우리와 함께 시간을 보내준 쾰른의 조성복 박사 부부 그리고 우리의 편안한 시칠리아 여행을 위해 이박삼일 동안 운전해준 수다쟁이 시칠리안 다리오에게 감사하는 시간을 가졌다. 한 번의 여행이 편안하고 기억에 남는 여정이 되기 위해 얼마나 많은 사람의 도움을 받아야 하는가.

테베레 강의 하구에 자리한 오스티아는 로마 외곽의 항구 도시로서 기원전 4세기경부터 경제적인 부를 획득하여 한때는 인구 십만을 헤아릴 정도로 번창하여, 대부분의 시민들이 3층이 넘는 아파트 형태의 집에 살았을 정도였다고 한다. 로마에 해군이 창설되자 오스티아는 해군 기지가 되어 더욱 번성했고, 기원전 3세기에 발발한 포에니 전쟁 중에는 이탈리아 서해안의 해군 기지 역할을 하면서 번영을 구가하였다. 그러나 해안의 모래톱이 높아지고 강의 물길도 바뀌면서 대형 선박이 테베레 강을 따라 들어오기에 부적합해지면서 급속히 쇠락하기 시작한 오스티아는 2세기 말

오스티아 안티카의 유적—로마 근교에 로마와 맞선 옛 도시

이후에는 새로 지은 건물이 거의 없을 정도로 놀락하게 된다.

이후 교황 그레고리우스 4세(827~844 재위)가 지금의 오스티아 근처에 그레고리오 폴리스를 건립하게 되자 오스티아는 사람이 살지 않는 잊혀진 도시가 되고 말았다고 한다. 19세기 말부터 교황청이 중심이 되어 발굴되기 시작한 이곳 오스티아 안티카는 현재 로마 시대에 가장 번성했던 도시 규모의 3분의 2정도가 발굴되어 폼페이와 함께 로마 시대의 화려했던 도시의 모습을 짐작하게 해 주는 좋은 유적지가 되고 있다.

오스티아 안티카의 중심으로 난 넓은 도로를 따라 가면 가게들이 모여 있었던 광장 지역이 있고, 그 근처로 사람들이 살던 주택들과 신전의 유적들도 산재해 있다. 특히 관중석의 반원형 계단이 거의 완전한 형태로 남아 있는 극장으로 통하는 입구 양쪽 벽에는 당시 극장을 장식했던 조각품들이 걸려 있어 화려했던 옛 모습을 떠올릴 수 있게 해준다. 그리고 극장 안에는 반원형 관중석 앞에 남아 있는 무대 유적에 마루를 깔고 조명 시설을 설치하여 여름철 관광객을 맞아 공연할 준비에 바쁘다.

이탈리아 여기저기를 가면서 보게 되는 로마 시대의 극장들이 아직도 연극을 위한 공간으로 쓰이고 있는 것은 참으로 인상적이다. 벽돌과 돌로 쌓아 만든 오스티아 안티카의 극장은 이천 년 가까운 세월이 지난 현재까지 반원형의 관중석 계단과 관중석 앞의 장방형 무대의 기초 그리고 무대 뒤에 도열한 돌기둥까지 거의 완전한 모습을 보여준다. 이러한 건축물의 모습은 나무로 지었던 건물 부분이 모두 사라져 주춧돌만 제자리를 지키고 무너져 내린 기왓장들이 널려 있는 경주의 모습과 대비된다. 돌로 만든 문화의 강고함이여. 폐허로 남아있는 돌들의 강렬한 울림이여.

또 오스티아 안티카 여기저기에 남아 있는 유적들의 상당수는 로마 시대 아치의 모습을 아직도 온전한 형태로 보여준다. 로마인들이 처음 개발한 것으로 알려진 아치는 건물 내의 공간을 넓게 할 수 있다는 점에서 열주식의 그리스 건축에 비해 엄청난 건축학적인 발전으로 평가된다. 또 공학적으로 매우 견고한 구조인 아치는 다른 어떤 형태의 건축물보다 오래 보존될 수 있기도 하다.

로마 여기저기에 남아 있는 오래된 건물들이 거의 모두 아치로 되어 있다는 점은 이러한 아치의 건축학적 중요성을 알게 해준다. 로마 시내의 시가지에 남아 있는 많은 로마 시대의 건축물들과 로마 주위에 아직도 엄청난 높이로 늠름하게 서 있는 로마 시대의 수로는 아치로 되어 있었기에 이천년을 견딜 수 있었던 것이다. 또 그 유명한 로마 시내의 건축물 판테온 역시 반구형 아치로 되어 있는 지붕 덕에 엄청난 건물 내의 공간을 아직까지 완전한 형태로 보존할 수 있었던 것이다.

오스티아 안티카에도 수없이 많은 아치들이 남아 있다. 극장의 반원형 계단식 관중석도 아치의 문에 기대어 견고하게 남아 있고 도시 곳곳에 아치 형태의 문 유적들이 남아 있다. 더욱이 단층의 벽들만 남아 있는 사이사이에 이삼 층의 옛 모습을 간직하고 있는 건물의 벽들은 거의 모두 아치를 벽에 담고 있다. 벽돌과 돌로 짓고 또 아치를 사용함으로써 로마의 유적들은 현재까지도 그 시절의 모습의 편린을 보여준다. 바로 그것이 한 해에 수천만의 관광객들이 이탈리아를 아니 로마를 찾게 되는 중요한 이유이다.

오스티아 안티카에서 무엇보다 유명한 것은 목욕탕 유적이다. 오스티아가 한창 번성했을 때 로마 황제의 하사금으로 지어졌다는 세 군데 목욕탕은 그 천장과 외벽은 거의 무너져 버렸지만 당시 목욕탕 바닥의 모자이크 장식은 현재까지 남아 로마 시대의 모자이크 예술의 편린을 볼 수 있게 해준다. 특히 오스티아 안티카 유적지 출입구의 오른편에 위치한 대목욕탕의 바닥 모자이크는 사방 10미터에 가까운 넓은 면적에 중앙의 배수구를 중심으로 마차와 말과 건장한 남성상을 새기고 바깥쪽에 벽돌 무늬로 마감한 것이 당시 목욕탕의 화려함을 직접 느낄 수 있게 해준다.

두 시간 가까이 오스티아 안티카를 관광한 우리는 기념품점에 들러 몇 가지 물건

오스티아 목욕탕—목욕탕 바닥에 아름다운 타일의 문화사전

을 구입한 후 공항으로 돌아가기 위하여 급히 출구로 나왔다. 안내 책자에 의하면 오스티아 안티카를 나와 오른편 큰길로 가면 공항으로 가는 버스가 있다고 나와 있어서 버스 정류장으로 갔으나 버스 표지판에 공항행 버스가 없다. 시간도 촉박한데 막연히 버스를 기다리고 있을 수는 없어서 서둘러 도보로 10여분 거리에 있다는 오스티아 안티카 기차역으로 달려갔다. 그런데 열차의 배차 간격이 길어서 다음 공항행 기차를 타면 비행기 시각에 대어 공항에 갈 수가 없게 되어 있다. 기차나 버스가 우리를 위해서 움직여줄 수는 없는 일. 우리는 역 앞에서 택시를 기다려 보기로 하였지만 워낙 타고내리는 승객이 적은 시골역이라 택시가 올 것을 기대하기는 어렵게 되어 있다.

갑자기 마음이 다급해진 우리는 공항으로 가는 방법을 역에도 알아보고 역 주변에 있는 사람들에게 물어도 보았으나 막연한 대답뿐이다. 황당해진 우리는 일단 물이라도 마시고 방책을 강구해 보자며 역 앞의 작은 가게로 들어가 물을 사서 마시는데 우리들이 우왕좌왕하는 모습을 보고는 가게의 젊은 남자 점원이 무슨 일이냐고 묻는다. 풀뿌리라도 붙드는 심정으로 점원에게 상황을 설명했더니 젊은 친구는 마치 자신의 일인 양 급하게 여기저기 전화를 걸어 택시를 부르더니 10분 이내로 택시가 도착하니 걱정하지 말란다.

무어라 이 젊은 친구에게 감사의 말을 해야 하나. 이번 이탈리아 여행에서 이탈리아 사람들에 대한 인식을 바꿀 수밖에 없었다. 남의 어려움을 자신의 일처럼 생각하고 적극적으로 도와주는 이탈리아 사람들의 순박한 마음씨. 시라쿠사를 떠날 때, 석영이 바닷가 벤치에 여권이 든 손가방을 놓고 온 것을 모르고 구시가를 벗어나는 다리에서 깜짝 놀라 되돌아가니 산책을 나온 할아버지가 우리가 가방을 놓고 가는 것을 보고는 언젠가는 돌아올 것이라 생각하고 무려 이십분 가까이 가방을 지켜주었던 일이 생각났다. 우리가 도착하자 없어진 것이 없나를 확인하고 난 후, 답례하려는 우리를 만류하고 자기 갈 길을 간 할아버지.

산업화되고 도시화되면서 삶이 매우 각박해졌다는 이탈리아, 유럽 어느 나라보다 집시들이 많이 살아서 좀도둑과 소매치기가 많기로 소문난 이탈리아 아닌가. 인터넷에서 이탈리아 여행담을 검색해 보면 로마나 밀라노 지하철에 관광객이 반 소매치기가 반이라는 말이 숱하게 돌아다니지만 이번 여행에서 경험한 이탈리아는 전혀 그런 느낌을 주지 않는다. 정말 인터넷에 글을 올린 사람들이 이탈리아에서 무슨 피해를 보기는 본 것일까? 아무런 경험도 없이 남에게 들은 이야기를 그냥 옮기는 것은 아닐까? 설사 그 글의 내용이 사실이더라도 시라쿠사와 오스티아 안티카역에서 만난 이런 착한 이탈리안들이 이탈리아에 대한 관광객들의 인식을 바꿀 수 있겠지. 그것이 세계 최고의 관광대국 이탈리아의 힘이 될 수 있겠지.

달리는 차 안에서 놀란 가슴을 진정하는 짧은 동안에 택시는 피우미치노 공항에 우리를 내려준다. 아, 무사히 프랑크푸르트행 비행기를 탈 수 있겠구나.

비코 에쿠엔스에서

2004년 6월 11일 학회 두 번째 날이다. 오후에 있을 발표 준비에 잠을 설친 탓인지 몸은 조금 나른하다. 이른 시간에 잠이 깨자마자 방문을 열고 나가 테라스에 서니 나폴리 만이 아침 햇살에 코발트 빛을 발하고, 만 건너편 베수비오 산이 엷은 안개에 가려 있다. 바닷바람을 한참 들이마시다가 남계의 방으로 건너가서 함께 아침 산책을 나섰다. 숙소 앞 계곡 건너편이 비코 에쿠엔스의 중심가인 모양인데 거기까지 걸어가 주변을 둘러보기로 한 것이다.

호텔을 나와 찻길을 따라 조금 가니 비코 에쿠엔스역이 있고 역을 지나 조금 가니 마을이 시작된다. 바다를 향해 뻗은 좁은 협곡들을 따라 터널과 교량으로 이어지는 기찻길이다 보니 역 주변에 마을이 생기기 어려운가 보다. 이 역이 나폴리에서 쏘렌토로 가는 지방 철도의 기차역이란다. 작년에 아내와 이탈리아를 여행할 때, 폼페이에서 쏘렌토까지 열차로 이동하며 지나간 역인가 보다. 역을 지나 오른쪽으로 도는

비코 에쿠엔스의 절벽— 절벽에 꿈 같은 집을 짓고 산다

길을 따라가니 절벽 위에 소나무 한 그루가 예쁘다. 나무 옆에 있는 작은 기념탑에 서서 건너편을 바라보니 간밤에 우리가 묵은 오리엔트 호텔이 가파른 절벽에 층층이 아슬아슬하게 붙어 있고 왼편으로 규모가 아주 작은 비코 항이 눈에 뜨이고, 나폴리 만이 옥빛으로 빛난다.

소렌토 가는 길도 이렇고 소렌토 지나 아말피 가는 길도 마찬가지라는데 바다 쪽으로 절벽이 끝없이 이어져 기막힌 풍광을 자랑한다. 나폴리 사람들이 세계에서 가장 아름다운 길이라 자랑하는 이 길은 높은 산에서 비스듬히 바다를 향해 내려 달리다가 바닷가에 와서 갑작스럽게 절벽을 이룬 벼랑의 끝을 따라 간다. 나폴리 만 저

쪽 편 나폴리 해안이 베수비오 화산에서 출발한 육지가 바다를 향해 얕은 경사를 이루고 있는데 비해, 이쪽은 백 미터는 되어 보이는 벼랑 위의 비스듬한 언덕에 마을이 생기고 가파른 언덕을 따라 마을을 잇는 도로와 철도가 나 있는 것이다. 이런 엄청난 절벽 꼭대기에 마을을 만들고 마을을 잇는 길들을 내다니 사람이 생존을 위하여 얼마나 무지막지한 노력을 기울이는가를 생각하게 한다. 물론 기찻길을 내기 전에는 걸어서 산을 넘어 다녔겠지만.

이 절벽 위의 마을 비코 에쿠엔스에도 사람이 살기 시작한 역사는 매우 길다고 한다. 이 가파른 언덕 위에 기원전 6~7세기부터 사람들이 이주해 와 살기 시작했고, 기원 후 1세기에 마을이 형성되어 비코 에쿠엔스라는 이름으로 불리었다고 한다. 그리고 마을의 풍광을 느끼게 해주는 건축물들인 성당들이나 절벽 위에 세워진 성채가 대체로 12~3세기에 세워졌다니 이 마을의 역사도 만만치 않음을 알겠다. 이탈리아 역사에서 로마 시대에 이미 폼페이가 이미 엄청난 규모의 도시를 이루고 있었고, 나폴리가 이탈리아 남부를 지배하던 매우 강성한 국가였다는 점을 생각하면 만 건너편에 있는 풍광 좋은 비코 에쿠엔스에서 쏘렌토를 지나 아말피에 이르는 이 해안 지역은 나폴리 만 가운데 떠있는 카프리 섬과 함께 나폴리 만 주변에 사는 사람들의 휴양지로서 명성을 얻고 있었던 듯하다.

마을로 들어서자 기념품 가게와 피자 가게와 카페들이 줄지어 있다. 마을 사람들보다는 외지인들을 위한 가게들이라는 것이 금방 느껴진다. 마을 안쪽으로 들어가자 마을의 중심인 듯한 움베르토 1세 광장(Piazza Umberto I)이 나타난다. 식당과 선물 가게와 옷 가게 등으로 둘러싸인 이 작은 광장 정면 골목 안에는 울긋불긋한 타일로 지붕을 장식한 나폴리 식 돔이 아름다운 산티 씨로 에 지오반니 성당(Church of Santi Ciro e Giovanni)이 눈에 뜨인다. 성당보다는 마을을 구경하는 것이 낫겠다는 생각에 우회전해서 바다로 향하는 길로 들어섰다. 역시 가게들이 이어지는데 아직 이른 시간이라 문을 열지 않아 유리창 너머로 가게를 들여다보며 걷다가 훈제한 돼지 뒷다리를 벽에 걸어둔 커다란 카페를 보고는 오늘 저녁에 우공, 석영과 함께 이곳에 오자고 숙덕거리며 바다 방향으로 향했다.

오래된 마을답게 낡은 건물들이 골목 안으로 줄지어 있다. 큰 길이 끝나는 지점에서 바다 방향으로 더 나가니 절벽 위에 분홍색과 흰색으로 벽을 장식한 고딕 양식의 비코 에쿠엔스에서 가장 오래된 성당(Church of Annunziata)이 아담한 자태를 뽐내며 바다를 향해 서 있다. 새벽이라 문이 잠겨 있어 남계와 나는 성당 주변을 둘러보고 성당을 배경으로 사진을 찍고 비코 에쿠엔스에서 남쪽으로 뻗어있는 절벽들과 절벽 위에 자리한 호텔과 가정집들을 건너다보며 저런 절벽 위에서 사는 사람들의 기분은 어떠할까에 대해 생각해 보았다.

성당 안을 구경하지 못한 아쉬움을 뒤로 하고 오래된 집들 사이로 난 긴 골목길을 빠져 나와 큰길로 나와 산 쪽으로 가보니 길을 따라 약간의 밭들과 정원이 넓은 집들이 이어진다. 계속 가면 쏘렌토 쪽으로 넘어가는 길이어서 다시 마을 쪽으로 돌아오니 이제야 식료품 가게들이 문을 열기 시작한다. 주민들의 하루가 시작되는 모양이다. 가게에 들어가 물을 한 병 사서 나누어 마시고 마을 여기저기를 구경하며 느린 걸음으로 호텔로 돌아왔다. 아침 산책을 하고 오는 우리를 만난 산탄젤로 교수는 이탈리아 사람 특유의 과장된 몸짓으로 우리의 부지런함에 놀라는 표정을 지어준다. 아침 식사는 하지 않는다는 산탄젤로 교수를 뒤로 하고 식당으로 향했다.

이탈리아 특유의 간단한 아침 식사를 마친 후, 두 번째 날 학술발표회가 시작됐다. 전날 여섯 명의 발표에 이어 오늘은 우리 네 명의 발표가 있은 후, 커피 타임을 갖고 함부르크대학의 그라프 교수, 나폴리 동방학대학의 소노토 교수, 인도네시아대학의 수타미 교수 등 세 명의 발표 그리고 점심식사 후에 미국 무어대학의 밀러 교수, 나폴리 동방학대학의 바리아노 교수 등 두 명이 발표하는 강행군이다. 학술대회 시작 부분에 우리 네 명의 발표가 배치되어 있어 긴장으로 시작하는 하루가 된다.

우공이 채만식의 「탁류」에 나타난 정서 문제를, 남계가 한국 고전문학에 나타난 정서 문제를, 내가 이청준의 「눈길」에 나타난 정서 특징을, 석영이 민요와 속담에 나타난 정서 표현에 대해 발표하였다. 우공과 남계가 비교적 자유롭게 영어로 발표하고 토론하는데 비해 석영과 나는 토론 과정에서 통역을 사용해 다소 불편하지만 발표와 토론은 큰 어려움 없이 진행되어 다행이었다.

발표가 시작되고 얼마 지나지 않아 베네치아대학의 두르소 교수가 발표 장소에 나타났다. 이번 학회에는 발표자로 되어 있지 않는데 유럽의 동양학 연구자들을 만나고 싶어 온 모양이다. 한국 고전문학 특히 여성들의 문학 작품에 대해 관심을 갖고 연구하는 이탈리아 학자인 두르소 교수는 이탈리아에 몇 안 되는 한국문화 연구자 중 하나이다. 이번 학술대회에 참석하지 않는 나폴리 동양학대학의 리오토 교수와 두르소 교수가 이탈리아에서 한국학을 연구하는 유이唯二한 교수가 아닌가 싶다. 두르소 교수는 커피 타임이 되자마자, 한국 기녀들의 시조와 한시를 모아 이탈리아어로 번역하여 번역시집 「청루의 노래」를 발간하였다며 서명을 하여 우리에게 나누어 준다. 두르소 교수의 학문에 대한 열정과 한국문화에 대한 관심과 애정이 대단하고 또 고맙다.

오후 네 시 반에 학회 일정이 모두 끝나자 만찬까지 무려 세 시간 반의 여유가 생긴다. 이틀에 걸쳐 열다섯 명이 발표하고 또 진지한 토론이 진행되기는 하지만 전체적인 시간 사용이 상당히 느긋하다. 점심 식사도 여유 있게 하고, 특히 저녁 식사를 더위를 피해 여덟 시에 시작하는 관계로 학술발표가 끝난 후가 상당히 자유롭다. 각자 방에 짐을 챙겨두고는 비코 항 쪽으로 내려가 보기로 하였다.

비코 에쿠엔스역에 못 미쳐 바다로 내려가는 길은 돌을 다듬어 포장한 길로 매우 가파르게 구불구불 이어진다. 오른쪽으로 우리가 묵는 오리엔트 호텔의 나무 담이

바다에서 본 비코 에쿠엔스—카사 비앙카—그 하얀 집들

이어지고 왼쪽으로는 바다를 향해 별장 같은 집들이 늘어서 있다. 바다를 향한 길이 지중해 상의 섬을 배경으로 한 영화 〈일포스티노〉의 한 장면을 연상하게 한다. 한참을 내려가니 작은 역구가 나타난다. 상업적인 역구이거나 어항은 아니고 관광객들을 상대로 작은 배를 빌려주는 그런 항구인 듯하다. 방파제를 길게 쌓아 만든 작은 항구에는 별 시설은 없고 작은 음식점 몇 곳, 배 빌려 주는 곳, 작은 검은 빛 모래밭, 헤엄치는 몇 명의 아이들. 을씨년스럽다.

항구 이곳저곳을 둘러보고, 방파제에 서서 나폴리 만 바다를 바라다보았다. 언덕 위에 있는 호텔에서 내려다보는 바다 풍광과 눈높이에서 바라보는 바다의 풍광이 전혀 다르게 느껴진다. 코발트빛을 내뿜던 바다가 맑게 빛난다. 지중해 바다가 그렇게 심한 파도가 없는 바다지만 이곳 나폴리 만의 비코 에쿠엔스 바다는 너무나 맑고 잔잔하다. 몇 천 년 동안 나폴리 만 주변에 둥지를 튼 사람들이 자신들의 삶의 흔적들을 바다로 내 보냈음에도 이렇게 맑은 모습으로 남아 있을 수 있다니. 석회암 지역이어서 더욱 초록빛으로 빛나는 바다, 지중해의 강열한 태양 아래서 더욱 투명한 바다.

바닷가를 어슬렁거리다가 북쪽으로 길게 바닷가 절벽이 보이고 한 편으로 우리가 묵는 호텔이 올려다 보이는 바닷가 작은 규모의 모래밭 옆 허름한 카페의 파라솔에서 맥주를 기울이며 바다 풍경을 즐겼다. 이 동네 아이들인가, 아주 어린 아이들 몇이 방파제 안 잔잔한 물에서 물장구를 즐기고 있다. 이 먼 곳, 비코 에쿠엔스의 황홀하게 출렁이는 바닷가에서 우리 네 명이 한가하게 담소를 나누며 맥주를 기울일 수 있다는 것만으로도 너무나 행복했다. 아니 삶의 희열을 느끼게 해 주는 시간이었다. 이번 학술대회 참가를 제안하고 학술대회 이후 시칠리아 여행까지 철저하게 계획을 짠 우공의 정성이 더 없이 고맙게 느껴졌다.

호텔 식당 앞 테라스에 길게 식탁이 자리 잡았다. 이틀의 학술대회를 끝내고 마지막 만찬을 하는 자리이다. 해는 나폴리 방면으로 기울어 더위가 한풀 꺾였다. 이탈리아 사람들이 저녁식사를 여덟시가 넘어서 시작하는 이유를 알 것 같다. 석양이 하늘을 온통 붉게 물들인 가운데 포도주에 얼근하게 취했을 때, 기타를 든 칸초네 가수 하나가 나와 만찬의 분위기를 북돋운다. 몇 곡의 칸초네에 흥이 오른 여러 나라에서 모인 학자들은 우공의 사회로 기타 반주에 맞추어 노래들을 불렀다.

이탈리안의 어색한 칸초네, 독일 학자의 슈베르트 가곡, 인도네시아의 민요, 그리고 미국 민요. 차례대로 부른 노래 순서에서 석영은 한국 가요를 불러 앵콜을 받자 흥이 올라 한국어로 산타루치아를 불러 더 큰 환호를 받아내고, 남계는 판소리 흥부가의 돈타령 부분을 불러 큰 박수를 받았고, 나는 진도 아리랑을 불렀다. 오랜 시간 동안 기억에서 잊혀지지 않을 듯한 나폴리 만의 석양이 연출하는 황홀경과 서서히 어두워가는 바다와 하늘빛과 그리고 점점 밝게 반짝이는 나폴리 시내의 불빛들과 끝없이 이어질 듯한 맛있고 풍성한 이탈리아 음식들과 각국 학자들의 흥겨운 노래 소리. 두 시간이 넘게 만찬이 이어지면서 밤은 점점 깊어 가고, 헤어지기 섭섭한 마

비코 에쿠엔스 시내-차는 기름을 먹고 사람들은 피자를 먹는다

음에 함께 자리한 사람들은 사진을 찍고 끝없는 이야기를 나눈다.

만찬이 끝난 뒤, 비코 에쿠엔스 시내 구경을 하지 않은 우공과 석영의 요청도 있고, 낯선 동네 맥주집의 분위기도 보고 싶고, 맥주 한 잔 생각도 없지 않고 해서 늦은 시간이지만 비코 에쿠엔스 시내 구경을 나서기로 했다. 밤늦은 시간에도 관광객을 상대로 하는 가게들이어서인지 가게마다 불이 환히 밝혀져 있다. 새벽 풍경과는 전혀 다른 현란한 모습에 취해 주위를 두리번거리다가 움베르트 1세 광장에서 오른쪽으로 방향을 잡아 아침에 보아둔 술집으로 향했다. 약간 현대적인 술집 정경도 정경이지만 이번 여행에서 남계가 맛을 들인 훈제한 햄들이 뒷다리째 주욱 걸려 있던 술집을 그냥 지나칠 수 없는 것이다. 하지만 이 집 햄과 맥주가 유난히 맛있는지 손님이 너무나 많아 제법 너른 홀에 빈자리가 없다.

햄이 이 집에만 있는 것은 아니지 않겠는가는 우공의 한 마디에 술집을 나와 아침에 석영과 내가 산책을 한 대로 바다 방향으로 길을 잡아 비코 에쿠엔스 중심가의 야경을 좀 더 둘러보고, 바닷가 절벽 위에 자리한 지오토 단지오 술집(Pub Giotto d'Angio) 문 앞의 작은 광장에 마련한 탁자에 자리 잡았다. 맥주와 햄과 견과류를 시켜 어둠에 싸인 바다와 건너편 나폴리 야성을 즐기며 맥주를 마시다가 보니 네 사람 모두 갑자기 한기가 느껴져 실내로 이동하였다. 낮에 비코 항에 갔을 때의 강열한 햇살과 더위가 저녁이 되자 한기를 느낄 정도로 기온이 급강하한 것이다. 바닷가라 그러한지 건조한 이탈리아 날씨의 특성인지 자못 궁금하였다.

지오토 단지오 술집은 바다를 마주한 매우 커다란 저택의 지하에 자리하고 있다. 꼬불꼬불한 통로와 작은 공간들 이곳저곳에 탁자를 두고 영업을 한다. 상당히 넓은 지하 술집은 건물의 밖과는 달리 상당히 훈훈하여 밖에서 들어서자 안경에 습기가 찬다. 홀 안을 자세히 살펴보니 이곳저곳에 진열되어 있는 포도주 병들과 벽을 꾸미고 있는 오래된 장식품들이 이 술집의 역사를 말해주는 듯하다. 매우 이탈리아적인 분위기를 풍기는 이 술집에는 관광객인 듯한 손님 뿐 아니라 비코 에쿠엔스의 주민들인 듯한 손님들도 많은 듯하다. 이 동네에서 어느 정도 이름 난 술집이라는 생각이 들었다.

홀 전체가 손님으로 거의 가득 찬 듯 웅성웅성하는 소리가 정겨운 이런 고풍스러운 멋진 술집에서 우리 시대의 명제 중 하나인 슬로푸드의 대표적 식품 중 하나라는 훈제 햄을 안주로 시원한 맥주를 마신다는 것 그 자체가 삶의 즐거움이라는 생각이 들었다. 내일 낮 나폴리에서의 일정을 조정하고, 저녁에 시칠리아로 가는 배편을 확인하며, 즐거운 담소를 나누다가 술집의 분위기에 젖어 자정이 훨씬 넘어서야 호텔로 돌아왔다. 🏛

4

신화와 예술을 찾아

아크로폴리스 - 신화가 예술이 되어 시간을 탄다

대만에서 만난 그림들

─ 빈랑수檳榔樹의 나라에서

어떤 도시든지 그 도시의 풍광과 이미지는 가로수가 결정한다. 타이완臺灣의 타이페이臺北 시가지를 타이페이답게 하는 것은 가로를 따라 서 있는 야자수들이다. 야자수 가운데 빈랑이라는 나무는 훤칠하게 자라 올라가 이파리를 시원하게 느리고 그늘을 드리우는 것이 특징이다. 동글동글하고 잔잔한 이파리를 달고 있는 홰나무, 후엽식물처럼 잎이 두텁고 윤기가 자르르한 자스민 종류 나무들, 철없이 섬연하게 붉은 꽃을 달고 있는 히스비스커스, 그리고 연분홍 꽃잎이 수줍은 영산홍. 그런 나무와 꽃나무가 길가며 정원을 장식하고, 그 위로 키가 훌쩍한 빈랑수들이 줄을 지어 길을 따라 자라고 있는 것이 타이페이 시가 풍경을 남쪽나라답게 만들어 준다. 그 빈랑수의 나라를 방문할 기회가 있었다. 대만 정치대학의 채련강 교수의 초청이 있었고, 한국에 와서 공부한 정의훈 집안의 후의가 있었다.

타이완은 벼르고 별러서 가게 되었다. 눈코뜰 새 없는 사이 짬을 내어 마련한 여

대만시내 - 가로수가 도시의 분위기를 결정한다

정이라서 부담이 되기도 했다. 그러나 이번 여행은 내게 특별한 의미가 있었다. 유럽을 돌아다니며 그림을 보는 것이 계기가 되어, 서양 르네상스 이후의 그림들이 눈에 익으면서 그림을 보는 재미가 여행의 거반을 차지하게끔 되었다. 그런데 작년이던가 학회에 참여하는 길에 들렀던 상해 박물관에서 만나게 된 동양 그림들이 낯설고, 화가별로 특징이 눈에 들어오지 않는 것을 알고는 내 눈이 '서향으로' 기울어 있다는 것을 깨닫고 놀라워했던 적이 있었다. 이후 나는 기회가 있으면 중국과 한국의 그림을 챙겨 보려고 애를 쓰곤 했다. 이번 타이완에 가는 길에 나의 기대는 온통 타이페이의 고궁박물원古宮博物院에 있었다. 다른 동료들에게는 미안한 일이지만.

어디든지 박물관이나 미술관을 방문하려면 최소한의 준비가 필요하다. 더구나 타이완의 고궁박물관은 세계 4대 박물관의 하나라고 하며, 거기 소장된 작품은 장개석이 중국 본토를 떠날 때 진품만 골라 가지고 왔기 때문에 북경의 고궁박물원에 소장되어 있는 것보다 진수에 해당하는 작품이 선별되어 있다는 이야기를 듣고는 혼자 도도한 감상욕을 다지고 있었다. 중국미술사를 읽어가면서 중국 그림의 흐름을 대개 정리해 보기도 하고, 비행기 안에서는 화집을 내놓고 〈고궁박물원〉에 소장

되어 있다는 그림의 화가들 이름을 수첩에 일일이 적으면서 진품을 보는 기대를 혼자 눌러 가지고 있느라고 탑승 시간이 오히려 짧았다.

집착은, 그것이 설령 즐거움에 대한 집착이라도 괴로움을 동반한다. 〈고궁박물원〉에 가면 눈여겨 보겠다고 수첩에 적어 놓은 이름들은 집착이 가져오는 괴로움의 목록이기도 하다. 우선 송나라 어간의 화가들, 그리고 책에 소개된 그림들의 이름들은 이렇다.

북송 사람 이성(李成 ; 919~967)에서 시작하는 목록을 보기로 한다. 범관(范寬 ; ?~1023)의 계산행려도, 곽희(郭熙 ; 1001~1090)의 조춘도, 최백(崔白 ; 1060~1085)의 쌍희도 등이 나란히 기록되어 있다. 이어서, 문동(文同 ; 1018~1079)의 묵죽도가 기록되어 있다. 그는 동파 소식(蘇軾 ; 1037~1101)의 친구여서 문인과 화가의 교류를 짐작하게 한다. 미불(米芾 ; 1052~1107)의 태산서송도가 볼 만하다고 하는데, 그의 아우 미우인과 함께 '미산가산수화법'을 창안한 인물이다. 이당(李唐 ; 1070~1150)의 만학송풍도는 솔과 학의 배치에 흥미를 가지게 된다.

남송 사람으로는 마원(馬遠 ; 생몰 연대 미상)의 산경춘행도, 또한 남송 사람 하규(夏珪 ; 1200~1240)의 관폭도, 이안충(李安忠 ; 1100~1140)의 야국추순도(野菊秋鶉圖), 이고(李嵩 ; 1190~1230)의 시담영회도, 마린(馬麟 ; 13세기 중엽)의 병촉야유도 등이 볼 만한 그림들이다.

금대의 화가로는 무원직(武元直 ; 12세기 중반)의 적벽도가 기록되어 있는데, 소식의 '적벽부'와 그 예술적 파장을 짐작하게 한다. 원대의 화가 조맹부(趙孟頫 ; 1254~1310)의 학화추색도가 소개되어 있다. 조맹부는 그림도 그림이지만 〈춘향전〉에 명필로 등장할 만큼 필법으로 널리 알려져 있다. 고극공(高克恭 ; 1248~1310)의 운횡수령도, 성무(盛懋 ; 1320~1360)의 송림고사도, 황공망(黃公望 ; 1269~1354)의 부춘산거도, 오진(吳鎮 ; 1280~1354)의 동정어은도, 조지백(曹知白 ; 1272~1355)의

군봉중제도, 예찬(倪瓚 ; 1301~1374)의 용슬새도 등이 모아아 힐 품목들이다. 원나라·말기의 왕몽(王蒙 ; 1368년 경)의 구구림거도가 소개되어 있는데, 그는 조맹부의 외손자이기도 하다. 그는 원말의 4대가에 속하는데 향광거사香光居士, 황공망黃公望, 오진吳鎭, 예찬倪瓚 등이 그 그룹이다.

중국 회화사는 명대로 내려와서야 화려한 전개를 보인다. 명대 화가로 왕불(王紱 ; 1362~1416)의 소정문회도를 들 수 있는데, 쌓아올린 듯 장대한 구도로 그린 산들은 중국 산수화의 특징적 성격을 여실히 드러낸다. 이재(李在 ; 1426~1436)의 산장고일도, 대진(戴進 ; 1388~1462)의 춘유만귀도, 임량(林良 ; 1416~1480)의 추안도, 여기(呂紀 ; 1475~1503)의 추로부용도, 오위(吳偉 ; 1459~1508)의 한산적설도 등이 소개되어 있다. 그는 황제의 총애를 입어 화장원도장하사로 임명되기도 했다. 그런데 궁정을 떠나 초야에서 그림을 그리면서 일생을 보냈다. 심주(沈周 ; ?~1467)의 여산고도, 문징명(文徵明 ; 1470~1559)의 우여춘수도, 고목한천도, 당인(唐寅 ; 1470~1523)의 산로송성도, 도곡증사도陶穀贈詞圖, 구영(仇英 ; 1494~1552)의 한궁춘효, 비파행, 육치(陸治 ; 1496~1576)의 화계어은도, 문백인(文伯仁 ; 1502~1575)의 방호도, 문가(文嘉 ; 1501~1583)의 두보시의도, 진홍수(陣洪綬 ; 1651년경)의 당은거16관책 등이 내세울 만한 그림들이다.

청대로 내려오면 익숙한 이름들이 나타난다. 석계(石溪 ; 1612~1673)는 곤잔髡殘이란 이름으로 알려져 있는데, 주로 남경에서 활약했고, 명이 망하자 저항군과 싸우다가 승려가 되었다. 1659년에는 황산을 여행하고 그곳 경관에 감명을 받아 그림에 전념했다고 한다. 여행이 한 사람의 일생을 바꾸어 놓기도 하는 예를 여기서 볼 수 있다. 왕시민(王時敏 ; 1592~1680)의 방황공망산도, 왕휘(王翬 ; 1632~1717), 왕원기(王元祁 ; 1642~1715)의 화산추색도 등이 유혹의 대상들이다. 이들은 이른바 오파를 이른 4왕에 속하는 화가들이다. 운수평(惲壽平 ; 1633~1690)의 화훼산수책, 낭세령(郎世寧

; 1688~1766)의 백준도, 임웅(任熊 ; 1820~1857), 조지겸(趙之謙 ; 1829~1884), 오창석(吳昌碩 ; 1844~1927) 등의 이름도 적혀 있다. 오창석은 한국에서 전시회가 있기도 해서 가 보았고, 집에 그의 도록이 있어서 특히 관심이 가는 인물이다.

도록에 나와 있는 이런 이름을 일일이 적어 놓고는 박물원에 가면 꼭 확인하겠다고 마음속으로 다짐을 두면서 가는 길이라 다른 이들이 무슨 생각을 하는지는 관심 밖이었다. 그래서 도착하는 날은 점심을 먹자마자 고궁박물원으로 직행하여 그림부터 보자는 식으로, 내 욕심대로 일정을 조정했다. 중국에서 제대로 된 박물관에서 그림을 본다는 것, 나를 설레게 하던, 그리고 지금 나를 들뜨게 하는 일이 아니던가.

집착은 기억을 지우기도 하는 터라 경험을 제한하는 요인이 된다. 유명한 박물관에 대한 기대가 얼마나 하잘것없이 깨어지는가 하는 경험이 있으면서도, 그 기억을 되살리지 못한 것이 실책이었다. 소장품이 워낙 많고 전시 공간이 좁아 일부, 지극히 적은 품목만 전시를 한다는 것이다. 그래서 겨우 몇 점, 이름이 눈에 익은 그림을 볼 수 있을 뿐이었다. 그나마 동양 그림을 자세히 보는 계기가 되었다는 점은 다른 데서 찾기 어려운 보람이다.

중국을 상징하는 성씨로 왕씨 앞에 나설 성이 없다. 왕휘(王翬 ; 1632~1717)는 왕시민, 왕감, 왕원기 등과 더불어 강소성 태창을 중심으로 활약한 이른바 4왕이라 일컬어지는 화가이다. 동기창董其昌이 내세운 문인화의 이론을 따라 청대 초기의 화풍을 수립한 사람이다. 그의 〈범중입설산도范中立雪山圖〉는 황제와 왕들, 신하들의 위계를 따라 산수를 이념화한 예를 고스란히 보여준다. 맨바탕에 짙은 먹으로 점층적으로 쌓아올리듯이 그린 산수의 웅자가 일품이다.

왕원기王原祁는 왕시민의 손자로, 고대 화가들의 그림을 총망라하는 화집 편찬을 맡을 정도로 중국회화사에 밝은 인물로 보인다. 그의 〈방예찬산수〉는 갈필의 정갈한 맛을 한껏 느끼게 한다. 물론 마른 붓으로 메마르고 깔깔하게 그리는 것이 그의

고궁박물원-중국 본토보다 진품이 많다고 한다

장기는 아니다. 그러나 예찬의 〈용슬재도〉에서 볼 수 있는 화법을 본받아 그린 그림의 효과는 예찬을 넘어선다는 느낌이다. 어느 정도의 수준이 되어야 남과 나의 스타일 경계를 자유로이 넘나들 수 있는 것인가 하는 생각을 하게 한다.

　중국 산수화가 이념지향적이고 이상화理想化된 세계를 그리고 있다는 점은 널리 알려진 사실이다. 장정언의 〈화등영주도畵登瀛洲圖〉는 자연 속에 인간이 어울려 사는 이상향을 그리고 있다. 인간 삶의 조화로운 모습을 자연 속의 인간으로 설정하는 것은 동양의 사유 특질 가운데 하나이다. 서양인들이 그리는 이상향에는 번영하는 도시와 무역선들이 드나드는 항구 풍경이 자주 등장한다. 그리고 찬란한 역사의 흔적인 폐허가 된 도시의 한 구석이 그려지기도 하고, 무덤의 묘비에 인간의 운명을 이야기하는 글귀를 적어 넣기도 한다. 그림 속에서 철학을 하기도 하는 것이다. 그러나 동양의 이상향은 그렇게 달리 설정되는 것이 아니라 자연 속에 작은 흔적처럼 깃들어 사는 인간의 모습으로 드러나는 게 특징이다. 인간이 자연인데 자연을 그리면서 인간을 구태여 내세울 까닭이 없는지도 모른다.

　이념화된 산수를 그리되 작가의 개성이 발휘된 예를 발견하는 것은 그림을 보는 또 다른 즐거움을 일깨운다. 문징명文徵明의 〈방고산수仿古山水〉는 그의 다른 그림 〈우여춘수도〉에서 볼 수 있는 정갈한 색조를 담채로 처리한 수법이 남다르다. 채색화로 남다른 경지를 개척했음은 물론 산수를 그리되 구름이 피어나는 것처럼 발묵의 효과를 살린 그림들이 단아한 아취를 지니고 있다. 심주沈周의 〈운석송천〉은 수묵화의 진경을 볼 수 있게 한다. 산수와 초목, 조수를 능하게 그려낸 그의 솜씨가 일가를 이루기에 족하다.

중국 그림은 완결형이 아니라 진행형이라는 느낌을 받게 된다. 서양 그림처럼 화가가 그리고 사인을 하는 것으로 불변의 작품이 되는 것이 아니라, 그림을 감상한 이들이 감상인을 찍고 소감을 적어 두어 그것이 그림의 한 부분을 이룬다. 왕불王紱의 〈초정연수草亭煙樹〉는 수많은 감상인이 찍혀 있어서 인상적이다. 그림을 박물관에 걸어 두거나 하는 것이 아니라 두루마리 '권卷'으로 되어 있어, 펴서 보고 그 감상을 확인한 흔적들이다. 친구들이나 동료 문인들에서 황제에 이르기까지 감상인이 화려하기만 하다.

중국의 현대화가로 장대천張大千의 〈산고수장山高水長〉이라는 그림이 걸려 있다. 동양화를 기본으로 하되 채색을 이용한 번짐의 기법을 십분 활용한 화려를 극한 상상이 누구의 흉내를 허용치 않는 그림이다.

이런 그림들을 보고 난 느낌은 좀 허전하다. 타이페이의 〈고궁박물원〉, 세계 4대 박물관이라는 그 박물관에서 내가 볼 수 있었던 그림은, 기대와 이름에 비해 오히려 초라하다. 긴 역사 가운데 점점이 흩어져 있는 몇 점 그림을 보고, 그 역사를 재구할 수 없는 상상력의 한계가 아닌가 싶다. 내 기억에 중국의 회화사가 전개되지 않는 것이다.

〈고궁박물원〉을 나오면서 몇 가지 생각을 했다. 동양화를 그리는 '먹'이라는 것. 사물을 자꾸 분해해 가면 최후에 원형적인 무엇, 더는 분해할 수 없는 그 무엇에 도달할 것이다. 서양의 원사라는 말, 아톰(atom)은 분해할 수 없다는 깃이 원래의 뜻이다. 색채의 경우 그 극한에 닿아 있는 것이 흑과 백일지 모른다. 원형적 색채의 극한 한켠에 먹이 있다. 나무를 태워 그름을 얻어 아교와 기름에 개어 굳힌 것, 그것을 벼루에 물을 붓고 갈아 나오는 먹물, 그 먹물이 수묵화의 근원이 되는 재료다. 먹에는 채도는 없고 엉킴과 번짐이 있고, 밝고 어두움이 있을 뿐이다. 먹은 흑백의 이원세계, 그 최후에 도달한 어느 단계에 존재하는 존재의 흔적과도 같은 것이다. 농담濃淡으로만 파악할 수 있는 세계, 그 안에 음영을 드리우고 있는 것이 먹의 세계이다.

그러나 먹 자체는 세계의 완결성을 지닐 수 없다. 대상과 그 대상을 화폭에 옮기는 화가의 재능이, 기법이 동시에 문제가 된다. 대상은 그 화가가 살아가는 자연세계의 형상이 일차적 대상이 되고, 그 형상은 사실적으로 그대로 화폭에 수용되는 것이 아니라, 형상에 대한 인식구조에 따라 독특한 방식으로 수용된다.

한국과 대비해 보면, 중국화의 자연은 층서별로 상하가 쌓이듯이 적층적 구조로 되어 있고, 원근의 구분을 따라 전개되는 자연이라기보다는 한 화폭 자체가 자연과 분립되는 완결성을 지닌 것으로 되어 있다. 한국화에서 여백의 미를 강조하는 경향이 있는 데 비해 중국 그림은 화폭내의 완결성을 위해 산하를 층층이 쌓아 올리기 때문에 답답한 느낌을 주는 것이 사실이다. 그러나 '장가계'나 '황룡'에서 보는 것처럼 중국의 산하가 그러한 모양을 하고 있다면, 그 산하는 그곳 사람들의 인식구조에 영향을 미칠 것이다. 따라서 그런 그림이 나오는 것은 탓할 일이 아니다. 이는 물론 도축圖軸 형태로 된 그림을 중심으로 파악할 경우 그러하다. 그림을 그리는 화폭의 형태가 구도와 관련이 없을 수 없다.

자연과 인간의 관계, 산수화를 대상으로 본 결과 거대한 자연 속에 작은 흔적처럼 나타나 있는 인간들, 그들에게 인간으로서의 디테일은 없다. 때로는 산수간에 거대한 전각이 그려지기도 한다. 그럴 경우도 거기 깃드는 인간의 화려함이나, 그 전각에서 벌어지는 영웅적인 투쟁의 장쾌함이나 사랑의 질투 같은 것은 스밀 틈이 없다. 인간은 자연의 일부일 뿐이다. 그러나 인물화로 가면 이야기가 달라질 것이다.

황제가 그림과 글씨를 감상하는 나라. 중국의 그림들은 살아 있다. 그림의 형태에 따라, 위 아래가 길게 되어 있는 것을 축軸이라 하고, 옆을 길게 그려서 말아 놓은 두루마리를 권券이라 한다. 그리고 작은 그림 여러 폭을 책으로 묶은 것은 책册이라 한다. 그림의 양태에 따라 그림을 감상하는 방법 또한 다양했던 것을 알 수 있다. 그러나 공통된 사실은 어떤 형태로 되어 있든지 늘 걸어두고 보는 것이 아니라, 책처럼 말아두거나 접어 두었다가 그 그림에 대한 이야기가 나오면 그 맥락에 따라 위아래가 감상을 하고 황제는 어새를 찍고, 문인은 그림에 직접 감상문을 쓰기도 한다. 그리고는 감상낙관을 한다. 회화평 또한 이러한 관습을 바탕으로 이루어진 것을 알 수 있다.

이번 여행에서 대만 국립정치대학을 방문할 기회가 있었다. 그런데 거기서 명품을 하나 발견하는 것은 커다란 수확이었다. 국립정치대학 초대소 회의실 한쪽 벽에 왕휘王翬의 산수화 한 폭이 걸려 있는 것이다. 세로 55cm 가로 260cm, 제법 큼직한 그림이다. 수묵화인데 황갈색 담채 흔적까지 복사가 되어 있다. 이 그림에도 '건륭어람지보', '가경어람지보', '어서감감상보', '강희어람지보' 등 어마어마한 권위가 실려 있는 낙관이 그림을 장식하고 있다. 여기 와서 표구가 되어 걸리기 이전에는 살아 있던 그림이다.

마을 앞으로 강이 흐르고, 늙은 나무들이 서 있는 뒤로 제법 규모가 큰 마을들을 앉히고, 마을 뒤로는 바위산들이 전개된다. 위압적이지 않은 산들이 그 가운데 주산을 중심으로 펼쳐져 있고, 주산은 등성이로 올라가면서 작은 나무숲을 제법 정답게 거느리고 있다. 주산 왼편으로 솔숲이 잘 자라 올라갔다. 그 밑으로 마을 집들이 반듯하게 정리되어 있다.

제사題詞에는 산머리에 흰눈이 덮여 있다고 되어 있는데, 수묵화라서 그린지 설경의 효과는 그리 크지 않은 듯하다. 옆으로 펼쳐진 화폭이 비교적 시원해 보인다. 전경으로 나귀에 짐을 실어 몰고가는 사람들, 배를 매는 어부가 그려졌으나, 이들은 여전히 자연의 일부일 뿐 무엇을 하는 이들인지 그렇게 뚜렷하지는 않다. 자연속의 흔적 같은 인물은 거의 문자 수준으로 추상화되어 있다. 문을 열어 놓고 서안 앞에 앉은 서생(선비?), 그 앞을 흘러가는 물줄기, 이 그림에는 폭포가 없다. 다른 중국 산수화와 다른 점이다. 이렇게 가까이서 다감하게 볼 수 있는 그림이 복사본이면 어떠랴 싶다. 진품과 복사본의 구분이 안 되는 데서 미감의 민주화가 이루어지고 있는 것이 아니던가.

대만은 차가 유명한 나라다. 선물도 할 겸, 차를 구경하자고 천인명다점天仁茗茶店에 들렀다(茗은 차싹, 늦게 딴 차의 뜻). 거기서 그림을 한 폭 만났다. 문징명文徵明의 그림인데 뻗어 올라간 노송을 중심으로 그 옆에 다른 나무가 서너 그루 서 있고, 그 아래 초당을 앉혔다. 그 초당 앞에 차를 끓이고, 끓인 차를 대접하는 양자가 그려져 있다. 이 초당 뒤로는 단순하게 솟아 올라간 두 봉우리가 배경을 이루고 있다. 화폭에 씌어진 글씨를 자세히 뜯어본다. '碧山深處 絕壁埈 面之詩窗 對水間 穀雨乍過 茶事好 鼎湯初沸 有朋來' 대개 이런 뜻이리라. "푸른 산 깊은 골짜기 깎아지른 산언덕 아래 글 읽는 창 너머 흐르는 물 바라보는 동안 어느덧 곡우 지나고, 아 이제 차 맛 돋을 때라. 솥에 물이 아시 끓자 벗은 나를 찾아오누나." 이런 그림을 골라 찻집에 걸 줄 아는 안목이 차맛을 돋운다. 인문적 유물의 현실적 부가가치 창출의 한 장면이라면 과장일까.

고궁박물원에서 산 〈장대천 화집〉을 보면서, 며칠 후 북경에 가면 북경고궁박물원에 들러 타이페이에 못 가지고 온 그림들을 보리라는 생각을 하며, 그 소망을 빈랑수 잎새처럼 우아하게 느리우곤 하는 사이, 밤이 깊기를 몇 차례였다.

엠마오에서 한 끼를

1.

밀라노는 몇 차례 갈 기회가 있었다. 밀라노에는 첨탑이 많기로 그 유명한 대성당과 함께 브레라 미술관이 있어서 많은 사람들의 상상력을 일깨운다. 우리는 여행을 하면서 목적이 단순하지 않아 피곤한 경우가 있다. 그것은 항용 내가 하는 여행이 그런 셈이라서 자기 이야기를 하는 꼴이 된다. 여행지마다 그림을 보고 싶어 안달을 하는 것이 내 버릇이다. 그림이 있는 곳에서는 아내도 친구도 아랑곳하지 않는다.

이번에 밀라노에 가면서 전에 들러 보았지만, 브레라 미술관을 꼭 다시 보고 싶었다. 카라바지오의 그림을 생각하기 때문이다. 그림을 감상하는 과정도 하나의 서사 행위로 이해된다. 서사능력이 발휘되면서 하나의 서사를 만들어가는 과정, 그 결과를 글로 표현하는 과정이 삶으로 통합되는 것이 그림 감상이다.

카라바지오의 그림 가운데 〈엠마오에서의 식사〉라는 것이 있다. 이는 성서 가운

카라바지오가 그린 그림 〈엠마오에서의 식사〉-극적 상상력

데 예수의 부활이라는 '사건'을 다루고 있다. 그 내용은 성서 판본에 따라 조금 차이가 있지만 대개 다음과 같이 되어 있다.

성서에 기록되어 있는 것을 그대로 옮기면 다음과 같다. 이는 석영이 보내 준 것을 이용한다. 석영은 이 자료를 보내 주면서 〈현대어성경 누가 24장 13절~33절〉이라는 전거를 표시해 주었다.

2.

바로 그날(부활하신 날) 예수를 따르던 이들 중의 두 사람이 예루살렘에서 11킬로미터 떨어진 엠마오라는 동네를 향하여 걸어가고 있었다. 그들은 길을 가면서 예수께서 돌아가신 일을 이야기하고 있었다. 그때 예수께서 가까이 가셔서 그들과 함께 걸으셨다. 그러나 하나님께서 막으셨기 때문에 그들은 예수를 알아보지 못하였다. 예수께서 그들에게 물으셨다.

"대체 무슨 일이 있길래 그다지도 심각하게 이야기를 나누고 있느냐?"

그러자 그들은 침통한 표정으로 잠시 걸음을 멈추더니 그들 중에 글로바라는 사람이 대답하였다.

"당신은 예루살렘에 살면서도 지난 주간에 일어났던 그 끔찍한 일들을 전혀 모르고 있단 말이오?"

예수께서 물으셨다.

"무슨 일이 있었느냐?"

그들이 대답하였다.

"나사렛 사람 예수께 있었던 일이오. 그분은 하나님과 사람들 앞에 놀라운 일을 베풀어 보인 예언자요, 권능 있는 선생으로 높이 존경을 받는 분이었소. 그런데 대제사장들과 지도자들이 그분을 붙들어 로마 정부에 넘겨 사형선고를 받아 십자가에 못 박히게 하였소. 우리는 그분이 이스라엘을 이 난국에서 구원하실 분이라 생각해 왔소. 이런 일이 있은 것은 사흘 전이었지요. 그런데 그것만이 아니오. 그분을 따르던 우리 동료들 가운데 여자들 몇이 오늘 새벽에 그분의 무덤에 갔다가 그분의 시신은 보이지 않고 예수께서 살아나셨다고 말하는 천사들만 보았다는 놀라운 소식을 가지고 돌아왔소. 그래서 우리 동료 몇 사람이 무덤에 달려가보니 말한 대로였고 예수님을 보지 못했다는 거요."

그러자 예수께서 그들에게 말씀하셨다.

"너희는 그렇게도 미련한 자들이냐? 너희는 예언자들이 성경에 기록한 모든 것이 그렇게도 믿어지지가 않느냐. 그리스도가 영광스러운 자리에 앉기 전에 이 모든 고난을 당해야 한다고 예언자들이 명백하게 예언해 두지 않았느냐."

그러고 나서 예수께서는 모세의 글부터 시작하여 예언자들이 기록해 놓은 구절들을 일일이 인용해 가면서 그 구절들이 무엇을 의미하며 예수 자신에 대해서 무엇을 말하고 있는지를 설명해 주었다.

그들이 목적지인 엠마오에 거의 다다랐으나 예수께서는 더 멀리 가시려는 듯이 보였다. 그래서 그들이 날이 저물었으니 그 밤을 자기들과 함께 묵어가시라고 말하였다. 예수께서는 그들과 함께 집으로 들어가셨다. 그들이 식탁에 앉자 예수께서 떡을 들어 감사기도를 드리시고 떼어서 그들에게 주셨다. 그때에야 그들은 눈이 열려 예수를 알아보았다. 그러나 그 순간에 예수는 그들 앞에서 사라져 보이지 않았다. 그들은 예수께서 길을 걸으며 자기들에게 말씀을 하시고 성경을 설명해 주실 때에 자기들의 마음이 얼마나 뜨거워졌던가를 서로 이야기하였다.

3.

성서에 나와 있는 이런 내용을 그림으로 그린 것은 여러 화가의 작품들이 있는데, 화가 카라바지오가 그린 그림이 압권이다. 그의 작품은 인간의 심리를, 그 가운데도 갈등이 부글거리는 심리를 여실하게 그려낸다. 전에 그 작품을 보고 일종의 충격 혹은 감흥을 받았던 기억을 잊을 수가 없어 다시 확인하고 싶은 것이다. 화가 카라바지오가 그림을 그리던 정황을 더듬어 보는 것은 그 자체가 체험의 재확인라는 점에서, 감상의 한 방법이 된다.

그에게는, 그로서는 이 사건을 그림으로 그리기 위해, 성경을 읽고 다른 사람들의 이야기를 듣고, 또 다른 사람들이 그린 그림을 보고 어떻게 그렸는가를 검토했을 것이다. 그런 가운데 이야기를 재구성하고, 그 이야기를 그림으로 그리자면 결정적인 한 장면을 잡아내야 하는데, 어디를 선택할 것인가 고민하고 결단을 했을 것이다. 시간의 축을 따라 이어지는 이야기를 하나의 평면에 그리기 위해서는 공간화가 필수적이다. 어떤 장면의 전후를 잘라버리고 한 장면만 잡아내야 한다. 그런 뜻에서 '그림은 이야기를 장면화한다'고 할 수 있다.

장면화된 이야기 속에서 시간을 추적하는 일 그것을 해석이라고 한다. 그 장면의 앞뒤에 무엇이 있었고, 무엇이 있을 것인가를 상고하는 일이 그것이다. 그런데 그 해석은 두 가지 방식으로 수행될 수 있다.

하나는 추상적인 언어로 작업을 하는 것이다. 이를 우리는 대개 '설명'이라 한다. 이 장면은 전후에 이런 사건이 있었는데, 그 가운데 어디를 잡아내어 그린 것이다, 하는 식이다. 그리고 인물의 경우, 어떤 내력을 지닌 사람인데 이 때는 어떤 정황에 처해 있을 때이다. 그러나 정물화(죽은 자연 nature morte—내가 싫어하는 말이다)의 경우는 전후 맥락이 제거된 채 그림으로 실현된다. 미술사의 맥락에서, 풍경의 발견, 정물의 발명은 그림 본연의 장으로 진입하는 하나의 과정이라 할 수 있다. 정물에는 시간이 끼어들지 않는다. 물론 그게 어느 계절에 생산된 과일이라든지 어느 계절에 피는 꽃이라든지, 어느 철에 먹는 생선이라든지 하는 것은 다소 시간개념을 포함할 수 있다. 그러나 그 꽃이 과일이 거기 오기까지 어떤 시간의 연쇄 속에 있었는가 하는 것은 문제가 되지 않는다. 아무튼 추상적인 언어로 작업하는 해석은 '학술적 담론' 가운데 포함된다. 메타언어의 세계인 때문이다.

다른 하나는 또 다른 구체적인 형상화를 시도하는 것이다. 어느 시인이 보낸 시에 대한 '화답시'가 그런 예이다. 음악에서는 답가, 또는 바리아시옹을 고려할 수 있다. 하나의 형상물에 접하면서 그것을 소재로 다른 형상물을 만들어내는 것이 그것인데, 이는 감정적 일치와 심리적 동화를 포함하는 것이기 때문에 창조적인 작업이다. 메타언어를 포함한 대상언어의 창조인 셈이다. 이러한 과정을 글로 쓸 때 그것은 이른바 〈작품〉이 된다.

그림을 보는 과정은 대상에 대해 원작자와 함께 몰입하여 다른 변형을 만들어내는 일이다. 이 과정에서 자아를 분화하여 삭가의 사아와 내걸하고 호흡하는 중에, 교환交驩을 체험하게 된다. 이 과정을 형상화하는 것은 하나의 다른 서사를 생산하는 일이 된다.

이렇게 다중적인 서사를 만들어내는 일은 일정한 양의 시간을 요한다. 본래 있던 대에 대한 재구성에 시간이 필요하고, 그 대상을 형상화한 작품을 읽는 데 (그림이라면 보고, 음악이라면 듣고, 소설이라면 읽고) 시간이 필요하다. 그리고 이렇게 이중으로 소요되는 시간을 거치면서, 그 속에서 앞으로 나아가고 뒤로 돌아갔다가 되돌아오기를 계속하는 가운데 서사를 만들어 낸다.

중요한 것은 이런 작업을 하는 과정 자체가, 시간적 연장(l'extension du temps)이라는 점이다. 시간의 연장, 그것은 긴장을 동반한다. 그 긴장 가운데는 환희와 비애, 왜곡과 이해, 공포와 안정, 전제와 수정 등 다양한 정신과정을 포함한다. 여기서 삶과 글쓰기가 통합된다. 거듭하거니와 서사 만들기 그 자체가 삶의 과정이다. 마찬가지로 글쓰기 또한 삶의 과정으로 환원된다.

카라바지오의 그림 〈엠마오에서의 식사〉를 밀라노의 브레라 미술관에서 다시 보았다. 그리고 그 그림에 대해 여행기 안에 잠시 언급을 하기도 하였다. 그리고는 다시 미술관 도록에서 실린 그림을 몇 차례 음미하면서 들여다보기도 했다. 그러는 중에 이 그림이 모순의 그림이라는 생각을 하게 되었다. 부활의 이적異蹟 이후에 '현시'와 '사라짐'이 동시에 나타난 것이 그것이다. 현시와 사라짐을, 이 모순된 현상을 화면에 어떻게 그릴 것인가 하는 것이 카라바지오의 과제였던 셈이다. 시간상으로 구현되는 삶의 연장을 평면에 그려 넣는 일은 모험을 요한다.

이는 강도 높은 체험의 일종일 수 있는데, 그 강도가 동반되지 않는 그림은 맥이 빠진다. 그 체험의 강도를 하나의 서사로 자신의 '체험의 강도'로 환원하는 것이 글쓰기의 한 예가 된다. 그것은 거듭하거니와 '사는 일'이다. 그러한 체험을 나는 〈상

한 빵 한 덩이〉라고 이름을 붙이고, 거기다가 작가로서 내 이름을 달아 이렇게 쓸 수
있게 된다.

4.

그는 등에 오싹하는 한기를 느끼면서 작업대에서 몸을 일으켰다. 라틴어로 번역
된 성경을 읽고 있다가 잠시 졸았던 모양이다. 전에 없던 일이었다. 성경을 읽다가
졸다니 그것은 불경스런 일이고, 그 죄가 심히 두려운 바이기도 했다.

요즈음 들어 몸이 묵지근하고 눈앞이 침침하게 흐리기를 거듭했다. 무리를 한 탓
인가. 그러나 그렇게 무리를 한 것도 아니었다. 작품 하나를 끝내고, 한 동안 쉬기도
했고, 작품이 좋다고 그를 추종하는 이들이 나타나기도 하면서, 말하자면 행복이라
는 것을 느껴 보기도 했다. 그림을 그리기 잘했다는 위안이 실감으로 다가오는 적도
있었다.

창밖에는 어스름이 슬금슬금 밀려오는 중이었다. 사람들이 하루 일과를 마치고 집
으로 돌아가는 발소리도 들렸다. 그렇지, 이맘때였을 것이다. 그는 눈을 비비고 읽던
성경을 다시 확인이라도 하려는 것처럼 훑어 보았다. 이런 구절이 눈에 들어왔다.

> 저희의 가는 촌에 가까이 가매 예수는 더 가려하는 것같이 하시니 저희가 강권하여
> 가로되 우리와 함께 유하사이다 때가 저물어 가고 날이 이미 기울었나이다 하니 이에
> 저희와 함께 유하러 들어가시니라

그들은 길에서 만난 이 이상한 사나이를 올려다보았다. 키가 겅정하고 몸이 마른
그는 좀 창백하기는 해도 평화로운 얼굴빛을 하고 있었다. 자기가 언제 우리를 보았
다고, 미련하니 어리석으니, 예언자들의 예언을 못 믿는 믿음이 늦다니 하면서 나
무라는 것이 고깝지 않은 것은 아니었다. 그러나 그렇게 고깝게 생각할 수만은 없는

구석이 있었다. 그 평화로운 얼굴은 위엄을 갖추고 있었으며, 흘긋 쳐다보면 어딘지 한 구석 슬픔이 배어 나왔다. 그들은 이 사나이의 표정에 어리는 빛을 도무지 이해할 수 없었다. 거기다가, 더욱 이해할 수 없는 것은 예수라는 이가 영광에 들어가기 전에 그런 고난을 당해야 한다고 말하는 것이었다. 선지자의 말을 믿는 데 느리다고 질책을 하듯 말하던 그 어투는 마치 자기가 예수인 것처럼, 그렇게 말하는 것은 밉살맞게 보이기까지 했다. 담대하게도 예수를 자기와 같은 사람쯤으로 취급하다니.

"나는 이쪽으로 가려오. 어느 때에 또 만날 수 있을까."

사나이의 어투는 단호하고 한편으로는 섭섭한 기운이 서려 있었다. 그들 가운데 왼편에 가던 이가 옆 사람의 옆구리를 직신했다. 그냥 보내지 말자는 셈인 모양이었다. 그리고는 눈을 찡긋했다. 집에 함께 들어가서 이야기를 나눠도 손해볼 일은 없지 않겠느냐는 표정이었다. 그렇기는 했다. 나라가 온통 발끈 뒤집힐 지경으로 소문이 들끓는 판인데, 그 사건의 내용을 소상히 아는 것처럼 이야기하는 그 사나이에게 들을 이야기가 더 있을 것 같고. 사나이에 대해 흥미가 일었다.

"우리 집이 바로 요 모퉁이 돌아서인데요. 들어가서 하루 묵고 가시지요."

그 사나이는 잠시 멈칫거리고 있었다. 하루 묵어가라는 호의가 고마운지 그들을 반히 마주 바라보고 서 있었다. 아까부터 자기 정체를 드러내지 않는 이 사나이가, 알 듯 말 듯한 사나이의 정체가 더욱 궁금해지게 하는 태도였다.

"우리 동네는 인심이 그렇지를 않습니다. 때가 저물어 가고 날이 이미 기울었는데, 손님을 그대로 보내지 못하는 사람들입니다. 아무것도 없는 집이지만 맹물에다가 빵이라도 한 덩이 함께 드시고, 쉬어서 가시지요."

그 사나이는 그들을 따라 동네로 들어섰다. 어떤 집에서는 창문에 희미한 불빛이 비치기도 하고, 동네 위 켠에서는 개가 컹컹 짖기도 했다. 개 짖는 소리가 유난히 크고 불쾌한 파장을 공기 가운데 일으켰다. 그들이 산다는 마을은 말로 하던 것보다는 꽤 초간한 데 있는 모양이었다. 몇 가구 집들이 나타났다. 그러나 그들은 계속 걸었다. 동네가 저만큼 떨어져 있는 모양이었다.

그들을 따라 걷는 사나이는 두 팔을 소매에 깍지를 끼고 있었다. 그리고 발을 뗄 때마다 통증을 호소하는 것 같은 한숨이 새어 나오는 것 같기도 했다. 삼십대가 조금 넘어 보이는데, 사람이 기가 좀 허한 모양이라고 그들은 생각했다. 아는 것이 많은 사람들이 몸이 좀 부실한 편이지, 안 그런가? 그런 소릴 하는 축도 있었다.

"그런데, 댁은 정말 성내에 사시우? 그게 사실인가요?"

그들 중 하나가 물었다. 그 사나이는 팔짱을 끼었던 손을 풀어 입을 가리고 밭은기침을 했다. 그리고는 대답은 하지 않았다. 우리 동네는 성내에서 그리 멀지 않아 성내 소식을 손바닥 보듯이 빤히 안다면서, 그렇게 능치고 있어야 별거냐는 듯이 그들 중 하나가 말했다. 사나이는 여전히 무거운 발걸음을 옮길 뿐이었다. 사나이와 그들은 한참을 아무 말 없이, 짙은 땅거미 속을 걷고 있었다.

"죽은 사람이 무덤 속에서 살아 나왔다면, 그게 말이 됩니까?"

그들 중의 다른 하나가 물었다. 그 사나이는 킁 하면서 침음하는 짧은 소리를 내고는 입을 다물었다. 도무지 묻는 말에 대답을 못 하는 이 사나이가 아까는 어떻게 그렇게 열정적으로 말을 잘 해서 사람의 가슴을 울울 달아오르게 했던 것인지, 혹시 무슨 계교를 꾸미고 있는 것은 아닌가? 혹 십자가에 달려 죽어야 하는 죄를 짓고, 도망치는 사람은 아닌가? 의문 투성이인 이 사나이를 동네에 데리고 들어가는 것이, 자기들에게 어떤 귀찮은 일거리를 불러올지도 모른다는 생각을 하면서 걷는 사이, 그들의 집에 다다랐다.

삽짝문이 빙긋이 기울어져 있고, 대청에 불을 밝혀 놓기는 했는데, 집에 사람이 없었다. 그들 중 주인 되는 이가 낭패로군, 하면서 입맛을 쩝쩝 다셨다. 다른 하나가, 그럼 자기 집으로 가 보자는 제안을 했다. 그러나 그 집도 마찬가지 집안에 사람이 없었다. 동네에서 여자들이 보여 성안에서 있었던 일을 이야기하느라고 집을 비우고 나간 모양이었다. 그러고 저러고, 손님을 모시고 왔는데, 난처한 지경에 이르고 말았다.

"이거 안됐습니다. 요 위, 언덕에 우리 사촌형이 사는데 거기로 가 보십시다."

사나이는 아무 말도 없이 그들을 따라 나섰다. 그의 사촌형은 내외 금슬이 좋기로 동네에 소문이 나 있었는데, 금슬 좋기로 한다면 아들 딸을 줄줄이 뽑아야 할 터인데, 어쩐 일인지 자식을 두지 못하고 살았다. 하는 일이 남의 올리브 농장을 건사해 주고, 그 집 마구간이나 치워 주면서 지내는 터라 생계가 곤궁했다. 어쩌다가 부탁을 해 오는 이가 있으면 목공일을 하기도 했다. 손끝 야물기로는 소문이 자자했다.

그의 사촌형네는 내외가 집에 있었다. 아낙은, 막 일을 끝내고 돌아오는 길이라, 아직 불도 밝히지 못했다고 하면서 손님을 어떻게 맞아야 하나 걱정을 했다. 우선 손님을 들라 하고는 냉수를 한 잔 내다 주면서, 잠시 숨을 돌리면서 쉬시라고 하고 는 모두들 밖으로 나가는 눈치였다.

부엌 겸 거실로 쓰는 방에서 건너다보이는 헛간에 톱이며, 자귀, 대패 그런 목공일을 하는 연장들이 손질이 잘 된 채 걸려 있었다. 사나이는 자기가 앉아 있는 식탁을 훑어 보았다. 솜씨 야무진 목공이 정성을 다해 만든 식탁이 반들반들 윤이 나고, 옆 모서리에는 당초무늬 비슷한 무늬가 생생하게 양각되어 있었다. 그 사나이는 잠시 옛 생각이 스치고 지나가는 것처럼, 회상에 잠기는 얼굴로 앉아 있다가는 식탁을 손으로 여러 차례 쓸어보곤 했다.

"아주버니도, 어쩐대요, 우리 집엔 정말 아무것도 없는데, 아무것도 없는데……."

주부는 이런 집에 손님을 데리고 오면 어떻게 하느냐는 이야기는 끝내 하지 않았다. 총독청에서 마을 수색을 나온다는 소문이 있어서, 동네 회의가 열렸다고 했다. 동네에 들어오는 모든 수상한 자를 신고해야 한다고 방이 붙었다는 이야기를 듣기도 했다. 낮에 주인네 하녀가 그런 이야기를 하면서, 내 입으로 그런 이야기했다고 아무한테도 말하지 말라고 신신당부를 했다는 것이다.

"그럼 어떻게 한다?"

"무얼 어떻게 해요?"

"저 사나이를 신고해야 하나 말아야 하나 그 말이지?"

그들은 사나이를 두고 한참 논의를 분분히 했다. 행색으로 보아서는 수상하기도 하고, 말하는 것을 보면 위엄과 자애가 배어 나와 의심의 여지가 없는, 이 사나이를 어떻게 할 것인가, 그들의 논의가 계속되는 가운데 주부가 나섰다.

"우리 집에 오신 손님이잖아요, 저녁 대접을 하고 나서, 그리고 가신 다음에⋯⋯."

주부는 말끝을 마무리하지 못한 채 좀 떨고 있었다. 신고를 하고 않고는 손님이 간 다음에 결정하자는 것이었다. 주인의 사촌 글로바는 잘 됐다는 듯이, 식사를 하는 동안 신분을 확인해서 신고하자고 나왔다. 단단히 보상을 받을 것이라며 입맛을 다셨다. 옆에서 듣고 있던 다른 한 사람은 몸을 약간 떨면서, 쿵쿵 속내를 드러내는 기침을 했다.

그들은 의논 끝에 대접을 하기는 하되, 성한 빵과 상한 빵을 함께 내놓아 그 사나이가 어떻게 하나 보자는 결론을 내렸다. 주부는 죄짓는 일이라면서 벌벌 떨었다. 주인의 사촌은 형수가 겁을 먹기 때문에 일을 그르칠까 걱정이라며 투덜거렸다. 그러나 남자들의 의견과 행동을 죽은 듯이 지켜볼 수밖에 없는 형편이었다. 주부가 구워서 내놓은 빵 가운데, 상한 빵을 하나 섞어 놓은 뒤였다.

그 사나이 손님을 식탁 가운데 자리에 앉게 하고, 그 앞 한 모서리에 시몬이 등을 돌리고 앉고, 그 건너편에는 글로바 사촌이 앉았다. 주부는 남편과 그 사나이의 옆에 서서 마음을 졸이고 있었다. 이러다가는 사단이 벌어질 것이 불을 보듯 훤한데, 그저 돌아가는 추이를 보자는 식으로 서 있는 남편이 원망스럽기 짝이 없었다. 주부는 잽싸게 자리를 피했다. 그리고는 귀한 손님이 오면 쓰라고 친정어머니가 시집올 때 챙겨 주었던 은제 물병에 냉수를 남아 가시고 나왔다. 님편이 휘둥그린 눈으로 주부를 쳐다보다가는 눈길을 거뒀다. 주부는 식탁에 물병을 올려놓으면서, 맨입으로 빵을 들기 전에 이 물을 드셔야 하는데, 하면서 마음을 졸이고 있었다. 그의 손에는 아직 쟁반이 그대로 들린 채였다. 이쪽으로 등을 돌린 시몬은 잔뜩 긴장해서 "안 됩니다." 하는 소리가 목에까지 올라와 두 손을 벌리고, 빵을 떼려는 사나이를 제지하려는 참이었다.

> 저희와 함께 음식 잡수실 때에 떡을 가지사 축사하시고 떼어 저희에게 주시매
> 저희 눈이 밝아져 그인 줄 알아보더니

그는 눈을 비비고 성경을 다시 들여다보았다. 다시 보아도 그렇게 적혀 있는 게 틀림없었다. 이건 무언가 잘못되었다. 엄청난 착오다. 그는 들고 있던 성경을 땅바닥에 떨어뜨렸다. 이제까지 내가 그린 그림이 모두 잘못 그린 것일 수도 있다. 그는 밑그림을 그리는 종이 위에 자기도 모르는 사이 이렇게 적어가고 있었다.

저들과 함께 식탁에 앉았을 때, 기도하자 이끌어 눈들을 감게 하려 하였으나 의심 많은 이들은 눈을 감지 아니하고, 그 분이 어떤 빵을 집는가 지켜보고 있었다. 상한 빵을 집어 거기서 비둘기라도 날려 올라가게 하려는 것을 기대하는 눈으로. 사람들의 눈길이 빵에 가 있을 때, 주부는 사나이의 손을 쳐다보았다. 사나이의 손등에 피 떡이 진 상처가 아직 선명하게 찍혀 있었다. 주부는 그만 고개를 떨구었다. 가슴에 기름불이 이글거리며 타오르는 듯한 통증과 충격이 폭풍우처럼 몰아닥쳤다.

그는 자기 가슴이 불길로 단근질을 당하는 것처럼 뜨겁고 아파 혼절할 뻔했다. 그 이후의 기록은, 그 사나이가 사라졌다는 것 말고는 사실이 아니다. 잘못 기록된 것이다. 기록이 제대로 됐다면 번역이 잘못된 것인지도 모른다. 잘못 기록된 것을 따라 그림을 그릴 수는 없다. 제대로 기록된 부분만 그리는 것도 말이 안 된다. 전체가

잘못된 것이라면, 한 구석 진실이 담겨 그걸 어디 쓸 것인가.

그는 휘청거리는 몸을 가눠 창가로 다가갔다. 밖에 까만 어둠이 몰려와 장막을 만들고, 그 장막 위에 한 사나이의 얼굴이 비쳤다. 분노와 평안이 함께 어우러진, 기쁨과 슬픔이 뒤섞인 얼굴이었다. 그는 그 얼굴 옆에 다른 인물들을 배치하고 있었다. 그렇게 해서 그림을 그리기 시작했다.

그는, 지금 그리고 있는 이 그림이, 내 생애 마지막 그림이 될 것이라는 불길한 생각이 뇌리에 진흙처럼 말라붙는 속에 작업을 해 나갔다. 그의 나이 삼십 육 세 때의 일이었다. 그는 삼 년 후, 나이 사십에 세상을 떴다.

5.

카라바지오가 〈엠마오에서의 식사〉를 그리던 정황은 대체로 그렇게 복원이 될 수 있다. 그러나 나 개인의 체험을 일반화하는 데는 분명 한계가 있다. 그리고 더욱 문제가 되는 것은 가치부여와 연관된 문제이다. 이런 일을 하는 과정이 과연 가치가 있는 것인가. 이런 일의 가치를 증명하기 위해서는 일종의 '호교론적 문학 옹호론'을 펴야 한다. 누구나 이런 서사 만들기의 과정을 공식으로 해서, 그런 작업을 해야 하는 의무를 지는 것인가 하는 물음에 답을 해야 한다.

누구나 이런 일을 반드시 해야 하는 것은 물론 아니다. 평생 시 한편 안 읽고 소설하나 안 읽어도 먹고사는 데 지장이 없다. 경주 불국사를 안 보았다고 법에 저촉되는 것도 아니고, 금강산도 식후경이라고 밥 먹고 술 마시다가 금강산 구경을 안 했다고 현행범으로 붙들려 가는 것도 아니다. 이는 가치 문제와 연관되는 것이라서, 인간이 어떻게 사는 것이 바람직한 삶인가 하는 문제를 불러온다.

인간 체험의 한계를 마당에 금 긋듯이 그렇게 한정하고, 그 이상을 몰라라 하고 산다면 그것은 바람직한 삶이라고 할 수 없다. 예술은 인간의 가능성을 탐구하고 그

가능성 안에 사람을 이끌어 늘여 그 안에서 가능성을 체험하게 하는 조직적 작업이다. 소설, 나아가 글쓰기 또한 이와 다르지 않다. 자신의 가능성을 확인하고, 그 가능성이 확충되는 체험을 거듭하는 일은 그 자체가 가치개념을 함축한다. 그러한 가치의 세계로 이끌어들이는 일이 문학교육의 몫이다.

사고니, 인식이니, 소통이니, 비판이니 하는 것들이 이 범주를 벗어나지 않음은 물론이다. 같은 지역을 방문하거나, 같은 그림을 보아도 다른 눈으로 사태를 바라보게 된다. 그 체험의 다양성이 삶의 개별성과 보편성을 동시에 보증해 주는 것이리라. 我

브레라 미술관의 어머니와 아들

　세 번째로 가는 이탈리아 여행은 이제 한결 여유롭다. 갈 곳 미리 준비하는 우공이나 석우도 이제는 전문가 수준이어서 미안한 마음 느끼지 않아도 괜찮을 정도인 것이다. 이번에는 밀라노를 거쳐 학술 발표회장인 크레모나로 가고, 다시 베네치아와 피렌체 그리고 피사를 돌아보는, 그야말로 이탈리아 여행의 진수를 체험하기로 계획되어 있었다. 워낙 젊어서부터 애늙은이가 되어서인지 가슴이 뛰는 일은 별로 없었지만, 책과 영화로만 보았던 이곳을 직접 찾아보는 것은 또다른 내 사고의 영역을 넓히는 일이라 생각이 되었다. 우리의 중세가 가슴 막혀 있었던 것과 마찬가지의 답답함을 거기에서도 체험할 수 있을 것인가. 사람이 사라지고 제도와 이념으로 세계를 둘러쌌던 그 막막함이, 그곳이라 하여 다를 것은 없을 것이라는 예감을 가지고 있었다.

　프랑크푸르트를 거쳐 밀라노 공항에 도착한 것은 거의 밤 10시가 되어서였다. 그런데 우리를 맞기로 하였던 민박집 안내사는 기어코 우리를 밀라노 중앙역까지 버스를 타고 오라는 것이었다. 물어물어 버스를 타고 역에 내려 그의 차를 기다렸으나 허사였다. 한참이 지난 뒤에 어떤 자그마한 사내가 터덜터덜 걸어와서 우리를 힐끗힐끗 쳐다보며 탐색하더니, 우리가 맞느냐고 물어보는 것이었다. 그는 두만강 훈춘 출신의 조선족이었는데, 차도 없이 그리고 이탈리아어도 모른 채로(!) 밀라노에서 '독도 하우스' 라는 민박집을 운영하고 있었다. 그는 이곳에 와서 죽어라 일하여 번 돈을 훈춘의 가족에게 보내고, 절약 절약하면서 살아가고 있는 것이었다. 민박을 운영하는 사람이 어찌 이렇듯 사람을 불편하게 할까 생각했던 처음의 불만은 사라지고, 그가 한없이 안쓰러워 보였다. 연변에 거주하는 동포들을 보면서 느꼈던 다양한 살림살이를 여기서도 또다시 떠올릴 수밖에 없었다. 누군가의 한 번 선택이 얼마나 수많은 사람들의 미래를 뒤바꾸어 놓는 것인가. 독립투사와 친일파를 선조로 두었던 사람들의 인생 역전과 가족을 위해 자신을 기꺼이 희생하는 삶 등이 주마등처럼 스쳐갔다. 그는 자신과 마찬가지로 우리에게 표도 없이 전차를 타라고 하였다. 표 사는 방법을 알 리 없는 우리는 시집 간 새색시처럼 그의 말을 따라야 했다. 세상에, 밀라노까지 가서 우리는 무임승차를 하였던 것이다.

자정도 넘어 잠이 들었지만, 우리는 5시에 어김없이 깨어나 주변을 산책하였다. 생피오레 공원에는 미끈하게 자란 전나무와 마로니에가 우리를 압도하였다. 갑자기 쏟아지는 소나기를 우리는 큰 나무 밑에서 피하고 있어야 했다. 곳곳이 과거의 흔적으로 가득 차 있는 곳, 밀라노는 다른 역사 도시와 마찬가지로 과거와 현재가 혼합되어 있었다. 우리의 서울이나 경주처럼 역사를 현재 저편에 밀어두고 추레하게 만들지 않는 것이 본받을 만한 미덕이라 생각했다. 과거의 모든 것은, 현재를 위해 존재한다고 생각하는 오만함이 거기에는 없었다. 과거는 현재에도 자신의 자랑스러웠던 추억을 뽐내고 있었던 것이다. 서울의 궁궐과 경주의 능들이 각각의 기능을 상실

밀라노 시내-옛도시가 쉬지 않고 새롭게 변신한다

하고 덩그러니 놓여 있는 것과 얼마나 비교되는 것인가.

　밀라노가 패션의 도시이니, 그것을 자랑하는 거리를 가보지 않을 수 없었다. 이른바 명품으로 장식된 진열장은 그것들을 좋아하는 사람이나 그런 사람들을 현혹하는 사람들에게야 대단히 의미 있는 것이겠지만, 우리는 그저 스쳐 지나갈 뿐이었다. 브레라 미술관에 도착하였다. 평소 미술품 감상에 일가견을 가지고 있는 우공은 이곳에 오기 전부터 가야 할 곳으로 점찍어 두었다고 한다. 그의 설명을 듣고 나서 바라보는 오랜 역사의 그림들은, 새로운 빛을 발산하고 있었다. 하나하나가 다 대단한 의미를 가지고 있을 작품들인데, 르네상스를 대표하는 화가들은 빼곡하게 진열된 속에서 우리의 발길을 붙들기 위하여 도열하고 있었다. 죽어가는 예수와 그를 바라보는 주위의 시선이 절묘하게 조화를 이룬 작품들이 소장된 것은 이 미술관만의 장점이라는 우공의 설명을 듣고 보니, 정말 그런 그림들이 많았다. 화가들이 바라보고 있는 시선과 포인트를 비교할 수도 있나는 점에서 흥미로운 진열이었다.

그렇게 옛 작품을 소장하고 있는 박물관은 나름대로의 특징을 갖는 것이 필요하다는 생각은 예전부터 가지고 있었다. 내가 근무하는 숙명여자대학교의 박물관은 여자대학의 성격을 잘 드러낼 수 있는 감각을 가지고 있다. 이 박물관이 다른 커다란 박물관과 비교하여 어떤 경쟁력을 가질 수 있을 것인가, 이것이 논의된 적이 있었다. 일반적으로 갖추어야 할 보편적 수장품을 박물관이라면 당연히 갖추어야 할 것이다. 그러나 적은 예산과 협소한 공간이 이를 허용하지 않았다. 그래서 여성과 관련된 것만으로 이곳을 채우자는 의견이 나왔지만, 그러나 세상 어느 것도 여성과 관련되지 않는 것은 없다. 그 말은 하나마나한 얘기인 것이다. 그래서 비녀나 인두, 다리미와 같은 여성의 생활용품만으로 공간을 채워 '여성 생활용품 박물관'을 목표로 하자는 제안을 하였다. 다른 것은 몰라도 인두나 비녀를 연구한다면, 그곳에 갈수밖에 없도록 특화하자는 생각이었던 것이다. 그렇게 하자면 과감하게 고가의 수장품을 필요한 생활용품과 바꿀 수 있는 용기를 가져야 하는 것이었다. 영원히 전시하겠다는 약속을 담보로 하여 기증된 품목이 많아서 이런 제안은 채택되지 않았다. 그러나 각각의 공간은 자신만의 의미를 가지고 있어야 한다는 생각은 지금도 변함이 없다. 그것이 어찌 박물관만이겠는가. 각 사람도 또한 사람이 갖는 보편성과 함께 자기만의 향기와 색깔을 지니고 있을 필요는 항상 있는 것이다.

사람들이 예수의 죽음과 관련되는 보편성에 몰려 있을 때, 나는 훌훌 지나쳐 한 그림 앞에 머물렀다. 왜 그랬는지 강렬하게 나를 붙드는 것이 그 그림 속에 들어 있었다. 그것은 바토니(Pompeo Batoni : 1708~1787)의 유화 작품인 〈요셉, 사가랴, 엘리사벳, 어린 요한과 함께 한 성 모자〉라는 작품으로 본래는 밀라노 성당에 있었던 것이라고 한다. 그림 한 중앙에는 아기 예수를 안은 마리아가 앉아 있고, 양 편으로 요셉과 사가랴가 서 있으며, 천장에는 천사들이 내려다보고 있다. 그리고 마리아가 앉아 있는 계단 밑에는 엘리사벳이 어린 요한에게 예수를 향하여 손짓하며 무언가를 말하고 있는 모습이 담겨 있는 것이다. 모든 시선은 정 중앙에 서 있는 예수에게 집중되어 있는데, 예수는 축도하듯이 요한을 향하여 손을 펴고 있고, 요한은 어머니의 지시에 따라(?) 예수를 향하여 손을 모으고 있었다.

바토니는 다른 전거가 있어 이러한 모습의 그림을 구상하였는지 모른다. 현재 우리가 접하는 성경에는 두 가족이 같이 모여 있는 구절이 없기 때문이다. 예수를 잉태한 마리아가 엘리사벳을 방문하였을 때, 엘리사벳은 '성령으로 충만하여' 다음과 같이 소리쳤다.

바토니의 그림 〈요셉, 사가랴, 엘리사벳, 어린 요한과 함께 한 성 모자〉

> 그대는 여자들 가운데서 복을 받고, 그대의 태 속에 있는 열매도 복을 받았습니다. 내 주의 어머니께서 내게 오시다니, 이것이 어찌된 일입니까? 보십시오. 그대의 문안하는 말이 내 귀에 들려왔을 때, 내 태 속에 있는 아기가 기뻐서 뛰놀았습니다. 주께서 하신 말씀이 이루어질 줄 믿은 여자는 행복합니다.
>
> — 누가복음 1장 41절-45절

이런 장면이 전제되어 있기 때문에, 이런 가족끼리의 만남은 충분히 예견될 수 있는 것이기는 하나. 바토니는 그런 가능성을 상정하였고, 예수와 그의 앞길을 닦았던 요한의 어릴 적 만남을 불후의 명작으로 탄생시켰을 것으로 생각할 수 있다.

　신약에 이르러 '특정의 선택' 과 '사람 사이의 위계성' 을 벗어났다는 점에서, 기독교는 보편 신앙으로 탈바꿈할 수 있는 가능성을 보여 주었다. 그 이전에는 선택된 집단과 그렇지 않은 집단 사이의 끝없는 쟁투가 있었고, 선택된 집단의 하느님은 진두지휘하여 그렇지 않은 집단을 강력하게 응징하였다. 그러니 끝없는 저주와 보복이 뒤따를 수밖에 없었다. 사람과 사람 사이에도 위계가 분명히 정해져, 종적인 질서가 확고하게 자리잡았다. 이미 세워진 장자권은 서슴없이 '뜻' 에 의하여 뒤바뀌기도 하였다. 여기에서의 하느님은 그야말로 그 뜻을 헤아릴 수 없는 두려운 존재였던 것이다. 예수가 '하늘에 계신 아버지' 라고 불렀지만, 그것은 인간 세계의 한없이 자애로운 아버지와는 거리가 먼 것이었다. 아버지이면서 동시에 그는 '주인' 이었다. 세상에 어느 아들이 아버지를 '주인' 이라 하며, 자신을 '종' 이라고 하겠는가? 그런 비정상이 존재하는 한 구약은 그들만의 것일 수밖에 없었던 것이다.

　신약은 그래서 새로운 세계의 출현이었다. 예수는 저주와 분노의 하느님을 "악한 사람에게나 선한 사람에게나, 똑같이 해를 떠오르게 하시고, 의로운 사람에게나 불의한 사람에게나, 똑같이 비를 내려주시는" 분으로 바꾸었다. 종국에는 "너희 가운데서 아들이 빵을 달라고 하는데 돌을 줄 사람이 어디 있으며, 생선을 달라고 하는데 뱀을 줄 사람이 어디 있겠느냐?" 하여 부성애를 하느님에게까지 적용하였다. 이렇게 되면서 하느님은 인간이 전제되는 따뜻한 존재로 변모할 수 있었던 것이다. 이 앞에서 모든 종족은 저주와 보복에서 벗어날 수 있었고, 또 사람들은 차별에서 벗어날 수 있었다.

　이 그림의 초점은 아기 예수와 아기 요한의 역학적 관계에 놓여 있다. 아래를 보고 있어 눈동자는 보이지 않지만 우리는 당연히 자애로운 예수의 모습을 상상하게 된다. 그리고 예수를 바라보는 아기 요한은 경건과 흠뻑 담긴 사랑의 모습을 지니고 있을 것으로 상상한다. 종교적인 문제는 항상 인간 관계의 틀에서 벗어나기 때문이다. 그래서 '복종하고 싶은 데 복종하는 것은 아름다운 자유보다도 달콤하고', 그런 복종이야말로 굴종이 아니라 진정한 '나의 행복'이라고 외치는 것이다. 아기 요한에게 예수를 가리키며 무언가 설명하고 있는 엘리사벳은 바로 이러한 종교의 원리를 설명하고 있는 것인지도 모른다.

그러나 환한 색감으로 이루어진 마리아와 어두운 채색으로 이루어져 있는 엘리사벳을 대칭시킨 것은 종교를 지나치게 의식한 화가의 작위라는 생각이 들었다. 엘리사벳의 그 구부러진 손길과 달싹거리는 입술은 한없이 초라한 모습이었고, 그것이 내 가슴을 찡하게 퉁겨주었다. 이미 설정되어 있는 관계, 천하의 보옥과도 바꿀 수 없는 소중한 아들에게 복종을 가르치는 어머니의 마음이 내 가슴을 아리게 했기 때문이다. 궁중의 법도가 민간의 모범이 되는 것처럼, 성 가정의 질서는 인간관계 속에서 이루어져야 하는 질서의 모범이 될 수밖에 없다. 중세의 그 엄격한 신분체계를 확립하였던 사람들은, 예수가 그렇게 강조했던 불평등과 위계의 파괴를 용납할 수 없었다. 질서라는 이름으로 많은 사람을 착취하고 노예로 부렸던 사람들은, 가차없이 징벌하는 무서운 하느님과 저 위에 놓여 있어 감히 우러러볼 수밖에 없는 예수가 훨씬 편했던 것이다. 대단히 합리적인 사고를 바탕으로 하여 개역한 〈표준 새 번역 성서〉마저도 요한과 예수의 대화를 다음과 같이 질서지웠다.

> 그 때에 예수께서 요한에게 세례를 받으시려고, 갈릴리를 떠나 요단강으로 요한을 찾아 오셨다. 그러나 요한은 "내가 선생님께 세례를 받아야 할 터인데, 선생님께서 내게 오셨습니까?" 하고 말하면서 말렸다. 예수께서 대답하셨다. "지금은 그렇게 하도록 하여라. 이렇게 하여 우리가 모든 의를 이루는 것이 옳다." 그제서야 요한이 허락하였다.
> — 마태복음 213-15

경어법의 사용은 한국어가 가지는 중요한 특징이라고 할 수 있다. 모든 문화는 우열이 없는 것이지만, 그러나 나는 이 경어법이 우리의 사고를 경직시키는데 일정 정도 영향을 끼쳤다고 생각한다. 말은 그 사람일 수 있는 것이다. 그래서 나는 결혼식에서 주례사 할 때마다 서로 존댓말을 사용하라고 권유한다. 존댓말을 사용함으로써 가정은 사람을 공경하는 학습 장소가 될 수 있기 때문이다. "이것이 무엇입니까?"는 "이게 뭐야!" 하는 것보다 말이 길어지고, 그래서 더 생각할 수 있는 여유를 갖게 하는 효과도 아울러 갖는다. 나이가 훨씬 어린 이몽룡이 나이 많은 방자에게 "이 애 방자야 오늘 술은 상하동락하여 연치 찾아 먹을 테니 너희 둘 중에 누가 나이를 더 먹었느냐?" 하고, 방자는 "도련님 말씀이 그러 하옵시면 아마도 저 후배사령이 낫살이나 더한 듯 하나이다." 하는 대화는 이제 더 이상 존재할 수 없다. 그런데도 그런 시대를 꿈꾸는 사람은 우리 주위에 수없이 많다. 남을 턱없이 깔보고, 가난한 사람을 예전 양반이 종 취급하듯 하는 사람들. 그리고 여자는 무슨 큰 죄를 지어 태어난 것처럼 폄하하는 사람들이 도처에 널려 있는 것이다. 예수의 어법과 요한의 어법은 달라야 한다고 생각하여 구별한 〈표준 새 번역 성경〉의 번역자가 가지고 있는 사고 체계도 이 그림 속에서 이루어진 관계의 설정과 다를 바가 없을 것이다. 이미 캄캄했던 중세의 터널은 저 멀리 지나와버렸는데도 말이다. 蘭

신전의 돌기둥과 말씀의 광장

이탈리아에서 학회가 있어서 다녀오는 길에 그리스에 들렀다. 그리스는 언제 가도 상상력이 휘몰아치는 체험을 하게 된다. 아마 그리스의 문화가 워낙 오래 되고 헐어버려 이제는 신화 속에서 역사를 찾아야 하는 나라가 되었기 때문인 듯하다. 일상적으로는 역사 속에서 신화의 흔적을 찾는 법인데 그리스에서는 그와는 다른 방향으로 정신이 뻗어 나간다. 신화 속에 역사가 있는 듯하다.

그리스에서 숙소로 정한 곳은 글리파다였다. 아테네 시내보다 환경이 쾌적하고 마침 한국인이 운영하는 숙소라서 언어 소통에 불편함이 없다는 이점이 있는 숙소이다. 공항 픽업이니 관광지 안내니 하는 것을 도맡아 해준다. 숙소를 정한 다음 시내로 향했다. 아테네 시내는 많은 사람들이 이야기를 하듯, 고대의 신화와 현대의 신화가 함께 숨쉬는 곳이다. 신화와 역사를 구분할 수 없는 이 땅에서 무엇을 얻을 것인가, 그 자체가 여행의 무게이기도 하고 부담이기도 하다.

제우스 신전-아칸서스 장식이 화려한 돌기둥

그리스 신들의 총수는 제우스이다. 파르테논 신전 남쪽, 아크로폴리스가 아득하게 올려다보이는 시내 평지에 제우스 신전이 서 있다. 당대 화려했던 신전은 마음속에나 그릴 수 있을 뿐, 우아하게 서 있는 코린토식 주랑들이 그 자체가 예술품이 되어 줄지어 서 있다. 주랑의 기둥들 끝에는 아칸서스(acanthus) 잎들이 우아한 곡선을 그리며 아래로 처져 푸른 하늘의 영기를 받아들이고 있다. 돌기둥은 아스라한 이념을 생각하게 한다.

제우스 신전에서

수직의 이념 꼭대기에서
아칸서스 잎이 피어나다가
가로지른 들보 사이로
하늘은 무한천공으로 열려 있다.

신전의 돌기둥보다 더 선명한
하늘로 향하는 정신의 빛줄기들
대지의 혼인 양 검은 사이프러스
타고 올라가는 여름의 땡볕이다.

대지의 혼은 돌기둥에 새겨도
땅위에서 수직으로 자라나서는
오롯이 하늘로 뻗어 올라가 잎을 피우건만,
나는 코발트빛깔 하늘에 익사를 거듭한다.

제우스 신전은 아크로폴리스를 바라보고 서 있다. 그 신전 앞에 로마시대의 그리스를 통치하던 이들이 세워 놓은 개선문은 무너지고 한쪽 벽만 남아 위태롭게 서 있다. 그리스와 로마를 같이 일컫는 것은 우스운 일이다. 그리스는 그리스고 로마는

아고라 광장-민주정치의 요람이었던 저자거리

로마라고 해야 옳다.

우리는 디오니소스 극장을 옆으로 두고 걸어 올라가, 오데온을 내려다보며 거기서 연주되는 여름 연주회를 상상한다. 유럽 거장들의 연주를 들을 기회가 쉽게 오지는 않는다.

아크로폴리스, 그것은 그리스의 기원과 영광과 비애를 통째로 드러낸다. 짧은 시한 편으로, 혹은 수필 서너 장으로 그 이야기를 다 할 수 없다. 차라리 자지러지기 전에 현실적인 감각으로 돌아가야 한다. 우리는 장거리를 향해 내려간다. 거창한 주춧돌이 이전의 화려했던 시절을 이야기하는 가운데, 희랍정교 교회가 아담하게 서 있다. 앙바탕한 건물의 몸통 위에 마치 추기경의 모자처럼 앙징맞은 지붕을 붉은 기와로 해 인 것이 사랑스럽다.

아고라포비아(agoraphobia, $\alpha\gamma o\rho\alpha$ $\varphi o\beta\iota\alpha$)라는 정신질환이 있다. 시장이나 광장 같은 공개된 장소에 나가거나 그런 데 혼자 있는 것을 두려워하는 정신 증상을 그렇게 말한다. 아크로폴리스 북쪽으로 그리스 사람들이 모여 정치를 논하고, 도편추방법으로 혐오하는 인물을 시에서 내쫓기 위한 재판을 하던 곳이기도 하다. 원래는 장사를 하던, 시장과 같은 곳이다. 그리스어에서 장을 보는 것을 '아고라하다-아고라조' 라고 조어를 한다. 아무튼 아고라는 민주주의의 상징이고, 민주주의의 원천지源泉地이다. 한국에는 광장이 발달되어 있지 않다. 시민이라는 말이 낯선 것은 광장에 나서서 논쟁을 하고 설득을 하던 그런 전통이 없기 때문인지도 모른다. 도시인, 장사꾼을 천히 여기던 전통에서 시민Buerger이라는 말이 용납하기 어려웠는지도 모른다. 시민을 삶의 지향점으로 설정하기보다는 양반으로 행세하고 싶어 안달을 했을 것이다.

광장에 모여 이야기를 하고, 논쟁을 벌이고 하던 그들의 전통이 그리스의 정신을 형성했던 것이리라. 그리하여 신들의 말씀은 선험적으로 아크로폴리스에서 내려온 게 아니라 아고라에서 말이 모여 거기로 올라간 것이 아닌가 하는 생각이 들 정도다. 그런데 아고라는 흥성하던 옛 자취는 담 밖으로 밀려나고 폐허가 되어 돌무지가 되다시피 했다. 그리고 정돈되지 않은 채 나무들이 어지럽게 서 있다.

아고라에서

아고라, 그리스 문자로 $\eta \alpha \gamma o \rho \acute{\alpha}$ 는
장이 서고 사람들이 모여들어
살아가는 가지가지 얘기들마다
날개를 달고 치솟아 오르던 광장이다.

빈혈의 올리브나무며 순진한 느릅나무
그런 나무와 말라가는 풀들 사이에서
이야기는 돌무지가 되어 흩어져 있다.

광장이 두려움의 대상까지야 되겠는가만
몸을 숨길 밀실이 준비되지 않은 내에
햇빛 아래 자글거리며 나신을 지지는 광장,
아, 그건, 그건, 정녕 공포러라.

헤파이스토스 신전 – 대장장이의 건물이 오래 간다

신탁은 아크로폴리스에서 내려오는 게 아니라
아고라의 언어들이 석벽을 기어서 올라가
신전에서 말다툼을 하고,
극장에서 말은 살지고, 때로는 피를 흘린다.

아고라에 내놓은 말은 일용할 양식이라서
말이 없는 아고라는 신도 인간도 허기진다.

    시장 옆에 대장간이 있다는 것, 대장장이의 신 헤파이스토스를 모시던 신전이 거의 완벽한 상태로 남아 보존되어 있다. 그 완벽함이 오히려 낯설다. 불의 지배자이며 금속과 야금술의 신인 헤파이스토스는 화산을 그의 작업장으로 삼았다고 한다. 솟구치는 마그마와 불이 튀기는 폭발 가운데 작업을 했다. 그러니까 신이다.
    그리스 신들의 애정행각은 때로는 느끼할 지경이다. 전하는 바에 따르면, 제우스는 헤파이스토스를 아프로디테와 결혼시켰다. 절룩발이 장애인에게 미의 여신을 엮어 준 것은 장애인에 대한 배려인가, 고약한 플롯인가. 그런데 아프로디테가 도망쳐 아레스의 정부가 된다. 어느 날 모든 것을 조망하는 태양신 헬리오스가 그 사실을 헤파이스토스에게 알려준다. 헤파이스토스는 눈에 보이지 않는 그물을 만들어 아내의 침대에 펼쳐 놓는다. 아내가 애인 아레스와 함께 침대에 눕자 그들을 꼼짝 못하게 그물로 죄어 매달아버렸다. 헤파이스토스는 신들을 불러 이 광경을 구경하게 했다. 아프로디테는 그물에서 풀려나자마자 줄행랑을 놓았고, 신들은 폭소를 터뜨렸다.(『신화사전』, p.869)

공장工匠의 신전답게 건물이 훼손되지 않고 보존되어 있는 터라 그 건축미보다는 오히려, 신전의 기둥들 사이로 비치는 하늘의 짙푸른 남빛이 이념이며 역사며 사랑까지도 빨아들이는 것 같다.

헤파이스토스 신전

신전의 기둥 사이로
낡은 이념이며 역사며
애증은 남빛 하늘로 증발하고

늙은 소나무만 푸른 시간을 지킨다.

올리브 나라의 옴파로스

신과 인간의 계보를 따지는 것은 때로 손을 댈 수 없는 상상을 불러온다. 신이 인간을 만들었는가 인간이 신을 발명했는가 하는 논의로 이어질 수 있기 때문이다. 그리스인들은 신을 많이도 만들었지만 그 신들을 모시는 신전 또한 그리스 전국토에 깔려 있다. 아테네에서 동남쪽으로 해안을 따라 두어 시간 내려가면 수니온 곳에 닿는다. 바다를 향해 발을 슬그머니 내밀고 있는 곳의 언덕 위에 해신을 모시는 신전의 기둥들이 서 있다. 이름하여 포세이돈 신전이다.

여행은 상상을 확인하고 확인된 상상을 불려 나가는 작업이다. 1810년인가 그리스 혁명에 참여하느라고 여기를 다녀갔다는 바이런의 시가 기억되고, 신전의 돌기둥을 보며 이게 도리아식이지 하는 옛날 학습장의 낡은 페이지가 떠오르기도 한다. 일찍이 호머가 성스런 머리땅(sacred headland)이라고 불렀던 수니온은 노을이 아름답고 특히 그 빛깔이 포도주 빛깔로 불탄다고 해서 아름답다는 곳이다.

자신이 발명한 신을 자기가 처단하고 이제는 신이 떠난 신전에 돌기둥은 여전히 실팍하고 바람은 살갑다. 그러나 거기 허무의 심연이 어리는 것은 하늘빛이 무섭게 푸르기 때문인지도 모를 일이다.

포세이돈 신전

여기 그리스 사람들이 땅끝이라 하는
수니온 곳으로 포도주빛 노을을 보러 갔지.

하필 노을이냐는 듯 바다는 잔잔히 맑고
푸르고 바람 산산한 해수욕장
여인들은 물고기처럼 퍼들대고 있었지.

올리브나무 사슬대는 이파리 저쪽으로
조용히 가라앉아 생각에 잠기 바다를 연해
회칠한 담벼락 붉은 지붕이 열에 흠뻑 달아

해신 포세이돈은 바닷속으로 잠수해 갔는지
신전의 돌기둥만 무한 궁륭 아스라한 푸르름에
지구의 촉수인 양 쏘는 햇살에 삭아들고 있어

작열하는 태양빛 그 아래 하늘을 버티고 선
이 신전에서 나는 무엇을 말할 수 있는가
햇살과 물빛과, 그러다 하늘의 깊이를 잊었지.

신이 떠난 터전, 신은 본래 부재의 이름인지도 몰라
이 허무의 사원, 그 실팍한 돌기둥에 기대어

'노래하며 죽고지고'＊ 허사로 놀리고 현기증마서 잊었지.

　　그리스에서 올리브나무는 한국의 소나무만큼이나 흔하다. 그런데 올리브나무는 구기고 일그러진 생애를 연상하게 한다. 그래도 토양이 좋은 밭 가운데 서서 무성한 잎을 달고 윤기가 돌아 보이는 나무가 없는 바 아니나 대개는 빈사 직전의 형상을 하고 뒤틀리고 꾀어 올라가며 자라는 게 특징이다. 그렇게 시달리며, 환경을 극복하며, 아니 달래며 정들이고 살기 때문에 그 열매가 쓰고 시면서도 기름은 유달리 맛 있고 윤이 나는 것인지도 모른다. 신들과 더불어 형벌로 사는 올리브나무, 석회산의 성모聖母를 연상하게 하는 올리브나무는 척박한 토양에서도 잘 자라고 열매가 많이 열려 다산성을 지닌다. 그래서 사람을 살린다. 다산성은 생명을 많이 만들어낼 뿐만 아니라 스스로 다른 생명을 길러내는 힘이 있음을 뜻한다. 못생긴 여자가 몸은 건강 해서 시집가서 칠팔 남매 낳아 잘 기른 그 암소 같은 어미를 능가하게 하는 나무가 올리브나무다.

　　올리브나무

　　석회질 토양에 뿌리를 내리고

＊ Lord Byron의 *Don Juan*은 펭귄판으로 520여 페이지에 달하는 장시이다. Canto라는 편수가 XVII까지 나아가는 데, 그 가운데 3부에 그리스의 섬들이라는 시편이 포함되어 있다. 3부 86절에 Don Juan이 각국을 돌아다니며 그 나라 시양식에 따라 시를 썼다는 소개를 하면서 그리스에 가서는 다음과 같은 송가를 지었다는 소개와 더불어 16편의 단시가 소개되어 있다. 그 가운데 마지막 단시가 16번에 해당한다.

　　Place me on Sounium's marbled steep,

　　Where nothing, save the waves and I,

　　May hear our mutual murmurs sweep;

　　There swan-like, let me sing and die.

　　A land of slaves shall ne'er be mine- I Dash down yon cup of Samian wine!

(펭귄판, p.181)

잎은 벌써 어느 사이 분칠을 했는지
눈엽嫩葉의 윤기마저 부옇게 늙었다.

늦은 봄, 눈에라도 들어갈 작은 꽃을 피우고
여름 내내 산모의 젖꼭지만한 열매
다닥다닥 길러내기에 지치기도 하리라.

한 세대 절반이나 나이를 먹어야
열매가 충실한 이 단단한 나무는
신화의 땅에서 신들과 더불어 형벌로 산다.

어미치고 누구 하나 심정이며 생애가
반듯하게 자라고 곱게 피어나랴.
안으로 무장한 인고의 굽이마다 옹이져

검고 뀐 줄기에 계절은 다시 상처로 남고,
비틀려 돌아간 이 나무에 황금 열매가 열리는
감람橄欖은 석회산의 성모라서 태생이 다산이다.

　　한때 옴파로스라는 의류 상표가 유행을 탄 적이 있다. 지구의 배꼽, 당시 우주의
중심이 지구라는 생각을 하던 사람들에게 그것은 우주의 배꼽이기도 했다. 아폴로
신을 모시는 신전이 있고, 작은 신전들과 종합 경기장이 있는 이 성역은 우주의 중심
이라는 생각을 할 만큼 자연환경이 갖추어져 있다. 광활하게 탁 트인 벌판이며, 그
벌판이 파르나소스 산으로 밀어오면서 하늘로 치솟은 거봉들. 그 위를 나는 수리들
은 태고적 평평한 땅 양쪽으로 날아갔다가 돌아와 델피에서 만난 그 수리들인 것이
다. "너 자신을 알라" 하는 경구가 적혀 있었다는 것. 희랍정신의 핵심인지도 모른다.
　　파르나소스 산 절벽을 달구는 태양과 그 위로 청청하게 개어 올라간 하늘이 아스

델피−우주의 배꼽, 옴파로와 신탁의 계곡

라하기만 하다. 하늘의 빛이 지심을 관통할 것처럼 강렬하게 작열한다. 아폴로가 황금 수레를 타고 하늘을 날았다고 하는데, 태양은 그저 거기서 타오를 뿐 인간의 사념과는 무관한 것이다. 옛적 사람들 여기서 살았던 모양을 떠올려 본다. 농사를 짓고, 양을 치고, 누에치기를 하는 중에 그들에겐 음악이 있었다. 시인과 농부의 동질성을 이루던 시대를 생각해 본다.

> 델피에서
> ― 아폴로를 만나러 가는 길
>
> 태양은,
> 파르나소스 산, 그 석벽을 달구며
> 광선을 쏘아 내려 땅 속 하데스에 미친다.
>
> 아스라한 사념이라고 언제나 황금빛을 뿜으며
> 날개 달린 사자가 하늘을 날고 수레를 달려서

영원한 진리의 태양으로 빛나는 것은 아니다.

장정들이 창과 방패를 들고 말을 몰아 산을 넘을 때
아낙들은 누에 기르는 짬에 현금으로 숲을 울리고
바다에는 배를 짓는 소리 쩡쩡 파도를 제압한다.

올리브나무 숲을 지나 미풍과 더불어 신탁은 온다.
스핑크스의 미소 아래 무녀는 그저 몸을 떨다가
지진으로 무너지는 신전의 돌기둥에 치어 침묵이다.

지혜의 신을 발명한 인간들이 허무의 신 앞에
제사를 올리는 연기가 파르나소스 산을 타고 올라
푸른 하늘에 녹아나는 그 동안 태양은 황금빛이었거니

청청히 개어 올라간 이 푸르름 속에 풍덩 뛰어들어
소멸하는 존재의 형상이 들판에 물소리로 넘쳐나면
사이프러스 꼭대기 타오르는 심장의 향기는 산을 넘는다.

　우리들의 여행은 노을에서 노을로 길이 이어져 있었다. 괴테가 찾아가 영감을 얻고 돌아온 이탈리아에서 시작하며 바이런이 "나의 생명이여, 나는 그대를 사랑하노라. $\zeta\omega\acute{\eta}\ \mu o v,\ \sigma\alpha\varsigma\ \alpha\gamma\alpha\pi\acute{\omega}$" 하고 노래한 그리스를 떠나는 것으로 여행이 끝난다.
　그런데 이탈리아 레체라는 작은 중세도시에서 아침에 문득 나타나 마음을 뒤흔들어놓은 노을은 참으로 고왔다. 정작 그 노을을 찾아 나섰을 때 노을은 가뭇없이 사라지고 하늘은 멀거니 평범하게 가라앉아 있었다. 그리스를 돌아 로마 공항에서 한국으로 가는 비행기를 기다리는 중에 서녘 하늘을 황홀하게 물들인 노을을 보며, 아침 노을을 보며 눈을 뜨고 저녁에 다시 노을을 보며 일과를 마무리할 수 있다면, 그 삶은 참 아름답겠다는 생각을 했다.

노을 사이에서

1.

로마는 바다가 그리워
반도의 서쪽에 자리잡은 터라
하루가 저무는 공항은 노을이 황홀하고
성급한 조명등이 부신 눈을 뜬다.
하늘로 치솟는 이 신선한 물고기들
황금빛으로 노을을 가로지르는 선율
그 위로 보라색 꿈이 내린다.

2.

죽고 싶은 꿈에 시달리다가
죽지는 말자고 눈을 뜨고 일어나
죽고 싶게 찬란한 노을 앞에 선다.
문이 안으로 잠긴 골목길을 돌아 돌아
노을 보겠다고 앞마당 가로질러 밖에 나섰을 때
하늘은 그저 평범한 어느날 그대로
멀거니 아침을 펼치고 있었다.

3.

원컨대, 평생을
아침 노을에 눈을 뜨고
노을과 함께 저승으로 진다면
생애가 온통 꽃으로 얼크러진 잔치러니.

레체의 아침 노을과 로마 공항의 저녁 노을 사이에 신들의 나라 그리스를 다녀온 기억들이 무지개처럼 펼쳐져 있다. 그리스의 신들은 남의 나라에 더 생생하게 살아 있다. 정작 그리스는 터키의 침공을 당해 알라를 섬겨야 했고, 그리고 그리스도교의 전파 이후 잡신들은 신앙의 대상이 될 수 없었다. 제사를 얻어먹지 못하는 신들은 영양실조에 걸려 이제 말씀의 신전 속에 웅크리고 있다. 그 신들을 다시 세상으로 불러와 제사를 드리듯이, 축제의 춤판으로 어우러지도록 한 것은 이탈리아 르네상스 시대의 문인과 화가들, 조각가들이었다.

바이런이 "아테네가 내 마음과 영혼을 사로잡았노라."하고 노래한 아테네를 다시 보러 와야 하겠다는 다짐 속에 내가 급히 쓴 몇 편의 시가 눈앞에 아물거린다. 幻

포세이돈을 찾아서

낮 한 시의 아테네는 태양이 강렬하다. 하이얀 아크로폴리스 언덕과 쑥색 아고라 광장에는 해를 피할 곳 하나 없어 이글이글 타오르는 태양 아래 헉헉거리며 몇 시간을 돌아다닌 우리 네 사람은 아고라 광장을 벗어나 가게들이 펼쳐진 상가 지역으로 이동했다. 아고라 광장의 담장을 끼고 상가들이 이어지고 한 편으로는 좁은 통로 속으로 전철 길이 놓여 있다. 아고라 광장 옆 기둥이 도열한 건물이 보이는 식당으로 찾아들어 점심 식사를 해결하기로 하였다.

건조한 날씨의 그리스에서는 햇볕 아래 걸음을 옮길 때는 숨이 턱에 차지만 일단 그늘 속으로 들어오기만 하면 언제 그랬느냐는 듯이 시원하다. 에어컨이 엉성하게 돌아가는 건물 안보다는 길가 차양 아래 앉아 치킨 수블라키와 생선 수블라키 그리고 해물 종합 한 접시를 시키고 맥주를 곁들여 즐거운 식사를 하였다. 그리스 음식은 해산물이 풍부한데 이미 국제화된 탓인지는 모르지만 향신료가 그리 강하지 않

아테네 시내-짙무른 하늘 아래 발랄한 이성이

아서 우리 입맛에 별 어려움 없는 것이 이번 그리스 여행을 참 편하게 한다.

　점심 식사를 마친 후, 오후의 주된 일정인 포세이돈 신전으로 가기 위하여 수니온 행 버스를 타는 시청 앞까지 이동해야 한다. 지하철 한 정거장 정도의 가까운 거리지만 이 더위에 걷는다는 일이 끔직하여 지하철로 이동하기로 하였다. 신다그마역에서 내려 국회의사당 광장을 지나 수니온 행 버스 정거장에 도착하니 여러 사람이 버스를 기다리고 있다. 버스 정거장에서 도착 순서로 줄을 서지 않고 적당히 서서 기다리는 것은 그리스 식인가 보다. 어디에 가서건 그곳의 풍습에 따라야 하느니.

　버스는 예정보다 10분 정도 늦게 출발하여 좁고 구불구불한 아테네 시내 도로를 빠져나와 숙소가 있는 글리파다 지역에 도착하니 오른 편으로 바다가 보이기 시작한다. 도시 외곽을 벗어나 남쪽으로 달려갈수록 바다는 점점 그 아름다운 풍광을 드러낸다. 에게 해의 쪽빛 바다를 보고나면 그 푸르름의 강한 인상을 잊지 못한다고 하더니 석회석의 영향인지 바다는 에메랄드 빛으로 사람의 눈을 유혹한다. 저 바다, 복잡한 해안선과 바다 빛깔로 유명한 바다, 에게 해는 그리스와 페르시아 사이에 놓여 있는 바다로 트로이 선생과 페르시아 선생으로 서양사 서두를 장식하고 있으며, 또한 수많은 그리스 신화를 간직하고 있는 바다이다. 바다의 이름부터가 신화의 한 자리를 차지하니까.

아테네 왕 아이게우스의 아들 테세우스는 코린토스의 이스트모스에서 사람을 구부린 두 소나무 사이에 매어 찢어죽이던 시니스를 죽이고, 크롬미온 돼지를 처벌하고, 자기의 발을 씻어주는 손님들을 바다 속으로 차 넣던 스키론을 절벽 아래로 내동댕이치고, 쇠침대의 길이에 맞춰 방문객의 몸을 늘이거나 잘라내던 프로크루스테스를 죽여 아테네의 영웅이 된다. 이미 그 용맹으로 명성을 쌓은 테세우스는 당시 그리스 인근의 맹주로 자리 잡은 크레타에 보내는 조공 문제를 해결하기 위해 부왕의 만류도 물리친 채 크레타로 향한다. 그는 크레타에서 이기고 돌아오게 되면, 미노타우로스에게 바쳐질 희생자들을 싣고 다니는 죽음의 배가 바다로 전진할 때 꽂고 다니는 검은 돛 대신 하얀 돛을 올리겠다고 아버지인 아이게우스 왕에게 약속을 한다. 그러나 테세우스는 크레타에서 커다란 승리하고 돌아오면서 부왕과의 약속을 잊어버리고 흰 돛을 올리지 않는다. 배를 보고는 사랑하는 아들이 죽은 것으로 판단한 아이게우스는 푸른 바다에 몸을 던지고 만다. 바로 그 아이게우스가 죽은 바다가 그의 이름을 따 에게 해라 불리게 된 것이다. 우리가 신화 속에서 만나던 많은 인물들이 에게 해라는 명칭의 탄생과 관련이 있을 정도로 에게 해는 그리스 문명과 떼어놓을 수 없는 상관성을 지니고 있다.

버스는 크고 작은 해수욕장을 지나고 연인들이 자신들만의 공간으로 만들어 버린 작고 예쁜 계곡들을 지나 남쪽으로 달린다. 가끔씩 버스는 마을 사람들의 편리를 위하여 바다를 벗어나 산 쪽으로 접어들어 올리브나무와 오렌지나무로 뒤덮인 아담한 집들과 바다를 향해 커다란 창을 낸 커다란 저택들로 이루어진 작은 마을들을 지나기도 한다. 그리스의 한적한 마을들을 지나며 또 에게 해의 눈부신 바다를 바라보며

포세이돈 신전과 에게 해 ─ 바이런이 사랑했던 낡은 신전과 푸른바다

아테네 신다그마 정거장에서부터 두 시간 가까이를 달려 커다란 만을 낀 마을에 도착했을 때, 오른쪽으로 바다를 향해 길게 뻗은 언덕이 보인다. 그 언덕 위 절벽 끝에 하얗고 조그만 석조물들이 반짝인다. 수니온이다!!

아테네를 품고 있는 아티카 반도의 최남단에 있는 수니온 곶의 절벽 위에는 바다의 신 포세이돈을 모시는 신전이 자리하고 있다. 그리스는 산이 많은 나라이다. 반도를 따라 산들이 끝없이 이어지고 그 부챗살처럼 뻗은 산맥들 사이사이에 자리한 들판마다 작은 도시들이 자리하고 있는 것이다. 페르시아나 이집트와 같이 넓은 평원을 가진 지역에 제국이 형성된 데 비해 그리스 지역에 도시 국가들이 생겨난 것은 역시 각 지역이 지닌 지형적인 특성에 깊은 관련이 있다. 또 복잡한 해안선을 끼고 있는 그리스 사람들은 이동하기에 멀고 불편한 육로보다는 바닷길을 많이 이용했고 그 결과 그리스는 기원전 5~6세기에 지중해를 장악하는 해양국가로 성장할 수 있었다. 지금도 그리스가 세계 최고의 해운 국가 중 하나인 것은 이러한 그리스의 지형적이고 역사적인 사실과 무관하지 않으리라.

수니온에는 포세이돈 신전이 있기에 관광객들이 찾는다. 아테네 반도 어디엔들 아름다운 바다가 없겠는가마는 수니온 곶 위에서 바라보는 에게 해가 너무나 유명해서 수없이 많은 관광객들이 찾는다. 버스에서 내려 경사가 완만한 언덕을 오르다가 카페에 들러 음료를 마신 후 건너 편 언덕에 자리한 포세이돈 신전을 향해 비스듬한 언덕을 타고 오른다. 가파른 절벽 위에 세워진 신전은 원래 서른다섯 개의 기둥을 가진 커다란 규모였던 건물이었다는데 그리스 다른 신전들과 마찬가지로 지붕은 모두 사라지고 기둥들도 거의 다 무너져 열다섯 개의 도리아 식 기둥만이 바람을 맞으며 서 있을 뿐이다. 하지만 그것만으로도 당시 신전의 멋과 위용을 충분히 느낄 수 있다.

아테네로 향하는 거의 모든 배들을 모두 감시할 수 있다는 수니온 곶은 삼면이 바다로 탁 트인 것이 뱃길에 문외한인 내가 보아도 바다의 신을 모실만한 자리인 듯하다. 포세이돈 신전이 있는 수니온 곶은 오래 전부터 에게 해를 운항하는 뱃사람들에게는 성지처럼 여겨지던 곳이었던 모양이다. 기원전 6세기에 그리스 인들은 바다의 신 포세이돈을 모시는 신전을 이 자리에 세워 먼 바닷길을 나설 때 신에게 제사를 지냈다. 기원전 480년 페르시아 전쟁으로 신전이 크게 파괴되었지만, 기원전 444년 아테네의 아고라 광장에 서 있는 헤파이스토스 신전을 건축한 익티누스라는 건축가가 원래 있던 신전의 기반 위에 다시 지금의 신전을 세웠다. 이천오백 년의 세월을 버티고 지금까지도 기둥의 일부가 늠름하게 서 있는 데에는 경외의 마음을 가지지 않을 수 없다.

신전에서 바다를 바라보니 바다는 햇빛에 반짝이고 있다. 아직은 대낮이라 수니온이 자랑하는 황혼의 장관을 느낄 수는 없었지만 신전에서 바다를 바라보면서 왜 그리스 사람들이 이 자리에 그들이 섬기는 바다의 신을 모시는 신전을 건립하였는지 알 것 같았다. 바다의 신 포세이돈이 만족할 만한 공간, 신이 거주할 만한 공간이라는 생각이 든 것이다. 높은 산 위쪽은 신이 사는 곳. 아크로폴리스도 그랬고, 헤파이스토스 신전도 그랬다. 조금이라도 높은 공간이어야 신이 거주하는 성스러운 공간이 될 수 있는 것 아니겠는가. 부처님을 모시는 우리나라의 절집들도 보통 사람들이 사는 공간보다는 조금 높은 곳에 자리하는 법이니.

신전에는 관광객들이 안으로 들어갈 수 없도록 금줄을 쳐 두었다. 관광객들이 많다 보니 보존의 필요성도 있겠고, 이곳 수니온이 워낙 외진 곳에 위치해서 관광객들이 남의 눈을 의식하지 않고 신전 기둥에 낙서들을 해서 이를 금하려는 의도도 있는 모양이다. 19세기나 20세기 초 이곳이 거의 황무지였던 시절에 이곳을 찾은 사람들이 기둥에 많은 흔적을 남긴 모양으로 지금은 그것마저 관광객들의 관심의 대상이 되곤 한단다. 고대 그리스 문화를 사랑하여 1824년 그리스 독립전쟁에 참전했다가 병

사한 영국의 시인 바이런은 1810년 경 이곳에 들른 감동을 '수니온 대리석 석벽, 파도를 막는 아무것도 없다'는 시구로 남긴 바 있다. 그 역시 이곳에 다녀간 기념으로 세 번째 기둥에 자신의 이름을 새겨 두었다는데 금줄을 쳐둔 뜻에 따라 굳이 들어가 확인하지는 않았다.

신전을 돌아 나오다 보니 신전 밖으로 성채가 둘러쳐져 있었던 자국이 보인다. 아테네의 아크로폴리스도 산 위에 자리하였고 주변을 성벽으로 둘러쳐져 있었고, 시실리아의 아그리헨토의 그리스 신전 지역도 바다가 바라보이는 언덕에 높은 석벽을 쌓고 그 위에 신전이 자리하고 있다. 언덕 위에 성채를 쌓고 그 위에 신전을 짓는 것은 신전이 당시 사람들에게 정신의 중심이었을 것이고, 신전이 함락된다는 것은 곧 정신의 상실이자 국가의 빼앗김에 다름 아니었기 때문일 것이다. 아니 신전을 보루로 하여 적들과 마지막까지 전투를 계속하려는 의도 또한 없지 않았겠지만. 성채로 둘러싸인 그리고 온존한 모습을 갖춘 포세이돈 신전을 머리에 그려보며, 수니온 곶 언덕을 몇 번이나 되돌아보며 언덕길을 따라 신전 지역 밖으로 나왔다.

이 먼 수나온 곶 위에 성채를 쌓고 그 위에 엄청난 규모의 신전을 지을 수 있은 것은 항해의 안전을 기원하는 바다의 신 포세이돈에 대한 신앙의 힘이리라. 신앙이 만들어내는 인간의 엄청난 힘은 유럽 어느 도시에 가나 엄청난 규모로 위압감을 주고 서 있는 성당들에서 확인할 수 있다. 어디 그 뿐인가. 중국이나 태국이나 세계 어디를 가든 종교적 유산들이 우리를 놀라게 하지 않았는가. 여행이 성채와 성당을 구경하는 것이라는 우스갯소리가 웃기 위한 이야기만은 아니다. 에게 해에서 불어오는 바람 속에 삼면을 에워싼 바다 풍경에 멀리 육지 쪽에 펼쳐진 멋진 정경에 수니온의 언덕 꼭대기에 신전을 세운 그리스 인들의 진한 믿음과 정성이 묻어나는 것 같다.

여름이라 해는 길고 한 시간마다 있는 아테네로 돌아가는 막차는 오후 여덟시에 있다니 그 유명한 수니온의 황혼을 구경하기는 어려울 듯하다. 더위를 피해 야외 카

글리파다 해변 – 하늘이 푸르러야 바다도 푸르다

페에서 차가운 맥주를 앞에 놓고 수니온 주변의 풍광을 감상하며 그곳에 모여든 한국인 관광객들과 담소를 나누었다. 먼 한국에서 이곳 수니온까지 와서 만나는 인연이 반가웠고, 각자 그리스에서 체험한 일들이 서로에게 정보가 되어 주어 즐거웠다. 마지막 버스의 복잡함을 피하기 위해 일곱 시에 버스에 올랐다. 돌아오는 버스는 길이 익어 그런지 빠른 속도로 한 시간 남짓 만에 숙소가 있는 글리파다에 우리를 내려준다. 아테네 시내를 지나지 않으니 시간이 아주 적게 걸린 탓도 있지만.

글리파다 해변에 자리한 레스토랑에 도착하여 건물 안 탁자보다는 바닷가 모래밭 위에 설치해 둔 파라솔에 앉아 시원한 바닷바람을 맞으며 저녁을 먹기로 하였다. 그리스 여행답게 해물과 치즈와 야채 중심으로 식단을 짜고 포도주를 곁들여 어둠이 내리기 시작하는 바다를 바라보며 감미로운 식사를 가졌다. 나이든 악사 넷으로 구성된 악단이 다가와 음악을 연주한다. 연주 실력은 다소 엉성했지만 그리스 음악 몇 곡과 서투른 한국 가요 한 곡을 들려주는 가운데 바다는 점점 어두워갔다. 동쪽으로 열린 바다여서 에게 해의 멋진 황혼을 볼 수 없어 아쉬웠지만, 우리 네 사람은 붉은 빛 포도주 잔을 들어 수니온의 황홀한 바다 풍경과 그 유명한 낙조를 기리며 건배하였다.

솔베이지 노래 속의 무지개

피요르드 끝자락 동네-숭엄한 자연의 시간을 생각하다

오슬로에서의 어느 아침

피요르드 : 자연사 연대표 속에서

솔베지 동네 감자밭

오슬로에서의 어느 아침

전날 기차를 타고 스웨덴의 칼슈타트까지 세 시간 가까이 이동해서 시내 구경을 하고 저녁 늦게까지 오슬로 거리를 돌아다닌 탓에 피곤하기는 하였지만, 약속대로 아침 여섯 시 석영과 함께 방을 나와 로비에서 우공을 만나 프로그네 공원으로 향했다. 숙소인 길덴러브 호텔 문을 나서서 왼쪽으로 오슬로대학을 향해 이삼백 미터쯤 가면 있는 마조르스투엔, 즉 대중교통 종점, 삼거리에서 왼쪽으로 방향을 잡고 삼사 백 미터를 가면 비겔란트 조각 공원으로 더 잘 알려진 프로그네 공원이 있다.

이 공원은 프로그네 경이 살던 장원을 기증받아 오슬로 시에서 공원으로 운영하고 있다는데, 노르웨이가 자랑하는 조각가 구스타프 비겔란트(1869~1943)가 시의 위촉을 받아 생애 후반기의 거의 전부를 이곳에서 작업을 하여 자신의 조각 작품들을 전시하고 전 지역을 공원으로 꾸민 뒤 시에 반환하였기에 흔히 비겔란트 조각 공원이라 불린다. 비겔란트의 거의 모든 조각 작품이 전시되어 있는 공원과 미술관이

비겔란트 공원-인간상의 파노라마가 전개된다

자리하고 있어서 오슬로의 가장 유명한 관광지로 손꼽히는데, 비겔란트가 유언으로 공원의 입장료를 받지 못하게 하여 어느 박물관 못지않은 전시 작품과 엄청난 규모의 공원임에도 입장료가 없다는 것으로 유명하다.

비겔란트는 화가 에드바르드 뭉크(1817~1889), 작곡가 에드바르드 하게르트 그리그(1843~1907), 작가 헨리크 입센(1828~1906)과 함께 노르웨이가 가장 사랑하고 자랑하는 예술가이다. 물론 노르웨이 출신으로 노벨 문학상을 받은 작가들만도 비외르손, 함순, 운세트 등 적지 않지만 노르웨이에서 국민적으로 사랑을 받는 세계적인 예술가들은 이들 네 사람들이다. 그 중에서도 비겔란트는 자신의 거의 모든 작품 활동을 프로그네 공원에서 계속하여 수많은 작품을 누구나 언제든 관람할 수 있게 함으로써 더욱 노르웨이 국민들과 한 몸이 되고 있기도 하다.

노르웨이의 국민 예술가들인 이들 네 사람은 모두 19세기에서 20세기로 넘어오는 시기에 활동을 하였는 바, 이 시기는 노르웨이가 문화적으로 발전을 거듭하였으며 스웨덴의 통치로부터 벗어나려 노력하던 시기이다. 11~3 세기에 북구의 강자로 이름을 떨치던 바이킹의 후예인 노르웨이는 15세기에 들어 덴마크의 지배를 받기 시작하였고 19세기 초 나폴레옹과의 전쟁의 와중에 스웨덴의 통치를 받게 된다. 이후 스웨덴의 통치를 벗어나려 노력하던 노르웨이는 1905년에야 독자적인 왕을 내세우고 노르웨이 왕국으로 독립하기에 이른다.

덴마크의 통치를 벗어난 이후 노르웨이에는 본격적으로 예술 운동이 일어나기 시작하여 독자적인 노르웨이 민족 문학과 민족 예술을 만들어가기 시작하였고, 19세기 후반에 이르면서 입센을 비롯한 위의 네 예술가들에 의해 노르웨이의 예술이 세계적인 예술로 자리 잡기에 이른다. 이런 점에서 노르웨이라는 민족의식이 확고하게 자리 잡고 노르웨이가 독립 국가로 발전하게 되는데 있어 이들 예술가의 영향이 적지 않았다는 점에서 그들이 국민적 숭앙을 받는 것은 당연한 바 있다.

비겔란트 공원은 정문을 들어서면 좌우로 완벽한 대칭을 이룬 엄청난 숲과 형형색색의 꽃밭이 너무나 아름답고, 곧게 뻗은 길 저쪽 언덕 위에 뾰족하게 솟은 석제 조각품이 서있다. 인간의 탑이다. 인간의 탑이라는 동산 위의 작품을 중심으로 철저히 대칭형으로 되어 있는 공원은 안정된 감을 주지만 조금은 위압적인 느낌으로 다가오기도 한다. 조금 걸어 들어가면 다리를 건너는데 이 지역부터 브론즈와 돌로 만든 조각상들이 끝없이 이어진다.

공원 전체에 진열되어 있는 작품의 수가 350개를 상회한다는데 거의 모든 작품이 인체상이라는 것이 특징적이다. 아이를 안은 아버지와 어머니, 울며 떼를 쓰는 아이 모습, 한 치의 빈틈도 없이 꽉 껴안고 있는 사람들, 켜켜로 쌓인 인간 등 인간과 인간의 만남이나 관계에 대해 생각하게 하는 조각 작품들이 길가에 다리 난간위에 이어지는 원형 돌로 된 정원에 계단에 끝없이 이어져 언덕 위의 인간의 탑으로 향한다. 인간의 탑을 오르는 계단 양편에 돌로 만든 원형의 분수가 수없이 많은 석조와 브론즈 조각 작품들에 휩싸인 채 물을 내뿜고 있고, 주변은 온통 꽃밭으로 장식되어 있다.

인간의 탑-인간은 관계 속에 부대끼며 삶을 이어간다

너무나 많은 조각 작품에 지쳐 더 이상 주변이 작품들에 시선이 가지 않을 때 쯤 계단을 타고 인간의 탑이 있는 언덕 위로 오른다. 이곳은 비겔란트 공원의 중심이다. 넓은 사각의 돌 정원 주변에는 서로 껴안고 어울려 있는 인간들을 모사한 작품들이 빙 둘러 있고 가운데에는 온갖 모습을 한 인간이 켜켜로 싸여 있는 높이 20여 미터의 인간의 탑이 서 있다. 온갖 모습으로 뒤엉켜 있는 인간들의 모습이 아름답기보다는 처절하게 느껴진다.

비겔란트는 이 공원의 이 많은 작품들을 통하여 무엇을 말하려 한 것일까? 온갖 모양으로 껴안고 포옹하고 얽히고설키어 있는 인간들의 모습들. 한 눈에 느껴지는 것은 인간은 서로 관계를 맺으며 살아갈 수밖에 없는 존재이며, 인간에게 가장 소중한 것은 서로 손을 마주 잡고 몸을 부대끼는 사랑일 수밖에 없다는 것이다. 그것은 가족과 친지들과의 관계를 중시하던 노르웨이인들의 삶의 방식이 과학과 기술의 발전에 따른 근대화 과정에서 인간이 분편화되고 개인주의가 팽배하는 현대 사회로 바뀌어 가는 현실을 비판하려 한 것은 아닐까? 아니 근대 문명을 극복하기 위한 대안이 인간 사이의 부대낌이자 사랑이라는 것을 말하려 한 것은 아닐까? 비겔란트의 조각 작품들을 둘러보며 이런저런 생각을 하다 작품이 설치된 언덕 아래로 눈을 돌렸다.

인간의 탑에서 바라보는 프로그네 공원은 참으로 예쁘다. 사람 하나 다니지 않는 새벽의 공원이 주는 상큼한 공기와 깔끔한 풍경이 너무나 좋다. 간밤의 비로 축축히 젖은 공원의 잔디와 나무들은 한껏 푸르름을 자랑하고 철저하게 대칭적으로 배치되어 온갖 색깔을 자랑하는 꽃밭은 북국의 여름이 갖는 신비로움을 느끼게 한다. 이 공원은 비겔란트가 전체적인 구조를 구상하고 건립하였다는데 공원 도처에 놓인 조각 작품과 초록이 짙은 숲과 온갖 꽃으로 빛나는 꽃밭과 넓디넓은 잔디밭의 조화가 매우 뛰어나다. 그리고 공원 건너 주택가의 북구 특유의 뾰족 지붕의 집들이 공원의 정경과 조화를 이룰 수 있도록 배려하였다는 느낌을 지울 수 없다.

잿빛 하늘이 더욱 어두워지더니 비를 쏟기 시작한다. 넓은 공원에 비를 피할 데가 없으니 인간의 탑으로 오르는 계단 아래 좁은 공간에 옴짝달싹 못하고 서 있을 수밖에. 한참을 비를 피하고 서 있으니 비가 조금 뜨막해진다. 이 정도 비는 맞는 것이 낫다는 판단에 노천에 진열할 수 없는 비겔란트의 작품들과 기념물들을 전시해 둔 비겔란트 미술관을 보기 위해 오른쪽으로 길을 잡으니 미술관 가는 길에 작은 규모의 시립 박물관이 있다.

지도에도 없는 박물관이지만 구경을 하고 갈 생각으로 입구를 찾고 있는데 처마 밑에 누워 자고 있던 노숙자가 벌떡 일어나 두 손을 들고 저항 의사가 없음을 온몸으로 보여준다. 우리를 단속반으로 착오한 모양이다. 우리가 미안하다는 말을 연발하여도 두 발을 벌리고 두 손을 앞으로 뻗은 채 벽을 향해 서서 꼼짝도 않고 어정쩡한 자세로 서 있다. 당혹스러워 하는 그의 모습에서 어젯밤 호텔 근처를 지나다 만난 비틀대며 걸어가던 걸인 생각이 나면서 세계 최고의 복지국가 중 하나인 노르웨이의 또 다른 면을 생각해보게 되었다.

박물관이 아직 열려 있지 않아 돌아서서 잔디밭 사이의 길을 따라 비겔란트 미술관에 도착하니 역시 너무 이른 시각이라 문을 열지 않았다. 유리창 너머로 하얀 색조각 작품 몇 점밖에 보이지 않아 어쩔 수 없이 돌아서니 넓은 잔디밭 한 쪽에 사랑하는 남녀인 듯 부자인 듯 꼬옥 껴안고 있는 크지 않은 돌 조각이 비를 맞아 번들대는 모습이 참으로 인상적이다. 그 옆으로는 비겔란트의 전신 브론즈 상이 비둘기 똥을 뒤집어 쓴 채 비를 맞고 서 있다. 유럽 어디에 가나 인물 동상이 적지 않은데 거의 모두가 비둘기의 쉼터가 되어 똥을 뒤집어쓰고 서 있는 것이 참 안쓰럽다.

박물관을 뒤로 하고 프로그네 거리로 나오니 사 층짜리 아파트 건물들이 줄지어 서있다. 이 지역이 이삼십 년 전에 개발된 주택가라니 깨끗하고 아담한 뾰죽 지붕의 아파트들이 북국의 독특한 느낌을 전해준다. 몇 장의 사진을 찍고 호텔로 향하는데 다시 비가 쏟아지기 시작한다. 일주일에 너댓새는 비가 오고 하루 이틀은 오락가락한다는 노르웨이의 날씨의 면모를 제대로 보여주네. 아파트 입구 처마에서 비를 피하고 있는데 1층 베란다에서 길가의 아주머니와 이야기를 나누던 할아버지가 우리더러 아주머니와 함께 자신의 집에 들어와 커피라도 한 잔을 하지 않겠느냐고 물어온다. 비 피하는 것도 급하고 또 오슬로 사람들이 사는 집도 구경하고픈 마음에 아주머니와 함께 할아버지 댁 거실로 들어갔다.

변호사를 하다가 이제 쉬고 있는 75세의 집주인 페테르센 씨는 현재 노르웨이의 전통적 삶의 모습과 가치관을 젊은이들에게 전하기 위한 시를 쓰고 있단다. 아내와는 이혼을 하고 자식들은 찾아오지 않는 쓸쓸한 노인이지만 자신이 해야 할 일을 하느라 즐거운 시간을 보내는 노인이다. 함께 페테르센 씨의 댁으로 들어간 동네 아주머니 안네는 건너편 아파트 4층에 사는 오슬로대학의 수리물리학과 교수의 아내로 철학과 문학에 조예가 깊고 불어와 영어에 능한 고등학교 철학교사란다. 집 구경을 한 뒤, 페테르센 씨가 타주는 향기 진한 커피를 마시며 페테르센 씨의 자작시 낭송을 듣고 작품에 대한 설명을 듣고 시와 문학과 인간과 전통에 대한 이야기를 나누었다. 감사하는 마음을 전한 뒤 페테르센 댁을 나서니 안네가 자신의 집도 구경하고 가란다.

안네의 집은 페테르센 씨 댁 건너편에 있는 아파트 4층으로 페테르센 댁보다는 밝지만 전체적으로 비슷한 구조를 하고 있다. 집 구경을 하는 중에 자신의 딸 사진을 가리키며 바이올린을 전공하고 지금 프랑스에 나가 있다며 자랑이 심하다. 어느 나라 부모나 자식 자랑에는 차이가 없나 보다. 서재에는 불어와 영어로 된 해석학과 구조주의 계열 학자들의 원전이 엄청나게 많다. 노르웨이가 유럽의 변방에 있는 나라이기는 하지만 그래도 유럽이어서 우리보다는 원전을 구하는데 어려움이 없고, 또 원전을 읽기도 우리보다는 편한 모양이다. 부러움 속에 책을 구경한 우리는 안네의 환대를 받은 후 감사의 마음을 전하고 호텔로 돌아왔다.

오늘 아침 산책은 비를 만나 조금 고생은 했지만 참 짜릿한 경험을 한 시간이었다. 이른 시간이라 비겔란트 조각 공원을 남들 방해받지 않고 한가하게 돌아다니며 즐길 수 있었고, 무엇보다 오슬로 시민의 집을 두 곳이나 들어가 커피와 비스켓을 즐기는 환대를 받을 수 있었으니 말이다. 여행에서 만나기 힘든 더할 수 없는 행운이라고나 할까.

아침 산책이 길어져 열시가 다 되어서야 손님 없는 호텔 식당에서 식사를 마치고 뭉크 박물관을 관람하기 위해 호텔을 나섰다. 硏

피요르드 : 자연사 연대표 속에서

    어쩌면 나는 내가 늘 하는 말과는 달리, 박물관 인간에 가까운지도 모르겠다. 파도가 넘실대는 탁 트인 바닷가, 절벽과 숲으로 이어지는 계곡, 아득한 벌판 그런 데서 나는 말을 잊고 질식할 것 같은 위압감에 지질린다. 책갈피 속에 옴닥거리는 말들과 그 말의 의미를 따져보고, 그리고 나도 뭔가 할 이야기가 있어야 맘이 편해진다. 천하 절경이라는 노르웨이에 와서 오히려 설렘이 가라앉는 것은 박물관인간이라는 의식이 나도 모르는 사이에 발동하기 때문인 듯하다.

    아침 8시 송네 피요르드를 향해 출발한다. 전에 로고포 멤버들과 함께 다녀간 그 길이다. 그 때는 학회에 참여했다가 들른 길이었기 때문에 자세히 볼 계제가 못되었다. 한번 지나간 지역의 매력이 감소하는 것을 생각하면 다른 길을 선택하고 싶기도 한데, 그래도 송네 피요르드가 피요르드의 대표 격이라는데 여기를 제쳐놓을 수가 없다. 다른 길을 택할 때 아내가 딴생각을 할지도 모를 일이고 해서 이 여정을 택하기로 했다. 다시 보면 더욱 짙은 느낌이 있을지도 모른다는 기대도 있었다. 그런데 날이 잔뜩 흐리고 금방이라도 비가 쏟아질 것 같다. 과연, 차가 출발하고서는 비가 내리기 시작한다. 여름비지만 숲속에 오는 비는 선뜩하다.

오슬로에서 뮈르달까지는 베르겐 행 열차를 이용한다. 열차는 호수와 평지를 지나 점차 산지가 나타나는 철길을 달린다. 그러나 대체로 숲에서 숲으로 이어지는 길이다. 숲의 나라…… 그리고 호수의 나라. 숲의 그림자가 호수에 어리고, 숲 위로 흰 구름이 꿈처럼 피어나는 그런 정경은 끝내 기대할 수 없는지도 모른다. 어쩌면 빗속의 여행은 우리가 모르는 숲의 독특한 향기를 흠뻑 맡게 할지도 모른다. 열차가 달리면서 숲은 점점 짙어진다.

노르웨이의 숲은 젊은 비린내로 가득하다. 숲과 호수가 어울리고 그 사이 사이 인간들이 작은 집을 마련하고 거기 깃들여 산다. 자연 속의 삶이라는 느낌이 짙게 다가온다. 자연 속에 사는 이들의 삶은 도심에서 각박하게 살아가는 이들과는 다른 리듬을 이룰 것이다, 여기 사는 이들에게 시간은 어떻게 흐를까? 천천히 흐르는 시간 속에서 삶이 익어갈 것이다. 삶의 내적 충실성이란 무엇인가? 이들의 삶도 젊은 비린내로 가득한 것일까? 그래서 싱싱한 생선처럼 푸들대는 애들을 낳고 그 애들은 또 숲에서 자라면서 삶의 비린내를 풍길 것이다.

자작나무와 소나무, 전나무 등 침엽수의 숲…… 숲은 그윽하고 서늘하다. 두터운 옷을 걸치거나 여름에도 불을 지펴야 한다. 철길 옆에 비를 맞고 서 있는 집들마다 굴뚝에서 연기가 솟아오른다. 숲속의 삶이 그렇게 호락호락하지 않으리라. 숲에 살기 위해 숲에서 나무를 해야 하고 그 나무로 불을 지펴야 한다. 숲을 해치지 않고 숲속에서 산다는 것은 더욱 어렵다. 숲을 해치지 않으려면 불을 때기 이전으로 돌아가야 하는 삶이다. 숲에 별장을 짓고 현대적인 시설을 하고 사는 것은 숲을 해치는 일이고, 숲속의 질서를 어지럽히는 행위이다. 그러나 인간이 숲의 나무처럼 살 수 없는 일이다. 불 지피고 어둠과 추위를 몰아내며 살아야 하는 인간의 삶의 조건은 비애의 안개가 어리게 마련이다.

간이역에 기차가 섰다. 내가 간이역이라 하는 것이 이 지역 사람들에게는 본역인 지도 모른다. 철길 옆 작은 집, 커튼이 드리워진 창으로 제라늄 화분 하나 밖을 내다본다. 화분이 밖을 내다보다니, 주체의 시각을 그렇게 거꾸로 바꿀 자격이 나에게 있는가. 꽃을 의인화하면 그렇게 된다. 나를 바라보는 사물의 시선들은 인간의 오만에서 생겨난다. 신화의 숲은 내 불행을 예언한다. 아니 신화의 숲에서 내 행복은 의식意識으로 부옇게 산화酸化한다.

숲에서는 이야기가 없다. 이야기가 아예 없는 것이 아니라 이야기가 만들어지기까지 오랜 시간이 걸린다. 잎이 피어 어우러지고 꽃이 벙글고 사슴이 칡넝쿨에 걸려 자빠지고, 그리고 숲에 눈이 덮이는 그런 시간의 흐름은 서사를 위해서는 너무나 아득하게 흐른다. 숲에서는 시간이 나뭇가지에 걸려 삭아내린다. 삭아내리는 시간은 잠을 불러온다. 이 굽이 돌아가면 어떤 풍경이 나타날까, 조바심하며 잠을 쫓는다.

마침내 산 위에 안개가 끼고 호수가 보이는 지역에 다다라서는 기차가 헐떡거리듯 저속으로 진행한다. 그리고 산에 눈이 덮여 있는 1천미터 이상의 고지를 올라간다. 거기 아직 눈이 덜 녹고 나무들은 겨우 봄잎을 틔우기 시작한다. 바위와 이끼로 덮인 황량한 땅, 거기에도 마을이 있고, 양들이 돌아다니는 것도 보인다. 하필 이런 데다 뿌리를 내리고 살까? 그러나 그것도 인생사, 인생사 모를 일이 어디 한두 가지던가. 이런 산간에 목숨을 달고 사는 데는 곡절이 있을 것이다. 어쩌면 저 아래 사람들 모여사는 동네에서 쫓겨나야 하는 경우를 당하여 이런 데로 도피를 했는지도 모른다. 그리고 이런 산동네에서 감자를 심어 먹으며 살고 있는지도 모른다. 빈센트 반 고흐의 〈감자를 먹는 사람들〉이라는 그림이 떠오른다.

뮈르달까지는 달려온 열차는 우리를 내려놓고 베르겐을 향해 떠난다. 뮈르달에서 플롬까지 산악열차를 이용한다. 플롬에서 배를 타고 송네 피요르드를 유람하는 것이 정해진 여정이다. 전에 자세히 보지 못한 베르겐으로 마음 절반은 가 있다. 거기는 인간 삶의 역사가 선명하게 남아 있다. 그러나 여기는 자연이라는 위압적인 유혹이 기다리고 있다. 여기서 30분 가량을 기다려 산악열차로 플롬까지 내려가야 피요르드를 지나는 배를 탄다. 산악열차가 내려가는 양편으로 절경이 펼쳐진다. 깎아지른 듯한 절벽과 거기 무성한 숲, 그리고 산머리 눈이 녹아내리면서 산줄기를 가르고 내려오는 폭포는 하얗게 마전한 옥양목 너울처럼 여기 저기 걸려 있다.

열차는 천천히 산을 돌고 굴을 지나고, 다시 산 모롱이를 돌아 언덕을 내려간다. 그러다가 안내 방송이 나오고 진행방향 우편으로 거대한 폭포가 쏟아져 내리는 데에 열차가 선다. 키요스포셈 폭포라고 한다. 폭포 옆에 작은 집을 지어 놓았는데 이쪽을 향해 창이 열려 있다. 산골을 울리는 음악이 울려퍼지기 시작하면서 폭포 뒤켠에서 붉은 프레어 스커트를 입은 처녀가 나와 치맛자락을 들고 인사를 한다. 그리고는 잠시 후 집 안에 들어가 창으로 얼굴을 내밀고 다시 인사를 한다. 홀연히 나타났다가 사라지는 산의 요정. 그 이름이 훌드라, 그가 부르는 노래가 훌드라의 노래 (Huldra Songs)라고 한다. 외로운 산아가씨의 애절한 사랑을 노래한 것이리라. 그런데 여기 와서 저렇게 폭포물을 들러쓰며 요정 역할을 하는 직업은 무엇이란 말인가? 외로운 연극? 관객과 거리가 너무 멀다. 관객의 박수를 받을 일도 없다. 산이 좋아 산에서 사노라네 하는 경지도 아니다. 산다는 게 무엇인가?

플롬에서 배를 타고 구드방엔이라는 곳에 이르기까지가 우리가 빠져나가는 피요르드다. 정확한 연대는 알 수 없으나 6500만년전 신생대 빙하기부터 형성된 협곡이라 한다. 피요르드는 협만이라고 하는데, U자형으로 파인 산골짜기, 강, 해안 등을 총칭한다. 몇 킬로미터 두께로 땅을 덮고 있던 얼음이 바다를 향해 밀려 나가면서 골짜기를 파내려간 후 침강운동이 겹쳐져 생긴 계곡이. 그 지각운동이 천만년을 헤

송네 피요르트 – 이 계곡으로 솔베이지의 선율이 애잔하게 흘러 나간다

아리는 시간에 걸쳐 이루어진 것이라고 하니 시간을 헤아리는 단위들이 무색하다. 아무튼 아득한 세월의 자연사 시간 속에서 짧은 생애를 사는 인간의 경험으로 헤아리기 어려운 시간을 체험하는 것이다.

플롬에서 배로 피요르드를 빠져 나간다. 산굽이마다 걸린 폭포며 산을 끌어안고 침묵하는 녹색의 깊이를 지닌 수면이 눈앞에 전개된다. 이곳 산들은 위엄을 갖추고 있다. 기교 없이 굳건하게 질러 내려세워 수직으로 기울어지는 산봉우리의 곡선이며 산에 실리는 무게가 육중하다. 그 육중한 몸을 물에 담그고 있어 더욱 위세가 당당해 보인다. 풍경의 아름다움과 산세의 당당함은 그 자체로 미적 정서를 불러일으킨다. 그 정서는 대체로 숭고미에 해당한다. 자연의 숭고함은 인간이 미치지 못하는 이념의 높이와 맞물린다.

배를 타고 출발할 때는 너나없이 탄성을 지르고 사진을 찍느라고 뱃전이 소연騷然할 지경이었다. 그러나 3시에 출발해서 2시간 동안, 조금씩 나타나는 변조 속에 반복되는 풍경은 사람들의 흥미를 체감한 모양이다. 비가 계속 뿌리고 선실로 쫓겨 들어온 이들은 차를 마시며 이야기를 늘어놓는 중에 풍경 바라보기는 뒷전이다. 빗속의 풍경은 여전히 산과 물의 정기를 머금고 안개에 잠겨 있다. 안개가 감아 돌아가는 산자락에 생성의 기운이 감돈다.

이 풍경을 언어로 옮기는 방법이란 무엇인가? '절경이다' 그 한 마디로 이 엄청난 풍경을 감당할 수 있는가? 이 풍경 속에서 느끼는 거룩함과 위압감을 말로 옮기는 방법은, 말을 다소 늘이는 것일 터인데 그야 말의 길이 차일일 따름이 아닌가. 사물의 움직임을 말로 옮기는 것, 그건 어쩌면 문학을 하는 이들의 절망에 이르는 길이 아닌가 싶기도 하다.

이따금 한국어 안내 방송이 중요한 장면을 소개하기도 한다. '한국어가 있는 피요르드', 그저 동양에 붙어 있는 작은 분단국가가 아니라는 생각이 든다. 그러고 보니 바이킹의 나라에 한국 상품이 들어와 있다. 여관에서 한국산 텔레비전도 보았고, 이곳 여행객 중에 한국산 캠코더를 가지고 다니는 이들도 있다. 그리고 어떤 상점에서는 한국산 금전등록기를 사용하기도 한다. 하지만 우리가 여기서 사다 쓰는 물건에 비하면 너무 빈약한 수준이다.

구드방엔에 배가 닿고 비는 조금 꺼끔해진다. 첫차는 손님이 많아 그대로 보내고 다음 차를 기다려 탄다. 골짜기를 빠져나와 가파른 굽이길을 올라가는 버스 차창으로 폭포들이 웅장한 폭음을 내며 쏟아진다. 버스는 산장 여관에 잠시 멈췄다가 다시 출발한다. 멀리 보이는, 눈을 이고 있는 산이 녹음을 배경으로 산뜻한 풍경 속에 서기를 뿜어낸다. 골짜기 끝나는 곳에 호수를 안고 보스라는 마을이 자리잡고 있다. 평화롭기 그지없는 이 마을이 이차대전에 혹심한 전화戰禍를 입었다고 한다. 그 흔적이 위령탑에 새겨져 있다. 역에서 위령탑을 내려다보면서 인간과 자연의 어울림이 영원히 도달할 수 없는 유토피아가 아닌가 하는 생각을 했다.

애틋하게 가슴에 젖어드는 솔베지의 선율이 그리그의 얼굴과 함께 떠올라 사물거린다. 인간 삶의 허잘 것 없음이여. 아, 그러나 시간의 길이를 잊어야 하리. 피요르드 그 장구한 자연사의 연대표 속에서 인간의 한 생애 그 짧은 시간은 잊어야 하리. 疏

솔베지 동네 감자밭

같이 여행을 해도 사람마다 보는 것이 다르고 따라서 느낌 또한 같을 수 없다. 결국 얻는 것이 다른데도 여행비는 똑같다. 그건 좀 불공평한 것이 아닌가 하는 이상한 생각을 하며 출발한 여행이다. 한 생을 똑같이 타고 났는데, 생애 동안 이루어 내는 바가 사람마다 다른 것처럼 같은 돈을 주고 가는 여행이지만, 사람마다 다른 경험을 하고 온다는 것은 여행의 묘미이기도 하다. 체험의 양과 느낌의 짙고 옅음이 다르다는 것이 재미있을 뿐, 그것이 돈으로 정확하게 환산되는 것은 아니다. 질량이 다를 뿐 혹은 입맛이 다를 뿐이지 결국 값은 동일하게 마련이다. 노르웨이를 여행하는 중에 동지들은 각기 느낌과 생각이 달랐다.

아마 석우라면 이렇게 묘사를 할 것 같다. 하긴 석우는 기록이 광적이다. 묘사 또한 기록의 한 방법이 아닌가.

황홀한 노을이 가라앉기 시작하면서 땅위에 서서히 어둠이 내리고, 집들은 숲에 묻히기 시작했다. 얼마를 갔을까, 저만큼 아래로 보석을 뿌려 놓은 듯한 도시가 빛을 발하기 시작한다. 그리곤 비행기가 날아가면서 그 연한 불빛으로 빛나던 도시는 금방 사라진다. 러시아 우랄 산맥 산자락에 자리잡은 어느 도시 위를 지나는 모양이다. 불빛이 아름다운 도시를 산맥의 거대한 숲이 집어삼키는 것이다. 지구가 돌아가면서 어둠이 풍경과 사람을 가리곤 하듯이.

배경에서 이야기가 나온다. 이런 배경에서, 우공이라면 이런 이야기를 엮을지도 모른다.

핏빛 노을과 짙은 무게로 가라앉는 구름 사이를 날아가는 비행기 안에서, 그것도 내가 오지니를 만나기 위해 찾아가는 길에, 아버지에 대한 생각에 빠져드는 것은 과도한 신경성이 아닌가 싶기도 하다. 그러나 이번 여행에서 아버지를 지울 수 없는 맥락이 있었다. 사랑을 고백한 연애편지처럼 채곡채곡 접어 넣고 가는 사연 가운데 하나는, 아버지의 그 짧은 생애에 대한 사실을 어떻게 보아야 하는가 하는 것이었다. 아버지가 과연 노르웨이에서 실종된 것인가. 누군가 의도적으로 해치운 것은 아닌가. 그리고 노르웨이에서 애 기르며 혼자 살겠다던 오지니가 애타게 나를 호출하는 이유가 무엇인가. 그러한 물음은 노르웨이 숲속을 감싸고 도는 안개처럼 귀기를 띠기까지 한 것이다.

남계라면 이런 생각을 할까. 친구들과 지내던 고등학교 어름의 어느 친구와 이런 어법으로 이야기를 주고받았을지도 모른다. 아그똥한 친구들이라야 일찍 세상을 알고 그 경험을 나누어주는 법이다.

사실 아버지란 존재는 아들에게, 특히 친구 완수 같은 맏아들에게 좀 거북스런 존재다. 사사건건 아들의 머릿속에 자기 시대의 낡은 이데올로기를 주입한다는 것이다. 그는 늘 말하곤 했다.

"우리집 꼰상 말인데, 애인이 생긴 모양이야. 우스워 죽겠어. 마마와 싸우는 걸 보면, 아주 시시한 걸 가지고 트집을 잡고 티격태격이거든."

"어떤 식으로?"

"오늘은 회색 와이셔츠를 입고 나가라, 하면 젊은 직원들이 좋아하는 분홍색 와이셔츠를 입고 나간다고 우기다가 농짝 문을 메때리기도 하고, 집에 오면 화분에 물도 주고 해야지 꼭 내 손으로 흙을 주무르게 하느냐, 물을 주었으면 잘했다고 칭찬도 하고 그래야지, 무슨놈의 남자가 그런 애교섞인 말 한 마디 못 하느냐. 그런 식이지."

"그야 누구네는 안 그런가?"

"좀 늦게 들어오는 날은 애인 생겨서 돌아다니다가 들어오는 것 아니냐, 만에 하나 그런 일이 있으면 칼을 물고 칵, 그렇게 나가는 것이지."

"엄마가 좀 독한가 보네."

"그런 지경이 되면 꼰상은 아무 소리도 못하고 욕실에 들어가 밤중에 면도도 하고 그런다. 웃겨, 좌우간."

"그렇지 않은 남자가 어디 흔한가?"

"아무튼, 그러면서 너는 여자 잘 골라라, 여자 잘못 고르면 평생 고생바가지다, 네 에미를 봐라, 그러면서 여자 고르는 조건을 줄줄 대는 통에…… 그리고 한다는 말씀이 여자와 이데올로기는 남자의 꼭지를 돌게 하지, 그렇게 염불을 한다구."

그렇게 이야기를 늘어놓다가는 잠시 멈칫한다. 여자와 이데올로기? 혹시 아버지의 경우는?

남을 배려하기로는 석영을 앞설 친구가 없다. 그래서 그는 남의 이야기를 잘 듣는다. 남의 안타까운 이야기를 들으면 가슴이 아파온다.

아버지가 외국에 나가 있기 때문에 아버지가 없는 거나 마찬가지라는 것을 아는 모양이었다. 그런 사실을 늦게서 알아채기라도 한 듯, 말꼬리를 감추곤 했다. 그리고는 일찍 늙은 애늙은이처럼 '다 그런 거지 뭐' 하면서 푸시시 기운이 빠지는 모양을 해 보이곤 했다. 그런 이야기 끝에는 여자 친구 신영신이라는 애와 어떤 관계까지 진행이 되었는지를 샅샅이 이야기를 했다. 그러면서 한다는 소리가 그렇게 침을 발라 찜을 해 놔야 딴 놈들이 건드리지 않는다는 것이었다. 그리고 또 덧붙이는 소리가, 아버지가 몇 살까지 살 것인지 철학관에 찾아가 알아봤다는 것이다. 그러면서 팔십을 산다는 데 그 세월을 어떻게 기다리느냐고 땅을 쳤다.

나는 그런 거북스런 존재라고 해도, 그 아버지라는 사람들이 자기 역할을 못하고 주저앉아 있는 모양새는 아무리 잘 보아주려 해도 그럴 수가 없다. 내 머리와 감수성으로는 도저히 용납을 할 수가 없는 것이다. 용납을 못하는 정도가 아니라 폭군이라도 아버지 밑에 시달리며 살아 봤으면 하는 게 솔직한 심정이다.

우공은 이야기를 이어나간다. 이야기가 진행되는 중에 일행 넷이서 같이 보는 것도 있고, 결국 여행에서 돌아와 각기 자기 체험을 이야기하는 중에 값을 달리 매길 수 없는 소중한 기억을 몇 줌씩 얻어가지고 온다. 우공은 이야기를 혼자서 감당하여 전개하기로 한다.

러시아, 그 망해버린 거인의 나라, 그 나라에도 저녁이 오면 불빛 영롱한 꿈들이 익는다. 그럴 것이다. 내외가 밥상머리에 앉아 하루 일을 정리하고 내일을 설계할 것이다. 독재를 하던 영웅이 들끓던 시대라도 산다는 것은 기실 단순치 않던가. 내가 기억하는 한 아버지도 생활에 있어서는 그런 사람이었다. 어머니와 사이도 그런 대로 잘 꾸려가는 편이었다. 그런 아버지의 존재가 사라진 사실, 내가 감당할 수 없는 커다란 공허라는 괴물로 다가온다.

노르웨이를 가자면 암스테르담에서 비행기를 갈아타야 한다. 시간이 주체할 수 없을 정도로 남았다. 시내를 구경하기로 한다. 빈센트 반 고흐의 〈감자를 먹는 사람들〉 그 그림 앞에서 한 시간은 되게 서 있었다. 실내는 어둡다. 기름불을 밝혀 놓아도 식구들 얼굴을 겨우 건너다 볼 수 있는 정도로 어둑신하다. 그 무표정한 얼굴들, 탄광 막장에서 꺼내올린 목판화 같은 그림에 기름기가 번져 더욱 음산한 사람들, 오늘 아침 식사 접시에 올랐던 한 덩이 그 감자. 감자를 먹는 일. 비 뿌리고 바람 기센 언덕 밭에서 비맞으며 캐온 감자 몇 덩이, 빈센트, 빈센트, 고흐, 참지 못하는 사람. 그런데 그의 스승은 밀레였다. 감자를 심고 캐고 먹고 그러면서 살면 살아지는 것인지도 모른다. 그 이상을 바라는 것은 호사. 눈앞으로 아버지의 얼굴이 환영처럼 스치고 지나갔다. 몸이 휘청하면서 뒤로 넘어지는 것을 가까스로 추슬러 자세를 바로 잡았다. 뒤에 누가 있었던 모양이다. 어머! 하는 소리가 멀리 이명처럼 들렸다.

그럴지도 모른다. 아버지 문강국 그양반도 고흐가 고갱과 그랬던 것처럼 무슨 일인가 친구와 심하게 다툰 적이 있어서, 이곳 먼 나라 노르웨이로 거처를 옮겼을 것이다. 그 친구가 누군지는 모른다. 공무원이라고도 하고 군무원이라고도 했는데 출입이 무상하고, 어떤 때는 일 주일 내내 집에 들어앉아 있다가 전화를 받고는 급히 달려나가곤 했다. 그런 중에도 꾸준히 운동을 했다. 하루도 빠지지 않고 헬스장을 드나들었다. 그런 중 출장이 길어질 것이라는 이야기를 하고 집을 나가서 감감 소식이 없다가 6개월이 지난 다음에야 엉뚱하게도 노르웨이에서 소식이 왔다.

한 때 아버지는 노르웨이, 베르겐에서 날리는 사업가처럼 행세를 했다고 어머니는 이야기를 했다. 국내에 잘 알려지지는 않았지만 한국에서 만든 스키를 노르웨이로 수출하는 일을 했다고 한다. 무슨 연고가 그런 일을 할 수 있게 했는지는 모른다. 아버지는 군대에서 장교로 근무하면서 스키를 탔다고 했다. 스키가 인연이라면 인연인 셈이다. 한국의 스키와 노르웨이의 스키수입상 그 사이에 들어 있는 여자와 이데올로기의 맥락과 관계는 잘 모른다.

그 사업이 무엇에 옭혀 파탄이 났는지를 식구들은 이야기한 적이 없다. 아버지 하는 일들 가운데 내가 맥을 짚어 알 수 있는 것은 거의 없었다. 아버지는 어떤 거부할 수 없는 거대한 힘에 밀리고 그것을 운명으로 수용하는 가운데 삶을 엮어갔던 사람이다. 그렇게 확정적으로 이야기할 근거는 없다. 그런 추정을 할 수 있을 뿐이다. 부모와 자식 사이에는 말을 않고도 통하는 연결선이 있게 마련.

한때는 노르웨이 반도 서쪽에 자리잡은 베르겐 거리 한쪽에다가 식당을 차려 톡톡히 재미를 보는 눈치였다. 그 무렵 아버지는 태권도 보급에 열을 올리기 시작했다. 한참 경기가 부상되는 때에 청소년들을 모아 태권도를 가르쳤다. 처음에는 취미처럼 운영해 나가는 도장이었다. 시작할 때와는 달리 성업이었고 아무리 생각해도 셈이 닿지 않는 생활이었다. 요트를 세내서 북부 스칸디나비아반도까지 가기도 하고, 달리는 배 위에서 어머니와 마주앉아 맥주를 마시기도 했다고 한다. 그런 사진들이 우편으로 배달되어 오곤 했다. 그러나 얼마 후 부부는 식탁에 앉아도 아무 얘기들이 없는 덤덤한 내외가 되어 있었다. 아버지가 몸뚱이를 가지고 있는 사람이라면 어머니는 그 사람의 그림자였다. 늘 그림자처럼 따라다니는 어머니요, 그 그림자 데리고 다니는 것이 싫지 않은 아버지였다. 그 사이 나는 이모댁에 얹혀 지내야 했다.

무슨 연유인지 어머니는 서울로 돌아왔다. 그리고 아버지가 어떻게 지내는지 그런 이야기는 일체 입을 다물었다. 서울과 베르겐, 아시아 한 끝과 북구의 한 끄트머리. 지구의 두 극점에서 우리 가정의 생활권이 형성되었다. 알맹이가 빠진 생활이었다. 그러나 알맹이라는 것이 무엇인지를 규정할 수 있는 처지는 아니었다. 어머니나 아버지나 생활이라는 것이 탈색되어 버리기는 매한가지였다. 그런 가운데 나는 고등학교 3학년이 되어 있었다.

"너는 대가리가 부서지는 한이 있어도 명문대학을 가야 한다."

어쩌다가 걸려오는 전화에, 어머니는 '별일 없다'는 맥없는 대답을 했다. 그러면 금방 나를 바꾸라는 것이었고, 그러고는 '대가리가 깨져도' 하는 훈계로, 아니 명령으로 이어졌다.

"만일 못 간다면 어떻게 하죠?"

"네가 내 아들 맞아? 좆 달고 나온 자식이 어디다 그따위 주둥이를……" 그러다가는 전화가 끊기곤 했다. 아버지 밑대로 좆을 딜고 나와서 님자라는 데는 아무 이싱이 없는 게 사실이다. 그러나 아버지의 그런 육두문자는 감내하기 힘들었다.

내가 담배를 배운 것도 그 무렵이었다. 친구 완수를 만나면 마음이 가라앉았다.

"꼰상들이 아무리 그래봤자야, 우리보다 먼저 죽지 않겠냐?"

"그래도 그렇지."

"뭐가? 꼰상 죽으면 그 재산이 다 네 앞으로 떨어져, 짜샤."

완수는 머리통 어느 구석에서 그런 생각이 솟아나는지 신통할 지경이었다. 이거 피면 그런 발상이 솔솔 솟아난다, 한 대 피워 봐, 그러면서 가방에서 담배곽을 꺼내 권하곤 했다.

"그뿐인 줄 알아? 꼰상들이 달고다니던 젊은 애인도 네 앞으로 굴러올 수 있어."

"망칙한 소리 그만 하시지."

"너는 깔치가 없으니까 그렇지, 그거 꼰상한테 채인 자식들도 있어야."

나는 그저 웃고 말았지만, 불쾌한 느낌이 안에서 치밀고 올라왔다. 그러는 동안 학교도 신통치 않고, 학원도, 어머니가 대주는 과외 선생이라는 사람들도 그렇고 그렇거니 하는 실부드렁한 존재들로 여겨져 살아가는 재미가 몽땅 휘발성 액체처럼 날아가 공중에 스르르 풀려 퍼지고 말았다.

"자식이라는 게, 왜 그 모양이냐. 한국서는 안 되겠다."

아버지, 문강국이라는 남자, 그의 어투는 늘 단호했다. 그러한 태도는 결국 아버지의 대학에 대한 집념이 얼마나 대단한 것인가를 반증하는 것이기도 했다. 아들에게 기대를 걸고 있던 것이 무너졌다는 정도의 섭섭함이 아니었다. 어딘지 불꽃같은 분노가 섞인 목소리였다. 아버지가 대학 나왔다는 이야기를 들은 적이 없다. 어떤 과정을 거쳐 장교가 됐는지는 역시 잘 모른다. 자신의 학력에 대한 보상심리가 저렇게 작용하는 것일까. 그렇다면 나는 아버지의 그림자가 아닌가. 아버지의 그림자 연극에 내가 동원되는 꼴이었다.

재수를 하겠다는 것을, 아버지는 입도 열지 못하게 말렸다. 학원 구석에서 한 해를 보낼 만큼 그렇게 인생이 한가한 것이 아니라는 것이 만류를 하는 이유였다. 잔소리는 걷어치우고 노르웨이로 오라는 명령이 떨어졌다. 어머니의 눈자위는 늘 지멀거렸다. 말 못할 사정이 있는 모양인데 무언지 애를 삭이지 못하는 눈치였다. 결국은 아버지의 뜻을 따라 노르웨이로 가겠다는 약속을 했다. 출국 수속을 밟았고 출발하기 전날 어머니는 마침내 울음을 터뜨렸다.

"그래, 가라. 가서 늬 아버지하고 잘 살아라. 한 가지만 부탁을 해 둔다. 너는 거기가서 남한 출신이라는 것을 밝히지 말아야 한다. 그리고 아버지를 만나는 일도 자제를 하기 바란다."

그런 이야기를 하면서도 내내 터놓지 못하는 어떤 이야기는 숨기고 있는 눈치였다. 어머니에게 속을 털어 놓으라고 강요할 생각은 없었다. 다만 아들 하나 있는 것이 외국으로 떠나 버리면 혼자 남은 어머니는 과수댁이나 다름이 없는 신세가 되는게 걱정이 되었다. 그리고 한국사람, 남한사람이라는 것을 왜 밝히지 말라는 것인가하는 의문이 이따금 고개를 들었다.

노르웨이의 생활은 견딜 만했다. 아버지는 베르겐에서 어울리지 않게 태권도장을 한다고 했다. 나는 오슬로대학에서 공부하면서 기숙사에 들어갈 수 있었기 때문에 생활에는 그다지 불편할 것도 없었다. 약차하면, 아버지는 그런 가정을 잘 하곤 했는데, 약차하면 한국을 떠야 한다는 생각으로 익혀 두었던 영어가 긴요하게 효력을 발휘했다.

처음 네 학기 동안은 그럭저럭 적응하며 잘 지낼 수 있었다. 신기한 것이 많고, 새로 만나는 사람들도 다양해서 사람을 사귀는 것 또한 과히 싫지 않았다. 그리고 아버지는 베르겐에서 오슬로까지 아들을 보러 오곤 했다. 같이 식사를 하면서 맥주를 한잔씩 나누기도 하고, 어떤 날은 호텔로 불러내서 하루를 같이 보내기도 했다. 아버지가 오슬로로 오기는 하는데 베르겐으로 오라는 이야기를 꺼내는 적이 없었다.

"여기서 살려면 너 하고 싶은 것을 맘대로, 이것저것 네 욕심대로 해야 한다. 여기 사람들은 전공으로 살아가는 게 아니라 취미로 살아간다."

오슬로에서 경영학 방면으로 2년 공부하다가 중도이폐가 되었다. 아버지의 말이 옳았다. 한국에서 못하던 일들이 흥미를 끌었다. 자전거 하이킹이며, 수영은 물론 친구들과 요트를 탈 기회도 생겼다. 취미 생활이 폭을 넓히는 데 따라 학교에서 부과하는 과제들이 점차 힘에 겨웠다. 그림 그리기를 좋아하는 친구가 있어 뭉크에 심취하기도 했다. 한 동안은 몽크미술관에 가서 살았다. 〈절규〉니 〈병자 소녀〉 등을 보면서 뭉크라는 화가의 정신세계가 무한한 깊이를 가지고 있으면서 악마적 마성을 소유한 인물이라는 생각을 하기도 했다. 뭉크는 북국의 풍경을 그리는 데도 탁월한 능력을 지닌 화가였다. 아무튼 뭉크가 그린 그림들을 따라 그리기도 하면서 이젤을 메고 돌아다녔다. 신기한 것은 그런 데 같이 갈 친구들이 언제나 찾으면 궁색하지 않게 나타나곤 하는 점이었다. 하는 일이 즐겁고 친구가 있어 외롭지 않았다.

노르웨이에는 그리그 같은 음악가가 있고, 그 음악이 전국 곳곳의 생활 속에 배어 있어서, 생활 가운데 예술이 자리를 잡고 있다는 게 실감이었다. 특히 입센의 드라마로 알려져 있는 페르 귄트Peer Gynt는 시극詩劇으로 되어 있다. 그리그가 작곡한 솔베지의 노래는 이 작품이 모티프가 되었다. 그리그에 빠져 지냈다.

한동안 음악을 듣고 연극을 보러 다니느라고 학교 공부는 뒷전이었다. 아버지는 아무 말이 없이 돈을 정해진 날짜에 거르지 않고 보내 주었다. 같이 지내지 못하는 아들에 대한 아버지로서의 의무는 어찌하든 다한다는 듯이, 변함이 없었다. 어떤 때는 아버지가 과연 그런 돈을 보낼 만큼 충분한 여유가 있는 것인가 의문이 들기도 했다. 그러나 만나는 사람들이 좋고 돌아다니며 보는 경관이 황홀할 지경으로 사람이 몰입되게 하는 통에 자신을 제어할 수 없이 깊은 늪으로 빠져들고 있었다. 어머니가 걱정하던 것과는 달리 국적이 어딘가를 묻는 이는 없었다.

그러다가 어느날 돈이 끊겼다. 얼마간 이리저리 변통을 해서 생활을 겨우 이끌어 갔다. 기숙사에서 쫓겨나는 것에서 시작하여 주변 환경이 생활을 압박하고 들어왔다. 아버지는 여전히 연락조차 없었다. 아버지를 찾아 나설 수밖에 없는 형편이 되었다. 한국에 있는 어머니에게 연락을 않고 지내다가 돈을 보내 달라는 이야기를 하기는 염치가 서지를 않았다.

돈이 될 만한 것은 모두 팔았다. 핸드폰이며 노트북 컴퓨터, 그리고 한국에서 가지고 온 시계, 귀를 뚫고 꿰었던 귀고리 그런 것들을 모아서 한꺼번에 팔았다. 그렇게 마련한 돈을 가지고 아버지를 찾아 베르겐으로 가기 위해 오슬로역으로 나갔다.

"보세요, 한국사람 맞지요?"

키가 작달막하고 얼굴이 뽀야니 귀염성이 있는 여자아이가 눈을 반짝이며 다가와서는 다짜고짜로 물었다. 뭐라고 대답을 성큼 하기가 꺼려졌다.

"오빠야, 맞지? 송네 피요르드라는 데까지 데려다 줄래?"

당차서 귀엽고 어이가 없는 아가씨였다. 응큼한 여자보다는 솔직한 여자가 한결 낮다, 아버지가 늘 하던 소리다. 어머니는 그런 소리에 질색을 했다. 친구 완수도 아버지와 비슷한 이야기를 했다. 응큼떠는 고딩이보다는 산뜻한 중딩이가 한결 낫다는 것이다.

"왜 말을 안 해, 오빠아?"

"너 모르지? 내가 거지걸랑."

여자아이는 깨들깨들 자지러지게 웃으면서, 다가와서는 팔에 매달렸다. 거지한테 향내가 난다면서. 형편이 어떻다는 이야기는 하기 싫었다. 베르겐에 가면 문제가 해결될 것이기 때문에 다른 계산을 하지 않아도 되겠거니 마음 편하게 생각하기로 했다.

"송네피요르드에 가면, 거기에서 누굴 만나니?"

"방학숙제 하려고 혼자 왔어요."

방학숙제가 세계 유명 문화지역을 찾아가 방문하고 자료를 남기고 글을 써 오라는 것이라 했다. 국내라면 몰라도 좀 과중한 부담이 아닌가 고개를 갸웃했다. 그런데 여학생의 반응은 뜻밖이었다. 자기도 클 만큼 다 컸다는 것이다. 클 만큼 다 컸는데 왜 안내를 해 달라는 거냐고 물었다.

"싫으면 할 수 없지요."

"안내를 하면, 하면, 넌 뭘 줄래?"

"치사하게 그런 무람한 흥정을."

얘 봐라 하다가, 나이와 달리 알로까진 애들이 있는 법이라는 생각이 들었다. 또 모를 일이다. 겉보기와 달리 나이를 먹었을 수도 있고, 앙큼한 속을 길러온 아이인지도 모를 일이었다. 좋다, 같이 가지. 국적을 밝히지 말 것, 그러나 이미 한국말을, 그것도 표준말을 한다는 것은 먼저 국적을 밝힌 것이나 다를 바가 없었다. 남자의 꼭지가 돌게 하는 것, 여자와 이데올로기. 서울에 있는 어머니 얼굴이 문득 스치고 지나갔다.

오슬로를 출발해서—야일로—플롬—구드방엔—송네 피요르드까지 안내를 하고—베르겐으로 가는 길을 택하기로 했다. 여학생은 처음 달려들던 때와는 달리 별다른 이상행동을 보이지는 않았다. 카메라로 주변 풍경을 자주 담으면서 지루하지 않을 정도로 물어보는 질문이 있을 뿐이었다. 길을 가는 동안 여기저기서 솔베지의 노래가 흘러나와 숲으로, 물가로 잔잔하게 애잔하게 퍼졌다.

"솔베지의 노래를 아나?"

"그리그의 페어 귄트 조곡 가운데 있는 거."

"페르 귄트도 읽었어?"

나이먹은 사람들은 꼭 그런 식으로 식상한 질문을 한다는 듯이, 치이 하면서 고개를 까딱했다가는 쌩긋 웃었다. 볼에 작은 보조개가 귀염성있게 패어 들어가 보였다.

"이건 전설처럼 전해오는 이야기하고 극작품이 내용이 좀 다른데, 헨릭 입센의 작품은 근대적인 인간관을 반영하고 있어."

"그래서……?"

"내용을 잘 모르지?"

여학생은 고개를 가볍게 주억거렸다. 그런 솔직한 태도가 귀염성을 더했다.

페르라는 집안은 대대로 지주였다. 그의 아버지 대에 와서 몰락했다. 이웃 나라 러시아의 농노 해방이 여기까지 영향을 미쳤다. 몰락한 지주의 아들에게는 대개 집안을 다시 일으켜야 한다는 짐이 주어진다. 페르의 어머니는 아들이 집안을 다시 일으킬 수 있는 유일한 대안이라고 생각한 나머지 아들에게 커다란 기대를 걸고 있었다. 네가 우리 집안을 다시 일으켜세워야 한단다. 어머니는 아들을 붙들고 눈물로 호소했다. 너는 우리 집안의 기둥이고 대들보란다. 서울의 어머니는 다행히 그런 주문을 하지 않았다.

기대가 크게 걸린 아들일수록 부모의 뜻을 받들지 못하는 경우가 많다. 아들은 달라지는 세상에 대해 민감했고, 혁명을 꿈꾸기도 하면서 공상에 빠져 청춘을 탕진하고 있었다. 그런데 솔베지라는 청순한 처녀와 사귀어 애인 사이가 되었다. 그러나 그것도 잠시뿐이었다. 페르는 솔베지를 버리고 산 속에 사는 마왕을 찾아갔다. 마왕에게는 요염한 딸이 있었다. 솔베지보다 한결 세련되고 아름다워 보였다. 거기다가 섹시하기까지 했다. 마왕의 딸을 가운데 중매잡이로 넣어 혼을 팔아넘기고 그 대가로 돈을 주무를 수 있는 능력을 얻게 된다. 그리고 권력을 찾아 세계를 떠돌기 시작한다. 나도 작은 페르인가.

미국과 아프리카를 드나들며 노예무역 사업을 해서 큰돈을 쥐게 된다. 아프리카 추장의 딸 아니트라를 농락하며 젠체하고 납들다가 추장의 딸에게 배신을 당한다. 심신이 피폐해진 나머지 마침내 정신병자로 몰려 병원에 강제로 입원을 당한다. 병원을 빠져나온 페르는 몸은 지치고 정신은 탈진해서 고향을 생각하게 된다. 잘못하다가는 고향에 돌아갈 길이 영영 없을지도 모른다고 생각하고는, 배를 타고 고향으로 향하게 된다. 그런데 그 배가 난파를 당한다. 무일푼의 거지꼴이 되어 갖은 신고를 겪으며 가까스로 고향에 찾아온다. 늙은 마왕은 고향에 돌아왔으니 빚을 갚으라고 독촉이 빗발친다. 다행히 혼을 팔아넘기지 않고 백발이 되도록 견디며 남편을 기다린 청정무구한 아내 솔베지가 그를 기다리고 있었다. 그는 솔베지의 품에 안겨 죽음을 맞이한다. 내 앞날이 그렇게 전개될까.

근대인의 부와 권력의 추구에서 오는 정신의 황폐, 인간의 과대한 야망의 덧없음을 드러내는 한편, 자기를 버리고 간 허랑한 남편을 백발이 되도록 기다리는 순진무구함을 대비하는 방식으로 인간 최후의 구원을 형상화한 작품이라고 평을 한다는

✽ 두산동아 백과사전 28권 p.484 참조.

이야기도 했다.*

"노래는 어느 장면에서 부르더라?"

"어느 장면인지 묻지 말고 노래나 불러 봐."

"내가 노래할 테니 모자 들고 한 바퀴 돌아요."

대답을 기다릴 것도 없이 노래를 시작했다. 마침 때를 맞추기라도 하듯이 열차의 스피커에서 솔베지의 노래가 흘러나왔다.

> 그 겨울이 지나고 봄은 가고
> 또 봄이 가면 여름도 가거니
> 그렇게 세월이 가고 또 가도
> 당신이 분명히 돌아올 것을
> 당신이 진정으로 돌아올 것을
> 나는 무엇보다 확실히 알지요
> 약속의 말씀을 하긴 했어도
> 당신은 내 기다림을 보겠지요
> 당신을 진정 기다릴 테니까요

아무리 거지라고 소개를 했지만, 모자를 들고 사람들 앞을 돌아다니며 돈을 달라고 하기는 얼굴이 달아올라 할 짓이 아니었다. 그런데 마침 열차가 멈췄다. 기차 오른편으로 산비탈을 가르며 장쾌한 폭포 물줄기가 쏟아져 내리고 있었다. 다른 손님들과 인파에 떠밀리듯 차를 벗어났다. 안내판에는 Kyosfossen 키요스 폭포라고 씌어 있었다. 폭포 건너편 산자락에 작은 집 문 뒤로 아가씨가 나와 치맛자락을 펼쳐 보이며 인사를 했다. 다시 들어가 창문이 열리더니 아가씨가 고개를 내밀고 노래를 했다. 훌드라의 노래라고 한다.

"저 아가씨가 훌드라인가?"

잠시 나를 올려다보던 여하생이 딴소리를 했다.

"내 이름 알려줄까, 궁금하지?"

그저 그렇다고 고개를 주억거렸다. 가는 길이 같아 잠시 길을 안내하는 것뿐인데 이름을 알아두고 다시 연락을 하자든지 찾아오라든지, 아름다운 추억을 만들자 그런 이야기는 하고 싶지 않았다. 더구나 나이에 비해 까스러진 아이라서 뒤에 귀찮은 일들이 생길 것이 염려가 안 되는 바도 아니었다.

"내 이름은 오지니예요. 웃기지 않아요? 의사가 진단을 잘못해서 오진이래요. 제대로 진단을 했으면 나는 세상에 태어나지 못했다고 이모가 슬그머니 알려줬어요."

원치 않는 출생. 하기는 세상에 오진誤診을 해서 대이난 사람이 제대로 된 진찰을 받고 태어난 사람보다 많을 것은 기정사실이다. 그저 괜찮아 보여서 결혼을 하고, 아들이니 딸이니 하지 말고 그저 잘 크고 효도하면 그만이지, 그런 진단을 힘입어 태어난 인간들도 있을 것이다. 있는 정도가 아니라 부지기수일 터였다.

"오빠는 이름이 뭐야?"

대답을 하기 싫었다. 어차피 연락하고 어쩌고 할 일이 없을 인연인데 막연한 기대를 가지게 하거나 미련을 만들어 두고 싶지 않았다.

"오지니는 여자로 태어난 게 행복한가?"

"이름이 뭐냐니까, 그럼 남자로 태어난 건요?"

고분고분 대답을 하는 게 아니라 맞받아치는 식으로 나오는 게 버릇인 모양이다. 대답을 할까, 나무랄까 하다가 그럴 자리가 아니라 생각하고 창밖으로 고개를 돌렸다. 오지니는 허벅지에 슬그머니 손을 얹으면서 애인이 있느냐고 물었다. 사타구니가 불끈하는 게 느껴졌다. 까불지 말라는 셈으로 손을 제쳐 놓고는 똑바로 눈을 뜨고 쳐다봤다. 공연히 좋으면서, 하는 표정이었다.

"노르웨이에서는, 집집마다, 층층마다 사랑놀이를 한다면서요?"

"그 따위 낭설이나 듣고 다니면 눈이 제대로 트이지 않는 법이야."

"근데 얼굴이 익숙하다 했더니, 전에 암스테르담에서 본 적이 있어요. 고흐 미술관에서 〈감자를 먹는 사람들〉이라는 작품을 보다가 내 발 밟은 거 기억나요?"

그런 일이 있었던가 싶었다. 그런데 여학생은 그 사실을 필요 이상으로 강조하고 있었다. 잠시 어쩔해서 뒤로 물러섰던 기억이 살아났다.

플롬(Flåm)에서 유람선을 타고 구드방엔(Gudvangen)까지 피요르드를 구경하는 데는 두 시간 정도가 걸린다. 오지니를 내려주고 뮈르달(Myrdal)로 되돌아가 보스(Voss)까지 가자 해도 거의 같은 시간이 걸린다. 그럴 바에는 피요르드를 같이 구경하고 구드방엔에서 보스로 나가 열차를 타는 것이 낫겠다 싶었다.

보스에서 배를 기다리는 데 한 시간 가까이 여유가 있었다. 딱히 할 일이 없었다. 사진을 찍어 달라는 대로 찍어 주고 같이 사진을 찍자고 하면 지나가는 사람을 붙잡아 사진을 찍고 그랬다. 플롬의 휴게실에 한국 라면이 와 있었다. 오지니는 장 안에 들어 있는 라면을 쳐다보면서 침을 꼴깍꼴깍 삼켰다.

"라면 하나 먹으면 속이 확 풀리겠네."

다 털어 버리고 나서는 길인데, 저런 사랑스런 애한테 라면 하나 못 사줄 거 없지 않은가 하면서 지갑을 꺼냈다. 그 사이 오지니가 달려들어 지갑을 채가지고는 매점 밖으로 뛰어나갔다. 도둑이라고 소리를 칠 수도 없고, 그렇다고 그대로 내버려 두면 일이 이상하게 꾈 판이었다. 술래잡기라도 하듯이 쫓고 쫓기고 하는 식으로 쫓아갔다.

"쫓아오면 물에 빠져 죽을 거야."

방파제를 막아 놓은 콘크리트 둑 위에 올라가 서서는 약을 바작바작 올렸다. 너 거기 빠지면 정말 죽는다, 하면서 쫓아가 옷자락을 나꿔 채려는 순간 오지니는 물로 뛰어들었다. 다행이 물이 그렇게 깊지는 않아 허리에 차는 정도였다. 순순히 걸어

나오거나 손을 잡아 주어 나오면 그만인데, 어디서 배웠는지 "앨프 미그, 앨프 미그!"하면서 바락바락 소리를 지르는 바람에 경찰까지 쫓아오는 상황이 되었다. 지갑을 돌려받기는 했지만, 환경훼손 벌과금을 물고서야 파출소를 나올 수 있었다. 내 지갑에서 명함이 사라진 것은 오랫동안 모르고 지냈다.

"재미있지?"

"재미 요만큼도 없다."

오지니는 금방 토라져서 낮꽃에 풀이 죽어 있었다. 그 사이 배는 떠났다. 다음 배를 기다리는 수밖에 달리 방법이 없었다. 배턱 가까이 연통에서 연기가 솔솔 올라오는 찻집이 눈에 띄어 들어가 몸을 녹이자고 했다.

"나를 그렇게 못 믿어?"

대답할 말이 없었다. 믿는다고 하자니 변명 같고 솔직하게 못 믿는다면 그럴 줄 알았다고 고까워할 것이고, 그런 난감한 처지였다.

"이따가는 배위에서 뛰어내릴 거야."

아이가 사랑스럽고 귀여워서, 그리고 방학과제를 하러 왔다는 것이고 해서, 노르웨이의 자연과 음악 이야기를 하고 싶었다. 노르웨이의 그리그, 핀란드의 시벨리우스, 덴마크의 카를 닐센 등 국민음악파가 자기 사는 나라의 자연과 예술을 일치시킨 이들이라는 이야기를 하고 싶었는데 그럴 계제가 아니었다. 노르웨이의 뭉크 같은 화가도 이곳 자연과 그림을 일치시키려고 애쓴 사람이며, 자연과 문학, 자연과 인간의 대결 그리고 자연과 인간의 조화로운 삶을 이야기하고 싶었는데 영 다른 길로 빠지는 것이다.

물에 젖은 옷을 난로에 말리는 걸로는 대책이 못 되었다. 마침 배낭에 넣어 가지고 온 옷가지들이 좀 있었다. 좀 뭣하지만 옷을 갈아입으려느냐고 의중을 떠 보았다.

"팬티도 있어?"

바지며 쉐타를 빌아 든 오지니는 그렇게 당돌히게 물었다.

"내거 벗어줄 수는 없잖아."

주방 뒤켠으로 들어가 옷을 갈아입고 나온 오지니의 꼴은 서툰 희극배우가 무대에 선 그대로였다. 왜 웃어요? 거지같아서? 그러면서, "만예 착, 만예 착" 하면서 어설픈 노르웨이어로 고맙다는 인사를 닦았다. 그러면서 젖은 옷을 부진부진 배낭에 구겨넣었다.

"팬티 안 입으니까, 보송보송하니 기분이 짱이네."

이 철딱서니를 어떻게 해서 돌려보내야 하는가 걱정이 앞섰다. 이후, 일이 어떤 소설의 공식처럼 전개되었다. 유람선이 피요르드를 빠져나가는 동안 오지니는 남 겁주는 행동이나 약올리는 짓은 하지 않았다. 그러나 언제 어떤 돌발적인 행동으로 나올지 몰라 피요르드를 다 빠져나가기까지 마음을 놓을 수 없었다. 일이 공식처럼 되었다는 것은, 구드방엔에서 버스로 보스까지 왔을 때, 오지니는 몸을 오슬오슬 떨면서 품안으로 기어들었다. 오한이 있고 열이 나서 이마가 따근따끈했다. 베르겐까지 가자면 오지니를 떼어 놓아야 하는데, 오한과 몸살을 하는 여자애를 거기다 그대로 방치하고 가겠다고 할 수가 없었다.

약방에 들러 아스피린을 사서 먹게 했다. 그리고는 호텔을 알아보았다. 다행히 호텔을 구하는 것은 그리 힘들지 않았다. 그런데 호텔 방을 둘 달라고 하는 데서 토라졌다.

"상식이 뭔지 알아?"

이런 데서 방을 따로 잡고 어쩌구 하는 것은 비상식적이라는 것이다. 그러면서 한다는 소리가, 바이킹 처녀들한테 물을 뿌려 봐야 아무 소용이 없다는 것이었다. 이게 닳아도 보통 닳아빠진 게 아닌 모양이다.

"병아리 생길 수도 있어, 이놈아."

"괜찮아, 어제 그게 끝났걸랑."

너는 도대체 뭐하는 애냐고 물으려다 말았다. 아주 싱겁게 한판을 치르고는 서로 잠에 떨어졌다. 어수선한 꿈을 꾸기는 했지만 몸이 개운했다. 잠에서 깨었을 때, 오지니는 언제 일어났는지 화장대에 앉아 뭔가를 쓰고 있었다.

"습기가 많아서 그런가, 옷이 안 말랐어."

등갓에다가 걸어 놓은 팬티를 손가락으로 가리키며 그렇게 혼잣말처럼 이야기를 했다. 그런데 이상하더라, 무슨 꿈을 꾸었는지, 아버지 거기는 안 돼, 거기는 죽음의 길이란 말야, 영영 못 오는 길이야, 그렇게 잠꼬대를 하면서 팔을 내젓던데, 아버지가 어떻게 되셨나? 하기는 오지니가 이야기하는 것과 흡사한 꿈을 꾸었다. 웬만하면 금방 잊어버리고 일상으로 돌아올 만도 한데, 오지니가 줄거리를 엮어주는 통에 이야기가 재구성되어 필름 돌아가듯 전개되었다. 삶은 이야기로 구성되는 모양이었다.

만능 스포츠선수인 아버지는, 스키부대에서 펄펄 날렸다, 그렇게 이야기를 한 적이 있다. 사격 실력이 늘 특등사수였다. 유격훈련에서는 다른 친구들이 파김치가 되어 떨어질 때에도 씽씽하니 기운이 남아 있었다. 이른바 하사관으로 말뚝을 박았다가 장교가 되었다고 했다. 그리고 맡겨진 업무라는 것이 특수업무였다. 그 이야기는 끝내 하지 않고 입을 닫았지만, 북에도 몇 차례 다녀온 것으로 짐작이 되었다.

아버지가 좀 휘둘리고 있다는 것을 알게 된 것은 중학교를 마칠 무렵이었다. 당시 중계동에 살고 있었는데, 밤에 도둑이 들었다. 마침 비가 조금 내리고 아침에 갠 날이었는데, 토방이며 마루 같은 데에 군화 발자국이 선명하게 찍힌 것을 볼 수 있었다. 아버지는 푸르르 몸을 떨면서, 조심해야 한다는 이야기를 했다. 어머니한테는 언제든지 "내 몫까지 살아 주" 하는 경우가 생길지 모르니 대비하라는 이야기를 하는 걸 귀로 스치는 말로 들을 수 있었다. 그런 일이 있던 다음 날, 민가에까지 간첩이 침투한다는 뉴스가 신문에 났다. 그 뒤로 아버지는 가족들에만 연락을 하고 노르웨이를 드나들며 스키 장사를 하기도 하고, 한국에서 사범을 데려다가 태권도장을 운영하기도 했다. 정체를 알 수 없는 그림자처럼 그렇게 살았다.

아버지가 아들을 노르웨이로 불러낸 것 또한, 아버지가 그리는 삶의 맥락과 연관이 있는 것인지도 모른다. 등골이 오싹했다. 한국에서는 안 되겠다는 이야기가 공부하는 게 한국에선 안 되겠다는 단순한 이야기가 아닌 게 틀림없다. 한국에 아버지의 가족, 어머니나 나까지 노리는 세력이 있다는 얘기인지도 모른다. 이것이 마지막이 될 수도 있다는 생각이 들었다. 노르웨이라고 안전할 까닭이 없었다.

호텔을 나와 역으로 달려갔다. 역에 국제 공중전화가 걸려 있던 것을 어제 보았다. 한국에 있는 어머니한테 전화를 했다. 어머니는 경황중이라는 것을 알 수 있을 정도로 음성이 흔들리고 있었다.

"실종이란다. 스키를 너무 좋아하다가 실종이란다."

"제가 알아보겠습니다."

그런 짧은 대화를 끝으로 전화가 끊겼다. 어머니 편에서 끊은 것인지 이쪽에서 송수기를 놓친 것인지 알 수 없었다.

아버지의 20대, 스키로 날리고 명사수로 표창을 받고, 그리고 지옥훈련에서 불사신처럼 살아난 아버지. 그래서 쓸모가 있었을 것이다. 아버지는 무엇이었는가, 그리고 지금은 무엇인가? 내 나이가 이제 아버지의 그 나이가 되었다. 이때까지 아버지는, 그 시절 무엇을 했는지 한 마디 언급이 없었고, 따라서 아무런 기억도 없다.

그 아버지가 이국땅 노르웨이에 와서 끝내 실종하고 말았다. 거듭 떠오르는 생각, 아버지는 못하는 운동이 없었다. 운동에 관한 한 만능이었다. 어머니가 전하는 말로는 학교 다닐 때, 아버지는 육상선수였다. 군대에서 육상을 특기로 살릴 수 없었다. 그런 기록은 없다. 기록은 기억이다. 아버지는 스키에 남다른 재능이 있었다. 흰눈을 가르며 눈보라를 일으켜가며 슬로프를 내려오는 고글 위로 무지개가 일곤 했다.

그런데 그 아버지가 실종이 된 것이다. 스키장에 가서 실종이 되었다.

말없던 아버지는 노르웨이 어느 설원에 스키를 발에 묶은 채 묻히고 만 것인가? 그렇지 않을 것이다. 그리고 왜 실종인가? 아버지는 월북을 했으면 했지 시시하게 실종이 되거나 저격의 대상이 되어 총에 맞아 죽을 사람이 아니다. 역사에 설치한 스피커에서 솔베지의 노래가 애잔하게 흘러 나왔다. 솔베지의 노래를 틀기는 이른 시간이었다. 애잔하게, 그리고 외로운 영혼이 훤하게 트인 계곡을 맴돌아 나가는 그런 음향으로 퍼지는 길을 빠른 걸음으로 걸어 호텔로 돌아왔을 때, 오지니는 전화를 하다가 급히 끄는 눈치였다. 알았습니다. 계획대로 하겠습니다. 그렇게 뭔가를 보고 하는 어두였다.

"시간 지켜야 하는 약속이 있어."

"어제 밤에는 거짓말을 했는데 어쩌지?"

"무슨 거짓말인데?"

"오빠의 애가 생길지도 몰라."

뒷골을 망치로 얻어맞은 것처럼 띵하니 둔중한 충격이 등골을 타고 내렸다. 오지니가 씨를 담아 가지고 가서, 애를 낳는다? 그런 상상은 끔찍했다. 그 뒤로 얽혀 들어갈 시나리오를 더는 상상을 하기가 싫었다. 혹시 아버지의 계략이나 계책일지도 모른다. 노르웨이에 아 있는 여자아이를 붙여주어 자식을 낳고 살게 하려는 계획. 그러나 짐작일 뿐 근거가 없었다. 무슨 오지니에게 다른 생각 말라 일러 놓고는 서둘러서 역으로 향했다.

베르겐은 장사와 거래의 명인들이 모였던 한자동맹의 거리답게, 아버지의 흔적을 아무것도 남긴 게 없었다. 아버지의 숨결도, 몸짓도, 발자국도, 아버지의 꿈도 아무런 흔적을 남기지 않은 채 아버지는 완벽하게 증발해 버린 뒤였다. 그런데 스키장에서 실종이 됐다는 것은 어찌된 소문인가. 그 의문이 풀리지 않은 채 5년인가 세월이

흘렀다.

혹시 오지니가 후환을 두려워한 나머지 아버지를 제거한 것은 아닐까. 아버지가 제거되어야 나와 아무 탈 없이 살 수 있다는 섣부른 판단으로, 아버지에게 접근하고 끝내는 아버지를……, 머리가 내둘리는 생각이었다. 만일 일이 그렇게 전개된다면 개인으로서는 감당할 수 없는 운명과도 같은 것이다. 제발, 제발 여름에도 눈이 덜 녹는 그 산자락 어디라도 감자를 심어 먹으면서, 솔베지의 노래를 들으면서, 살아만 있어 주었으면 하는 마음으로 자신도 모르게 손깍지가 끼어지고 손에 힘이 갔다. 간절한 기도를 하고 있었다. 전에 없던 일이었다.

사실을 기억하되 행동은 잊어라, 공항까지 차를 태워다 주면서 당부를 하던 어머니의 쉰 얼굴이 눈앞에 떠올라 가물거렸다. 비행기는 프랑스 샤를르 드골 공항에 곧 착륙한다고 준비를 서둘렀다.

우리들이 노르웨이를 여행하는 동안, 한번은 한국 식당에 들러 식사를 했다. 앳된 여주인이 앞치마 자락에 손을 문지르며 드나드는 손님들에게 생글거리며 인사를 했다. 계산대 뒤에 오십대는 되어 보이는 남자가 의자를 타고 앉아 홀을 이리저리 살피고 있었다. 남자가 앉은 뒷벽에 퍼런색으로 그린 한반도 기가 걸려 있고, 기폭에는 금강산에서 진절머리나게 많이도 보았던 필체로 "조국은 하나다."하는 그런 구호가 적혀 있었다. 우공은 다소 침통한 얼굴로 앉아 있었다. 문강국은 어디에, 어떻게, 무슨 올가미에 걸려 실종이 된 것인지, 이 식당과는 무슨 연이 닿는 것인지 그런 생각을 하고 있었다.

"대구탕이 나오면 소주 한잔 해야지?"

각일병에 플러스 알파를 늘 주장하는 남계가 소주 생각이 나는 모양이었다.

"의지의 한국인들이라더니, 세계 어디를 가도 한국인들이 살아요. 어떻게 여기까지 와서 음식 장사할 생각을 했을까."

1970년대 북해유전이 발견되기 전까지는 노르웨이가 그렇게 잘 사는 나라가 아니었다는 이야기를 하면서, 석우가 신기하다는 듯이 주위를 둘러봤다. 한국인이 노르웨이에 와서 식당을 한다는 것이 상상이 잘 안 되는 모양이었다.

"교회들을 보니까, 새삼 여기가 유럽이다 하는 생각이 들어. 바이킹들에게 복음을 전한 이들을 생각하니까 미국서 목회하는 숙부님 얼굴도 보고 싶고."

종교의 보편성과 이데올로기의 역사성을 생각하는 것인가. 핏줄이 무엇인지 사색을 다듬는 것인가. 석영은 그렇게 말하면서 역사 속으로 빠져들고 있었다.

노르웨이와 스웨덴은 공동으로 노벨상을 수여하고 있지만 사실은 오랜 동안 앙숙으로 지내왔다. 전날 학회를 빠져나와 잠시 다녀온 스웨덴의 칼슈타드(Karlstad), 그 도시에서 노르웨이의 독립을 확인한 것이 1905년이었다. 2차세계대전 때에는 독일군에게 점령을 당한 적도 있었다. 이런 역사 전개 속에서 개인이 어떻게 행복을 추구하며 살았는지 하는 게 궁금해졌다. 우공은 기회를 보아 짧은 글을 하나 써야겠다는 생각을 했다. 여기 식당의 부부는 어떤 관계인가. 왜 태극기나 인공기가 아니고 한반도기인가?

이 집도 예외가 아니라서 솔베지의 노래가 낮게 깔리는 속에 된장냄새가 짙게 풍기는 찌개가 식탁에 놓이기 시작했다. 🐦